Annette Freiin von Droste-Hülshoff, geboren am 10. Januar 1797 in Hülshoff, ist am 24. Mai 1848 in Meersburg am Bodensee gestorben.

Die Zahl der dichtenden, schriftstellernden Frauen war seit jeher nicht groß, auch nicht im 19. Jahrhundert. Und wenn Levin Schücking Annette von Droste-Hülshoff als bedeutendste Dichterin des 19. Jahrhunderts apostrophiert, dann ist dies keine Relativierung im Blick auf die Quantität der Autorinnen. Denn die Droste ist mit Abstand »die größte Dichterin Deutschlands, und sie wird es einstweilen bleiben«. An dieser Einschätzung von Ricarda Huch aus den zwanziger Jahren hat sich bis in unsere Tage nichts geändert.

Im Februar 1819 schreibt Annette von Droste-Hülshoff an Professor Sprickmann, sie wolle »sich jetzt auch wohl einmal in Prosa versuchen«. Doch erst zwei Jahrzehnte später wendet sie sich mit Kraft der Prosa zu: 1837 entsteht *Die Judenbuche*, ein Stoff, mit dem sie schon von Jugend auf vertraut ist. Auf Drängen von Freunden beginnt sie im Jahr darauf ein Buch über ihre Heimat Westfalen, *Bei uns zu Lande auf dem Lande*. Es folgen die *Bilder aus Westfalen*, die allerdings erst postum veröffentlicht werden sollten, und das Fragment *Joseph*.

Ein schmales, aber für die Gattung der kleinen Prosa – vor allem mit der *Judenbuche* –, für die Form der Novelle hohe Maßstäbe setzendes Prosawerk. Die Texte folgen der von Manfred Häckel im Insel Verlag 1976 edierten Werkausgabe.

Das Werk von Annette von Droste-Hülshoff im Insel Verlag: *Sämtliche Gedichte*. Mit einem Nachwort von Ricarda Huch. Leinen; Leder; insel taschenbuch 1092; *Die Judenbuche*. Mit Illustrationen von Max Unold. insel taschenbuch 399.

insel taschenbuch 1521

Annette von Droste-Hülshoff

Sämtliche Erzählungen

Annette von

Droste-Hülshoff
Sämtliche Erzählungen

Herausgegeben von
Manfred Häckel

Insel Verlag

insel taschenbuch 1521
Erste Auflage 1993

Hinweise zu dieser Ausgabe am Schluß des Bandes
Vertrieb durch den Suhrkamp Taschenbuch Verlag
Umschlag nach Entwürfen von Willy Fleckhaus
Satz: MZ-Verlagsdruckerei GmbH, Memmingen
Druck: Nomos Verlagsgesellschaft, Baden-Baden
Printed in Germany

4 5 6 7 8 9 – 05 04 03 02 01 00

Sämtliche Erzählungen

Ledwina

Der Strom zog still seinen Weg und konnte keine der Blumen und Zweige auf seinem Spiegel mitnehmen. Nur eine Gestalt wie die einer jungen Silberlinde schwamm langsam seine Fluten hinauf; es war das schöne, bleiche Bild Ledwinens, die von einem weiten Spaziergange an seinen Ufern heimging. Wenn sie zuweilen halb ermüdet, halb sinnend stillstand, dann konnte er keine Strahlen stehlen, auch keine helleren oder milderen Farbenspiele von ihrer jungen Gestalt; denn sie war so farblos wie eine Schneeblume, und selbst ihre lieben Augen waren wie ein paar verblichene Vergißmeinnichte, denen nur Treue geblieben, aber kein Glanz.

»Müde, müde«, sagte sie leise und ließ sich langsam nieder in das hohe, grüne Ufergras, daß es sie umstand wie die grüne Einfassung ein Lilienbeet. Eine angenehme Frische zog durch alle ihre Glieder, daß sie die Augen vor Lust schloß, als ein krampfhafter Schmerz sie auftrieb. Im Nu stand sie aufrecht, die eine Hand auf die kranke Brust gepreßt, und schüttelte unwillig ob ihrer Schwäche das blonde Haupt, wandte sich rasch wie zum Fortgehn und kehrte dann fast wie trotzend zurück, trat dicht an das Ufer und schaute anfangs hell, dann träumend in den Strom. Ein großer, aus dem Flusse ragender Stein sprühte bunte Tropfen um sich, und die Wellchen strömten und brachen sich so zierlich, daß das Wasser hier mit einem Netze überzogen schien und die Blätter der am Ufer neigenden Zweige im Spiegel wie grüne Schmetterlinge davonflatterten. Ledwinens Augen aber ruhten aus auf ihrer eigenen Gestalt, wie die Locken von ihrem Haupte fielen und forttrieben, ihr Gewand zerriß und die weißen Finger sich ablösten und verschwammen.

Da wurde ihr, als ob sie wie tot sei und die Verwesung lösend ihre Glieder treffe und jedes Element das Seinige mit sich fortreiße.

»Dummes Zeug!« sagte sie, sich schnell besinnend, und bog, mit einem scharfen Zug in den sonst milden Mienen, auf die dicht am Flusse hinlaufende Heerstraße, indem sie das Auge durch das weite, leere Feld nach heiteren Gegenständen aussandte.

Ein wiederholtes Pfeifen vom Strome her blieb von ihr unbemerkt, und als daher bald darauf ein großer schwarzer Hund mit vorgestrecktem Kopfe quer über den Anger gerade auf sie einrannte, flüchtete sie, von einem großen Schrecken ergriffen, mit einem Schrei auf den Strom zu und, da das Tier ihr auf den Fersen folgte, mit ebenen Füßen hinein. »Pst, Sultan!« rief es neben ihr, und zugleich fühlte sie sich von zwei unzarten Händen gefaßt und ans Ufer gesetzt. Sie wandte sich noch ganz betäubt und erschreckt um.

Vor ihr stand ein großer vierschrötiger Mann, den sie an einem Hammel, der ihm wie ein Palatin um den Hals hing, als einen Fleischer erkannte. Beide betrachteten sich eine Weile, indem das Gesicht des Mannes in die offenbarste, mit Verdruß gemischte Ironie überging.

»Was springt Sie denn so?« stieß er endlich heraus.

»Ach Gott«, sagte Ledwina ganz beschämt, »ich dachte, das Tier wäre toll.«

»Wer? Mein Hund?« sagte der Mann beleidigt. »Der ist ja nicht mal bös, der hat niemals keinen gebissen.«

Ledwina sah auf den Hund, der nun ganz verständig wie eine Sphinx neben seinem Herrn saß und zuhörte.

»Ist Sie nun recht naß?« fing der Fleischer an.

»Nicht sehr«, erwiderte Ledwina, indes der Mann mit seinem Stabe die Tiefe des Wassers neben dem großen

Steine maß, auf den Ledwina bei ihrer Wasserreise geraten. »Aber ganz miserabel ist Ihr, das sehe ich wohl«, sagte er dann, »ich will nur sehen, daß ich Sie in das Haus dort bringe.«

In der Tat hatte Ledwina seinen Beistand sehr nötig, und sie erreichte nur mühsam das etwa hundert Schritte vom Flusse entlegene Bauernhaus, indes ihr Führer sie beständig von den Kennzeichen der tollen Hunde unterhielt.

Die alte Bäuerin schob schnell ihren Rocken zurück, als Ledwina mit den Worten: »Macht Feuer, Lisbeth, ich habe mich erkältet und erschreckt«, in die Tür trat. Der Fleischer hob sogleich die Geschichte des Abenteuers an.

»Macht Feuer!« wiederholte Ledwina. »Ich habe mir im Sandloche nasse Füße geholt.«

Der Retter wollte die Sache mit der Mamsell gefährlicher machen.

»Es ist nichts, gnädiges Fräulein«, sagte die Alte beruhigend, legte Holz zum Feuer, stellte einen Stuhl daneben, rückte ein Kissen darauf zurecht und ging, um in dem Keller ein Glas frischer Milch zu holen.

Der Fleischer, verdrießlich über das geringe Interesse, das man seiner Rede zuwandte, rief ihr nach: »Einen Schnaps, Wirtin!«

»Wir verschenken keinen Schnaps«, sagte die Frau in der Kellertür; »ein Glas Milch könnt Ihr einmal umsonst haben.«

»Mamsell«, hub der Fleischer von neuem an, »ich sage aber, Sie hätte wohl ertrinken können.« Ledwina mußte doch lächeln.

»Wenn ich mich auf den Mund gelegt hätte«, antwortete sie vor sich hin und suchte in ihrem Körbchen nach der Börse.

»Sie ist auch nicht besonders bei Kräften«, erwiderte er,

und über Ledwinens Gesicht flog ein bitterer Zug, indem sie ihm ein Trinkgeld reichte.

»Gott bewahre«, erhub er seine Stimme, »einem Menschen das Leben retten, das ist nicht zu bezahlen«, wobei er beinahe tat, als wollte er das Dargebotene etwas weniges abwehren.

»Ihr habt mich ja auch hierhergeleitet«, sprach Ledwina fast verdrießlich.

»Ja, wenn Ihr das meint«, sagte der Retter und faßte geschwind zu; denn da Ledwina sich nach ihrem Körbchen neigte, meinte er, sie gedächte das Gebotene wieder einzustecken.

Die Bäuerin brachte die Milch. Der Fleischer brummte: »Wenn es noch ein gut Glas Bier wäre.«

Er nahm jedoch vorlieb, sprach gegen die Wirtin noch allerlei von ›Bezahlen‹ und ›Gut-Bezahlen-Können‹ und zog endlich ab.

»So ginge es oft den ganzen Tag«, sprach die Bäuerin zu Ledwina, der es ganz behaglich am Feuer wurde, »wenn wir allerhand Leute im Hause leiden wollten. Der Zulauf wäre groß genug für das beste Wirtshaus. Die Leute denken: Geld regiert die Welt. Unser Klemens muß oft des Nachts aus dem Bett und führen die Reisenden beim Grafenloche vorbei. Das ist ihm auch nicht zu gut, aber man mag die Leute doch nicht so ins Wasser stürzen lassen.«

»Jawohl«, sagte Ledwina, schon halb im Schlummer.

»Die gnädige Fräulein ist schläfrig«, sprach die Alte lächelnd, »ich will noch ein Kissen holen.«

»Bewahre«, rief Ledwina schnell, aus ihrem Stuhle auffahrend; aber schon war die alte Lisbeth wieder da mit zwei Kissen, deren eins sie auf den Sims neben den Herd legte, das andere auf die Stuhllehne. Ledwina, die sich durch eine Art Krankenstolzes selten in dieser Art etwas zugute tat, lachte ordentlich vor Vergnügen, da es ihr so bequem wurde.

»Erzählt mir etwas von vorigen Zeiten, da Ihr auf dem Schlosse wohntet«, sagte sie freundlich; und die Frau hub an zu erzählen von dem seligen Großpapa, und wie der Turm noch gestanden, der vor vielen Jahren niedergebrannt, und immer tiefer neigte sich Ledwinens Haupt und immer deutlicher gestaltete sich, was sie noch zuweilen von den Worten der Erzählenden vernahm, daß sie den Großvater sah wie ein kleines, graues Männchen, gar freundlich; tot war er freilich, aber er schoß doch noch mit seiner Vogelflinte nach den Raben im alten Turm, es knallte gar nicht, aber sie fielen recht gut – und immer leiser und leiser wurden die Laute der Alten, die von Zeit zu Zeit ihr Fräulein hinter dem Rocken hervor betrachtete, bis sie endlich auch ganz einschlief.

Dann stand sie sachte auf, trippelte auf den Zehen zu Ledwina und beugte sich langsam über sie, ihren Schlummer zu prüfen.

Es war rührend zu sehen, wie das ernste, alte Gesicht der Bäuerin über dem jungen, bleichen der Herrin stand, das eine in stiller Traumeswehmut, das andere in den Tiefen des unabwendbaren nahen Vergehens beider, die reife, lebenssatte Ähre über der zarten, sonnenversengten Blüte.

Dann hob sie sich, holte still Flachs aus einem Wandschranke und begann, ihn sehr leise zu bürsten; aber ihre Züge waren ernster wie vorhin, doch sehr weich.

So dauerte es eine Weile, als die Tür ziemlich unsanft geöffnet ward und mit den Worten: »Mutter, hier bring ich Euch einen neuen Stuhl«, ihr Sohn mit einigem polternden Anstande einen im geheimen für sie verfertigten Spinnstuhl hereintrug; »der andere ist Euch ja doch zu hoch«, fuhr er fort.

Die Mutter winkte unwillig mit der Hand, indem sie auf

Ledwina deutete, aber diese war schon erwacht und sah ganz hell und erquickt um sich.

»Ei, so wollt ich dich – !« fuhr die Alte heraus.

»Ich habe sehr sanft geschlafen bei Eurem Feuer«, sagte das Fräulein freundlich, »es ist aber doch gut, daß ich geweckt bin, sonst hätt ich nachtwandeln müssen. Ich meine«, fuhr sie lächelnd fort, da die beiden sie fragend anblickten, »wenn ich am Tage ruhe, so habe ich in der Nacht keinen Schlaf; da stehe ich dann wohl zuweilen auf und gehe in meiner Stube umher; es ist nicht zum besten, aber was soll man mit der langen Nacht machen? Es wird bald fünf sein, nun wird's meine Zeit, zu gehen«; und wie sie durch die Tür ging: »Den Stuhl hat wohl Euer Sohn gemacht, der ist doch recht geschickt.«

»Auch bisweilen recht ungeschickt«, sprach die Alte, der der Ärger noch nicht aus den Gliedern wollte; aber schon war Ledwina wie eine Gazelle den Fluß hinauf; denn sie dachte nur dann an ihre kranke Brust, wenn heftige Schmerzen sie daran erinnerten, und dann war ihr dieses traurige Hüten, dieses erbärmliche, sorgfältige Leben, wo der Körper den Geist regiert, bis er siech und armselig wird wie er selber, so verhaßt, daß sie gern diese ganze in Funken verglimmende Lebenskraft in einem einzigen recht lohen Tage hätte ausflammen lassen. Ihr frommes Gemüt behielt auch hier die Oberhand über den sichtbar auflodernden Geist, aber noch nie hat wohl ein Märtyrer Gott sein Leben reiner und schmerzlicher geopfert als Ledwina dem schönen Tod in der eigenen Geistesflamme.

*

Im hellen Wohnzimmer war alles etwas anders wie gewöhnlich, da Ledwina eintrat; denn sie ward gar nicht gescholten, die gewöhnliche bittere Frucht der ihr so süßen, aber den so zerrütteten Körper so angreifenden Streifereien. Schwester Therese hatte freilich genug nach einer entfallenen Nähnadel zu suchen, aber auch die Mutter sagte nichts, strickte still fort und winkte stark mit den Augenlidern. Das war immer ein besonderes Zeichen: dann war sie erzürnt oder gerührt oder gar verlegen; denn diese kluge Frau, der ein allgemein beachtetes und oft verwickeltes Leben eine völlige Herrschaft über alle unpassenden Ausbrüche innerer Bewegungen in Handlungen und Worten gesichert hatte, wußte selbst nicht, wie dünn der Schleier ihres Antlitzes über der Seele hing, und es bedurfte für gesunde, ob auch ungeübte Äugen nur sehr geringer Bekanntschaft, um sie oft besser zu verstehen als sie sich selbst in ihrer vielfachen Zerstreuung durch Haus und Kinder. Ledwina hätte sich gern ganz still der Gesellschaft eingeflickt, aber ihre Arbeit lag in der Schublade des Tisches, vor dem die Mutter saß. Das war schlimm. Sie setzte sich indes ganz sachte in den Sofa, der an der Schattenseite des Zimmers stand, und sagte kein Wort. Die kleine Marie lief herein und mit einem lauten, etwas albernen Gelächter auf Ledwina los: »Ledwina, weißt du schon die ganz berühmte Neuigkeit?«

Ledwina verfärbte sich wie erschreckt in unnatürlich gespannter Erwartung, und die Mutter sagte rasch: »Marie, hole mir mein Schnupftuch, ich habe es im Garten bei den Tannen liegenlassen!« Marie drehte sich auf dem Fuße um, sagte aber noch: »Wenn ich wiederkomme, weißt du es längst; denn Therese springt das Herz, wenn sie es nicht sagt.«

Sie lachte laut auf und rannte etwas tölpisch hinaus.

»Ihr müßt euch mit dem Kinde in acht nehmen«, sagte die Mutter ernst; »Kinderohren sind bekanntlich die schärfsten und wir Erwachsenen oft wahrhaft ruchlos in dieser Hinsicht. Bei Marie ist es zum Glück nur Impertinenz, kein erwachendes vorlautes Gefühl, was im besten Falle die Seele leerbrennt.«

»Karl« (sie wandte sich zu Ledwinen) »hat heute Briefe erhalten, woraus unter anderm erhellt, daß einer seiner Universitätsbekannten ihn vielleicht auf der Durchreise besuchen wird. Du hast ihn wohl nennen hören, Römfeld, der sogenannte schöne Graf. Karl hat zuweilen allerhand von ihm erzählt, was ganz romantisch lautete, und ihr seid unvorsichtig genug gewesen, euch mit ihm zu necken; ich lasse so etwas passieren, obgleich es überall nicht viel heißt. Ich denke, wenn das Böse nur ausbleibt, so muß man sich zuweilen in das Unnütze in Gottes Namen schicken. Ich muß gestehn, daß ich alsdann sowenig an Marie gedacht habe wie ihr; aber vorausgesetzt, daß dergleichen dunkle Dinge in ihrem noch höchst kindlichen Gemüte keinen weiteren Eindruck hinterlassen, wie soll man ihr beibringen, daß sie derlei Gespräche nicht wiederholen dürfe, ohne eben diese Eindrücke fast gewaltsam zu befördern? Denn ihr wißt, sie wäre kindisch und lebhaft genug, den Grafen mit seiner eigenen Biographie zu regalieren.«

»Man muß ihr sagen«, versetzte Karl, der immer die Stube auf und ab maß, »daß sie überhaupt nichts weiter bringt, das Klatschen ist an und für sich garstig genug.«

»Weißt du das einem so lebhaften Kinde ohne Arg beizubringen?« erwiderte die Mutter scharf.

»*Wir* haben doch nicht geklatscht, wie wir klein waren«, sagte Karl.

Die Mutter stockte einen Augenblick und sagte dann mit schonender Stimme, wie ungern: »Sie ist vielleicht auch lebhafter wie ihr alle.«

Karl ward rot und sagte halb vor sich hin: »Auch ziemlich unartig bisweilen.«

»Etwas unartig sind alle Kinder in *dem* Alter«, versetzte

die Mutter streng, »und zudem gehorcht sie *mir* aufs Wort; ist es mit anderen nicht so, so mag die Schuld auf beiden Seiten stehen.« Beide schwiegen verstimmt, und eine drükkende Pause entstand. »Von wem hast du Briefe?« hub Ledwina leise und ängstlich an.

»Es ist nur einer«, sagte Karl, »von Steinheim. Er hat eine gute Anstellung bekommen zu Dresden und wird bei seiner Heimreise hier vorsprechen, da er über Göttingen reist, um dem Studentenleben noch einmal ein ewiges, lustiges Valet zu bringen, und Römfeld, der aus Dresden ist, aber von dort abgeht, reist mit ihm. Steinheim scheint der ungebetene Gast schon auf dem Herzen zu liegen.«

Dies letztere sagte er halb zu der Mutter gewandt, die mit der möglichsten und angenehmsten Gastfreiheit jedoch das Recht der Einladung sich immer völlig vorbehielt.

»Wir kennen ihn ja schon«, sagte Therese, und dann schnell, ehe Karl seine Antwort, daß diese Angst nicht Steinheim selbst, sondern Römfelden meine, anbringen konnte: »Ledwina, wo bist du diesen Nachmittag gewesen?«

»Am Flusse hinunter«, entgegnete Ledwina.

»Du bist lange geblieben«, versetzte die Mutter.

»Ich habe lange«, erwiderte Ledwina, »bei der alten Lisbeth zugebracht; ich bin sehr gern dort.«

»Es sind auch gute Leute«, sagte die Mutter, »etwas stolz, aber das schadet nicht in ihrem Stande, es erhält sie ehrlich in jeder Hinsicht.«

»Es hat mich recht geschmerzt«, sprach Karl, »unser altes Domestikeninventarium fast ganz zerstört zu finden.«

»Mich auch«, sagte die Mutter lebhaft, »ich wollte sie gern aus dem Grabe heben, und wenn ich statt dessen ihren Sarg mit Gold füllen müßte. Wir haben sie so oft in freilich harmlosem Spotte das Fideikommiß genannt, aber wahrlich, solche Leute sind nicht sowohl unserer Treue von Gott vertraut wie wir der ihrigen, und nächst dem Schutzengel gibt es keinen frommeren Hüter und nächst der Elternliebe keine reinere Neigung als die stille und innige Liebe solcher alten Getreuen gegen den Stamm, auf den sie einmal geimpft, worin alle anderen Wünsche und Neigungen, selbst die für und zu den eigenen Angehörigen haben zerschellen müssen.«

Frau von Brenkfeld war gegen das Ende ihrer Worte sehr gerührt. Ihre Stimme war fest, aber das leise Spiel der schönsten Gefühle in ihren ernsten Zügen gab ihr eine unbeschreibliche Anmut.

Ledwina hatte währenddes ihre Mutter unablässig betrachtet und war bleich geworden, ein Zeichen, daß ein Gedanke sie ergriff.

»Ja«, sagte sie nun sehr langsam, als würden ihre Sinne erst allmählich unter dem Reden geboren, »das ist wahr, wir sind doch Geschwister, aber ich bin leider gewiß, daß wir uns nicht mit dem raschen, unerschütterlichen Entschlusse, der keine Wahl kennt, füreinander aufzuopfern vermöchten, wie das Leben getreuer Diener uns so unzählige Beispiele gibt.«

Karl sah etwas quer nach ihr hinüber, und die liebe Therese reichte ihr versichernd die Hand, und beider Augen blickten sanft ineinander. Ledwina sagte fest: »Ja, Therese, es ist doch so, aber wir sind darum nicht schlechter; die Alten sind nur besser.«

»Dafür ist es auch Dienertreue«, hub Karl an, »und eine ganz besondere Sorte, ungefähr wie die Liebe gegen das Königshaus, dem sich auch jeder freudig opfert, ob auch die Äste gegen den schönen, alten Stamm zuweilen recht dürr oder siech abstechen. Mir sind indes alte Leute immer merkwürdig, und ich rede vor allem gern mit ihnen. Es ist mir seltsam, eine ganze in ihren Handlungen meistens unbedeutende Generation lange nach ihrem schon vergessenen Tod in ihrer oft so bedeutenden Persönlichkeit noch in diesen paar grauen verfallenden Denkmälern fortleben zu sehen, nicht zu gedenken, wenn man so glücklich ist, das lebende Monument irgendeines großen Geistes vergangener Zeiten anzutreffen. Mir sind solche kleine Gemälde aus freier Hand immer lieber wie die schönste Galerie berühmter Biographien.«

»Mir scheint auch«, sagte Therese, »als ob die Lieblingsfehler der alten Leute fast wie die der Kinder zwar oft belästigend, aber doch im Grunde milder oder gleichsam oberflächlicher wären als die der Jugend. Mangel an Rücksicht auf die Bequemlichkeit anderer ist das erste, was die Alten durch die allgemeine Sorgfalt, die ihnen zugewendet wird, und durch die bittere Vergleichung eigener Schwäche mit der Jugendkraft der Umgebung verleitet, annehmen, die Wurzel alles Fatalen, eine kleine Sünde, aber ein großes Leid für andere.«

»Das letztere ist wahr«, erwiderte Karl, »ohne das erstere zu begründen. Ich hingegen habe oft manche Jugendfehler im Alter in neuer Steigerung und vorzüglich wahrhaft unförmlicher Versteinerung wiedergefunden, die für mich bei dieser Nähe des Grabes eine der greulichsten Erscheinungen bleibt.«

Frau von Brenkfeld, noch aus der guten Zeit, wo man nicht nur die Eltern, sondern auch das Alter ehrte, einer Zeit, jetzt von dieser Welt so spurlos verschwunden, wie die antediluvianische, rückte mit dem Stuhle.

Karl fuhr arglos deklamierend fort: »Bei den Vornehmen der Ehrgeiz, dem man so leicht um des Großen willen das etwa nicht Gute vergibt als die empörendste, ruchloseste Ehrsucht, bei dem Mittelstand die halb belachte, halb belobte Sparsamkeit als der greulichste Geiz, von dem man nicht weiß, ob man über ihn mit Demokrit lachen oder mit

Heraklit weinen soll, bei dem Geringen der oft angenehme Leichtsinn als die entsetzlichste Gefühllosigkeit und Nichtachtung des sonst Nächsten und Liebsten; und oft alles zusammen in allen Ständen. Und wie sie überhaupt selten kindlich und gewöhnlich nur kindisch reden, so sind sie auch zuweilen kindisch und gemein vor lauter Malitiösität.«

Er fing wieder an, heftig auf und ab zu gehen.

»Alte Leute sind gut«, sagte Marie, die wieder neben der Mutter saß und ordentlich strickte, und Frau von Brenkfeld mußte mitten aus ihrem gereizten Gefühle beinahe lachen, da nach der vorzeitigen Berechnungsart der Kinder diese Verteidigungsrede ihr galt.

»Ihr könnt euch freuen«, sagte sie, »nicht vor dreißig Jahren jung gewesen zu sein; da wurden die Leute im Verhältnis zu ihren Eltern nie groß. Widerspruch von der einen Seite gab es in der Ordnung gar nicht, und nur selten dargelegte Gründe von der anderen.«

»Es ist schlimm genug«, sagte Karl mit weicher Stimme, »daß es nun im Durchschnitt anders ist. Der Gehorsam gegen die Eltern ist ein Naturgesetz und beinahe so kostbar als das Gewissen. Ich bin überzeugt, daß die Wurzel fast aller jetzt grassierenden moralischen Übel in der Vernachlässigung des Alten steht. Der Mensch ist zu vielem fähig und geneigt, sobald er es, wenn auch noch so anständig, mit Füßen tritt. Es ist etwas Seltsames und Rührendes um ein Naturgesetz.«

»Und zudem«, sagte Therese, »gehorchen muß der Mensch noch irgend jemandem außer Gott, geistlich oder weltlich, das erhält ihn weich und christlich.« – »Ich glaube«, fügte Ledwina hinzu, »daß, wenn das, was Karl vorhin über die Alten sagte, einigen Grund hat, er gewiß in dem gänzlichen Mangel an einem Gegenstande des Gehorsams zu suchen ist; den gegen den Regenten üben sie, aber ohne ihn zu fühlen, da man ihnen gewöhnlich alle Geschäfte abnimmt.«

»Großenteils wahr«, versetzte Karl, »doch ist hier die Ehrfurcht auszunehmen« – und dann schnell: »Notabene, der alte Franz ist ja tot. Wie ist der zu Tode gekommen?«

»An einem Brustfieber«, entgegnete Therese und Ledwina, deren Gesicht wieder ein weißer Flor überzog, setzte mit leiser Stimme hinzu: »Er hat sich erkältet, da er mir im vorigen Winter eine Bahn durch den Schnee fegen wollte.«

Sie stand auf und trat an eine im Schatten stehende Kommode, als ob sie etwas suche; denn sie fühlte, daß die Tropfen, die so leicht in ihre Augen traten, ihnen diesmal zu schwer würden.

»Da wolltest du hundert Jahre alt werden«, lachte Marie. »Denk mal, Karl, Ledwina meinte, sie wollte hundert Jahre alt werden, wenn sie alle Tage spazierenging; das hat der alte Nobst aus dem ›Kinderfreunde‹ auch getan.«

Die Mutter sagte, als habe sie Ledwinens Worte nicht bemerkt: »Er war durch den Schnee nach Ensdorf gewesen.«

»Er ist alt genug geworden«, sagte Karl, »ich glaube, er war schon über achtzig, so alt werde ich nicht.«

Ledwina beugte sich währenddessen tiefverletzt über eine geöffnete Lade. Es war, als wolle man ihr das herzzerreißende, aber teure Geschenk dieses geopferten Lebens entreißen, und sie hielt es fest an sich gepreßt. In Wahrheit ließ die tödliche Krankheit dieses treuen Mannes, des Gatten der alten Lisbeth, viele Gründe zu, wie dies bei dem Ableben sehr alter Leute fast immer der Fall, und deshalb suchte Frau von Brenkfeld mit jener beliebten, aber falschen Schonung, die das Herz verletzt, statt es zu heilen, und empört, statt es zu rühren, jenem wahrscheinlichsten Grunde seine eigentliche Heiligkeit zu stehlen und ihm *nur* die Glorie des letzten Zeichens der Anhänglichkeit zu lassen.

Marie war indes zu Ledwinen hingelaufen und quälte sie durch die unter Lachen immer wiederholte Frage: »Ledwina, du bist wohl recht bange vor dem Tode? Wie alt möchtest du wohl werden, Ledwina?«

Ledwina, die sich in ihrer Rührung noch beobachtet glaubte, – wie sie war – wollte gern antworten, aber sie fürchtete den zitternden Laut ihrer Stimme, sie beugte sich von einer Seite zur anderen, indes das unter ihren Armen durchgeschlüpfte und nun vor ihr an die Lade gepreßte Kind unter ewiger Wiederholung seines Lachens und auch lauten Kicherns ihr immer in die Augen sah. Endlich sagte sie ziemlich gefaßt und in der Aufregung lauter wie gewöhnlich: »Ich fürchte mich etwas vor dem Tode, wie ich glaube, daß fast alle Menschen es tun; denn das Gegenteil ist gegen oder über die Natur. Im ersten Falle möchte ich mir es nicht wünschen, und im zweiten ist es nur in einem sehr langen oder sehr frommen Leben zu erreichen.«

Die Kleine kroch wieder durch und sprang lachend zu ihrem Stuhle.

Auch Ledwina hatte sich unter dem Reden ermutigt und kehrte ziemlich frei zu ihrem Sofa zurück. Karl, für den, sobald er seine verlangte Auskunft hatte, das übrige Gespräch meistens tot war, indem er für sich fortspann, stand nun still und sagte: »Der alte Kerl war ordentlich ein Philosoph; er hätte unseren Gelehrten können zu schaffen machen. Ich habe drei Jahre studiert, und unsere Professoren laufen doch den ganzen Tag wie Diogenes mit der Laterne nach unnützen Fragen; aber so spitzfindige sind mir noch selten vorgekommen, wie das alte Genie aus den Ecken zu bringen wußte. Er hatte auch von sich selbst die Klarinette spielen gelernt.«

»Die hat er geblasen, da er noch jung war«, fiel Marie ein. Karl drehte die Pfeife ungeduldig in den Händen und fuhr dann schnell fort: »Was aber lächerlich war, so wußte er auch auf alles Antworten, und die waren ihm immer gut genug, obgleich der Scharfsinn der Antwort nie im Verhältnis zu dem der Frage stand. Der Hochmut legt doch seine Eier in alle Nester.«

»Der alte Franz war deinem seligen Vater sehr lieb«, sagte Frau von Brenkfeld sanft, aber ernst. Karl antwortete ganz arglos: »Ja, er ist ja, den Unterricht abgerechnet, fast mit ihm erzogen, das hat ihm auch den Schwung gegeben.« Dann fuhr er wie selbst erwacht und mit einem selten zarten Ausdruck in den Mienen fort: »Wenn er so erzählte, wie sie zusammen heimlich das Rauchen trieben aus gehöhlten Kastanien und sich treulich beistanden in Schuld und Strafe, dann ist mir immer ganz wunderlich gewesen; wahrhaftig, es ist mir manche liebe Stunde in dem Manne gestorben.«

»Mir auch«, sagte die Mutter und drängte die Tränen heftig zurück. »Die alte Lisbeth ist auch seitdem ganz kümmerlich geworden.«

»Es ist überhaupt etwas Kurioses und meist Unangenehmes um die Witwen«, versetzte Karl, wieder abgeleitet, »besonders solange die Kinder minorenn sind.«

»Was ist das, minorenn?« fiel Marie ein, und Karl fuhr fort: »Meistens fehlt ihnen die Kraft, und auf alle Fälle nehmen ihnen die Augen der Welt, denen sie immer ein Splitter sind, die Macht und die Herrlichkeit, man sieht sie die an Verbrechen grenzendsten Härten gegen Schuldner ausüben, alles per Pflicht; das geht nun wohl nicht anders, aber es läßt gewöhnlich einige Verhärtungen. Das Regieren tut überall keinem Weibe gut.«

»Witwen sind gut«, sagte Marie beleidigt, und Karl, der die Beziehung nicht faßte, fuhr auf: »Kinder auch, wenn sie das Maul halten«, und fuhr dann mit einem Blick auf seine Mutter in doppeltem Schrecken zusammen.

Frau von Brenkfeld kämpfte gewaltsam gegen eine mehr wehmütige als erzürnte Empfindung, die sie für Unrecht hielt, da Karl im ganzen recht und gewiß arglos geredet hatte. Aber daß sie das Grelle jenes Verhältnisses, dem sie bei den durch die Gutmütigkeit ihres verstorbenen Gatten verwirrten Vermögensumständen, unter den härtesten äußeren und inneren Kämpfen acht Jahre ihres Lebens ihre ganze Gesundheit und oft ihre heiligste Empfindung hatte opfern müssen, eben von jenem so scharf und wie verurteilend mußte auffassen hören, für den sie vor allem freudig geopfert hatte, das warf eine Wolke von Trauer und Verlassenheit in ihre Seele, die sie durch alle Strahlen des Gehorsams und der Liebe ihrer Kinder nicht zu zerstreuen vermochte. Eben ihr war der Witwenschleier aus einem Trauerflor zu einem Bleimantel geworden, der fast sogar die Ehre niedergebeugt hätte, da ihr Gatte durch unverhältnismäßige Schuldbeträge die Leute nach seinem Tode zugrunde richtete, denen er bei seinem Leben gern helfen wollte. Er hatte den Segen mit sich genommen und ließ der Vormundschaft und seiner bedrängten Witwe den Fluch. Zudem hing ihr sonst starkes Herz seit einiger Zeit mit großer Schwäche an Marie, dem einzigen ihrer Kinder, dem sie alles in allem war, indes die Herzen der übrigen sich stark an die fremden Götzen zu hängen begannen. Im Verhältnis zu ihren Töchtern war dies Gefühl minder stechend gewesen, da eine vielseitige und gewandte Weltkenntnis von seiten der Mutter und ein unbedingter Gehorsam von seiten der Kinder ausglichen, was Ledwina an Tiefe und Innigkeit und Therese an klarer und besonnener Auffassung voraushaben mochten. Aber die Zurückkunft Karls, den ihr die Universität nach seiner persönlichen Empfänglichkeit völlig ausgebildet, aber außerdem oder vielleicht deshalb etwas überreif und überfrei wiedergab, war ihr aus einem Jubiläum der

Witwenherrschaft zu der beklemmten Leichenfeier derselben geworden, obschon nur in der inneren Überzeugung, da Karl jetzt aus Pflicht und Vorsatz das zu sein strebte, wozu ihn früher die scheueste Ehrfurcht gemacht hatte; aber eben dies immer durchscheinende Streben, dies öftere Mißlingen durch Mißverstehen, weil die scharfe angstvolle Beachtung des Kindes fehlte, dies seitdem offenbare Zusammenhalten und Einanderaushelfen der Geschwister sagte ihr deutlich, wie locker die Krone auf ihrem Haupte stehe, nur gehalten durch ein einsichtiges, aber pflichtvolles Ministerium. Karln hatte sie als eine üppige, aber zarte Treibhauspflanze unter Tränen, Sorgen und Segen in die freie Luft gesendet, und sie konnte sich nicht verbergen, daß, so sie ihn jetzt ohne eins von allen entließ, er nur den letzteren vermissen würde, und auch dies nur in Überlegung und Religiosität, nicht in jenem scheuen frommen Gefühle, was sich in der Welt ohne den mütterlichen Segen wie zwischen reißenden Tieren dünkt. Marie duldete er offenbar nur in Rücksicht ihrer, und sein gereiztes Gemüt mußte gerade bei einer Veranlassung hervorbrechen, wo sie ihr fast wie ihr einziges Kind erschien, und doch konnte sie eben hier ohne die äußerste Taktlosigkeit nichts sagen.

Karl begriff ihre Gefühle auch jetzt nur so im groben, in der ersten Entstehung, und folgte ihnen gar nicht. Er ging auf und ab, rauchte und war noch etwas verdutzt, aber völlig ruhig. Ledwina hätte wohl alles dieses am empfindlichsten aufgefaßt, aber eine früherhin schmerzlich berührte Saite klang so hell nach, daß sie noch jeden anderen Laut übertönte. Sie konnte überhaupt sehr lange an einem Gedanken zehren und nahm noch oft das Frühstück ein, wenn die anderen schon ein richtiges Mittagsmahl, einen unbedeutenden Tee nebst einer Menge amüsanter Konditorwaren verzehrt hatten und sich nun zur Abendtafel setzten.

Nur Therese, die immer wie der Engel mit dem flammenden Schwerte vor und mit dem Palmzweige über den Ihrigen stand, mußte die ganze Last dieses Augenblicks tragen und suchte angstvoll nach einer klug-beschwichtigenden Rede.

»Warum wählst du immer den verdrießlichen Weg am Flusse, Ledwina?« begann Frau von Brenkfeld gesammelt, da die Stille kein Ende nahm.

»Ich habe den Weg einmal sehr lieb«, versetzte Ledwina. »Ich glaube, das Wasser tut viel dazu.«

»Den Fluß hast du ja auch unter deinem Fenster«, sagte die Mutter, »aber es ist so ein bequemer Gedankenschlender; deshalb geht man auch leicht weiter, wie man sollte.«

»Ich muß gestehen«, sprach Karl, »daß mir die Gegend hier, besonders jetzt, recht erbärmlich vorkommt. Man spaziert wie auf dem Tische, die Gegend vor uns wie hinter uns, oder vielmehr gar keine. Der Himmel über uns und der Sand unter uns.«

»Die Gegend könnte malerisch noch viel schlechter sein, wie sie ist«, sagte Ledwina, »und mir bliebe sie doch lieb; von den Erinnerungen, die in jedem Baume wohnen, will ich gar nicht reden; denn so kann nichts mit ihr verglichen werden; aber so wie sie dasteht, und überall, wäre sie mir höchst ansprechend und wert.«

»Chacun à son goût«, versetzte Karl. »Nach deinen eben gemachten Ausnahmen weiß ich nicht, was dich reizt: das stachlichte Heidekraut oder die langweiligen Weidenbäume oder die goldenen Berge, die uns in einer Stunde ein zauberischer Wind schenkt.«

»Die Weiden zum Beispiel«, versetzte Ledwina, und in ihr Gesicht goß sich ein trübes, aber bewegliches Leben, »haben für mich etwas Rührendes; sie zeigen eine sonderbare Verwechslung in der Natur: die Zweige farbicht, die Blätter grau, sie kommen mir vor, wie schöne, aber schwächliche Kinder, denen der Schrecken in einer Nacht das Haar gebleicht. Und überhaupt tiefe Ruhe auf manchen Flächen dieser Landschaft: keine Arbeit, kein Hirt, nur allerhand große Vögel und das einsam weidende Vieh, so daß man nicht weiß, ist man in einer Wildnis oder in einem Lande ohne Trug, wo die Güter keine Hüter kennen als Gott und die allgemeinen Gewissen.«

»Es ist nicht schwer«, versetzte Karl lächelnd, »einer Sache, die so viele liebe Seiten hat, auch eine schöne abzugewinnen, aber ich versichere dir, man darf keine zwanzig Meilen reisen, sonst fallen die schönen romantischen Läppchen ab, und was nackt übrigbleibt, ist eine halbe Wüste.«

»Die Wüste«, versetzte Ledwina gleichfalls lächelnd und wie träumend, »die Wüste mag vielleicht große und furchtbare Reize haben.«

»Kind, du plapperst«, sagte Karl und lachte laut auf. Ledwina fuhr langsam fort:

»So plötzlich hineinversetzt, ohne ähnliche und doch völlig ungleiche Umgebungen zu kennen und hauptsächlich ohne früher von ihnen gelitten zu haben, und nun weithin nichts als die gelb glimmernde Sandfläche, keine Begrenzung als den Himmel, der niedersteigen muß, um die Unendlichkeit zu hemmen, und nun flammend über ihr steht; statt der Wolken die himmelhohen, wandelnden Glutsäulen, statt der Blumen die farbicht brennenden Schlangen, statt der grünen Bäume die furchtbaren Naturkräfte der Löwen und Tiger, die durch die rauschenden Sandwogen schießen wie die Delphine durch die schäumenden Fluten – überhaupt muß es dem Ozean gleichen.«

Karl war vor Verwunderung stillgestanden, und dann sagte er mit einem närrischen Gesichte: »Und wenn die wandelnden Glutsäulen uns Visite machen oder die Blumen der Wüste uns umkränzen oder die furchtbaren Naturkräfte sich an uns probieren wollen?«

Ledwina fühlte sich widrig erkältet. Sie beugte sich, ohne zu antworten, nieder, um ein Garnknäuel vom Boden aufzuheben.

»Aber, mein Gott«, rief Frau von Brenkfeld, der durch diese rasche Bewegung ihre noch nicht völlig getrockneten Schuhe sichtbar geworden waren, »du bist ja ganz naß!«

»Ich bin etwas naß«, versetzte Ledwina, ganz herunter von widrigen Empfindungen.

»Und das schon die ganze Zeit«, versetzte die Mutter verweisend. »Leg dich augenblicklich nieder, du weißt es ja in Gottes Namen auch selbst wohl, wie wenig du vertragen kannst.«

»Ja«, sagte Ledwina kurz und stand auf, um in ihrer Empfindlichkeit allen weiteren Reden zu entgehen.

»Daß du dich aber ja niederlegst, und trinke Tee«, rief ihr die Mutter nach.

Sie wendete sich in der Tür um und sagte mit gewaltsamer Freundlichkeit: »Ja, gewiß.« Therese folgte ihr.

*

»Du hast noch nicht getrunken«, sprach Therese sanft verweisend, da sie nach einer Viertelstunde mit einem Glase Wasser von neuem in die Kammer trat und die weislich vor dem Fortgehen eingeschenkte Tasse noch unberührt sah.

»Wenn nun die Mutter käme«, fuhr sie fort; »du weißt, wie sie auf ihr Wort hält.«

»Ach Gott, ich habe noch nicht getrunken? Wenn nun die Mutter käme!« wiederholte Ledwina, aus tiefem Sinnen auffahrend, und im Nu reichte sie Theresen die geleerte Tasse.

»Mir ist so heiß«, sagte sie dann, warf unruhig die weißen

Gardinen weit zurück und legte die brennenden Hände in der Schwester Schoß.

»Du trinkst zu schnell«, sagte diese. – »Ich wollte, ich dürfte das Glas Wasser trinken«, versetzte Ledwina.

»Trink du den Tee, der bekommt dir viel besser«, antwortete Therese mitleidig, »das kannst du deiner Gesundheit wohl opfern, es ist ja nur ein kleiner Wunsch.«

»Oh, er kommt auch nur oben vom Herzen«, lächelte Ledwina, »und dann setze dich doch recht zu mir und sprich mir etwas vor. Das Bettliegen ist so fatal; es ist noch lange nicht dunkel, und dann die lange Nacht!«

Therese setzte sich auf den Rand des Bettes und seufzte unwillkürlich recht tief. Ledwina lächelte von neuem, und sehr freundlich, fast freudig.

»Der heutige Tag«, sagte Therese dann tiefsinnig, »ist äußerlich so unbedeutend gewesen und doch innerlich so reich; es ist soviel durchgedacht und auch wohl ausgesprochen worden, was in Jahren hat nicht zur Klarheit kommen können, wie der Brennpunkt einer langen Zeit.«

»Jawohl, allerhand«, versetzte erwartungsvoll Ledwina, der in diesem Augenblicke nur eins still bewegend im Sinne lag.

»Ich wollte«, sprach Therese weiter, »der Karl sähe etwas weniger imposant aus, damit er etwas minder geehrt würde. Alles wendet sich an ihn, und die Mutter wird jedesmal rot, wenn er mit der gefälligen Miene sagt: ›Tragt das meiner Mutter vor!‹«

Ledwina hatte, wie vorhin gesagt, den Teil des vorigen Gespräches, auf den sich dies bezog, völlig überhört, und auch jetzt hielt ihr Geist eine andere Richtung fest. So faßte sie es gar nicht in seinem tiefen Schmerze.

»Ja«, sagte sie noch immer still träumend, »es wurde so vielerlei gesprochen, daß man das erste über dem letzten vergaß. Mich soll wundern, ob Steinheim sich auch verändert hat.« Therese ward feuerrot: »Ich möchte es gar nicht«, fuhr sie fort, »mir scheint immer, er könnte nur dabei verlieren.«

Therese schenkte etwas mühsam eine neue Tasse ein. »Mich dünkt, ich sehe ihn«, hub Ledwina an, »wie er gefragt wird, und wie sofort aus dem lieben frommen Antlitz eine freundliche Antwort spricht; es wird einem ganz ruhig, wenn man eine Zeitlang darauf weilt.« – »Das geht wohl«, sagte Therese in der Angst. Ledwina sah hoch auf.

»Meinst du nicht?« fragte sie ernst.

»O nein«, sagte Therese verwirrter und brach sehr unpassend ab. Aber Ledwina hatte sich aufgerichtet und ihre Hände krampfhaft gefaßt.

»O bitte, bitte«, sagte sie in strenger Angst; »schweig, aber lüg nicht«, und mit einem Seufzer der tiefsten Wehmut lag Therese an ihrer Brust und weinte und zitterte, daß die Gardine bebte. Ledwina hielt sie fest an sich, und ihr Gesicht war aufgegangen wie ein Mond, der leuchtend über die Schwester wachte. Beide ließen sich nach einer langen lebensreichen Pause, die eine Welt von Gefühlen in sich schloß, und suchten ihre verlorene Fassung, die eine auf der seidenen Bettdecke, die andere an dem Bande des Teetopfes, das sie losknüpfte, statt es fester zu heften; denn es ist eben den besten und herrlichsten Menschen eigen, daß sie sich schämen, wenn ein unbewachter Augenblick verraten hat, wie weich sie sind, indes die Armen im Geiste von jener Art, der nicht der Himmel verheißen ist, es in Ewigkeit nicht vergessen können, wenn sie einmal einen rührenden Gedanken gefunden haben, wie das blinde Huhn die Erbse.

»Ich bin mir oft recht lächerlich und eitel vorgekommen«, hub Therese endlich an, »dir auch?« – Ledwina mußte lachen und sah sie fragend an. Therese fuhr fort: »Allen dunkel und mir allein hell; es ist betrübt, Ledwina, so etwas ganz allein zu merken. Man wird ganz irre. Ich habe immer innerlich glühen müssen, wenn ich diese oder jene unserer Bekannten mit geträumten Eroberungen prunken sah. Es ist so häßlich und so allgemein. Die Bescheidenheit schützt heutzutage gar nicht mehr. Und für mich wär es so traurig. Ach, Ledwina, sollte ich es mir wohl nur einbilden? Ich kann ja auf nichts bauen als auf meinen innigsten Glauben.«

»Baue du dein Haus nur«, sagte Ledwina bewegt, »du hast einen guten Grund, einen verborgenen, aber festen, der nicht unter dir einsinken wird.« – »Er hat mir nie etwas Derartiges gesagt«, versetzte Therese, indes ihre Augen in den Boden brennen wollten. – Ledwina sagte nachsinnend und lieblich: »Für einen anderen nichts, für ihn alles. Wär's ein anderer, so hättest du auch den Glauben nicht. Ach, Therese, du wirst sehr glücklich sein, das sage ich frei und schäme mich nicht. Wir suchen doch einmal alle, wenn schon meistens inkognito, aber ich habe aufgehört; denn ich weiß, daß ich nicht finde.« – Therese entgegnete demütig: »Ich darf auch nicht soviel verlangen wie du.« – »Das heißt nun nichts«, versetzte Ledwina sanft verweisend, »das kannst du selbst nicht glauben; du bist Gott und Menschen angenehmer, das weiß ich wohl.« Therese erschrak ordentlich und wollte einfallen, aber Ledwina winkte ernst mit der schmalen weißen Hand und fuhr fort: »Doch mein ruheloses törichtes Gemüt hat so viele scharfe Spitzen und dunkle Winkel, das müßte eine wunderlich gestaltete Seele sein, die da so ganz hineinpaßte.« – Therese faßte erschüttert ihre beiden Hände und sagte, indem sie das Gesicht wie scheu umherwandte, um die Zeichen der höchsten Bewegung zu verbergen: »Ach Ledwina, ich mag jetzt gar nicht davon reden, wie lieb dich viele Menschen haben, aber auch du wirst finden, was dir einzig lieb bleibt. Gott wird ein so reines und heißes Flehen nicht überhören.«

Ledwina, der das Gespräch zu angreifend wurde, sagte wie leichtsinnig: »Jawohl, man sagt ja, es gibt keinen so schlechten Topf, daß sich nicht ein Deckel dazu fände, aber Gott weiß, wo mein Erwählter lebt, vielleicht ist er in diesem Augenblick auf der Tigerjagd, es ist doch gerade die Zeit; und dann, du meinst, Steinheims Liebe sei unbemerkt geblieben. Glaub das ja nicht. Hab ich dir je früherhin ein Wort gesagt? Und doch ist mir alles seit einem Jahr die höchste Gewißheit, und ich kann euch gar nicht mehr in Gedanken trennen. Aber wie kannst du glauben, daß unsere Mutter auf einen bloßen, auch noch so getreuen Schein, sich über eine so zarte Sache äußern sollte, oder Karl, dem die Ehre und der Anstand fast zuviel sind. Ich habe oft und heimlich lachend den Kampf beider gesehen, wenn sie weder absichtlich störend noch nachlässig erscheinen wollten. Glaub mir, könnte Steinheim dich vergessen oder übergehen, so würden beide schweigen und sich fassen, aber ihr Glaube an die Menschen wäre dahin, so gut wie der deinige.«

»Aber auch heute, wo die Entscheidung so gar nahegestellt ist«, versetzte Therese beklommen, »nicht das kleinste Zeichen in Miene oder Worten.«

»O Therese«, sagte Ledwina lächelnd, »ich sehe wohl, die Liebe macht die Leute dumm. Ist dir dies Vermeiden seines Namens, dies behutsame, verräterische Umgehen des ganzen Besuches, der doch bei weitem das Hauptsächlichste im Briefe war, nichts? Ich sage dir, Therese, ich wußte von nichts, da ich in die Stube trat, aber ich bin zusammengefahren und habe in der höchsten Spannung geschwebt und geglaubt, jeder Laut werde das Geheimnis gebären; besonders auf dem Gesichte unserer Mutter wogte ja die ganz offene See der Empfindungen.«

Therese hatte nach und nach das Haupt erhoben und sah

nun peinlich hoffend nach Ledwina wie ein Kind auf den Vater, wenn es merkt, daß er ihm etwas schenken will.

»Nun, ich will es so denken, und ich kann ja nicht gut anders«, sagte sie verschämt, »aber bitte, bitte, nun nicht mehr davon reden.«

Nach einigen Augenblicken fuhr sie trübe fort: »Man muß sich nicht so in eine Hoffnung eingraben, das Glück ist gar zu kugelrund.« Dann schwieg sie, faßte die Schale und den Teetopf, als wolle sie einschenken, sagte dann: »Ich komme gleich wieder«, und ging hinaus, denn sie zitterte so sehr, daß sie den Topf nicht hätte heben können.

Nach einer langen Weile trat sie wieder mit leisen Schritten herein und blickte weit vorgebeugt mit angestrengter Sehkraft nach der Schwester hinüber, weil sie dachte, sie möchte schlummern, und es nicht wagte, ihr zu nahen, um der frischen Abendluft willen, die aus ihren Kleidern duftete; denn sie war im Freien gewesen, tief, tief im Gebüsche und hatte sich einmal recht satt geweint und gestöhnt, und nun war sie wieder still und sorgsam wie vorher; denn diese süße, überteure Seele lebte ein doppeltes Leben, eines für sich, eines für andere, wovon das erstere nur zum Kampf für das letztere vortrat, nur daß es statt des Schwertes die Leidenspalme führte. So stand sie eine Weile. Kein Vorhang rauschte, aber ein tiefer, schwerer Atem zog hinüber und gab ihr mit der Gewißheit des Schlummers zugleich eine wehmütige Sorge. Sie setzte sich ganz still in ein Fenster. Die Sonne ging unter, und ihre letzten Strahlen standen auf einem Weidenbaum am jenseitigen Ufer. Der Abendwind regte seine Zweige, und so traten sie aus dem Glanz und erschienen in ihrer natürlichen Farbe, dann bogen sie sich wieder in die Goldglut zurück. Für Ledwinens krankes, überreiztes Gemüt hätte dies flimmernde Naturspiel leicht zu einem süßen oder finstern Bilde des Gefesseltseins in der sengenden Flamme, der man immer vergeblich zu entrinnen strebt, da der Fuß in dem qualvollen Boden wurzelt, ausarten können, aber Therese war es unbeschreiblich wohl geworden in Betrachtung des reinen wallenden Himmelsgoldes und überhaupt der lieblichen gefärbten Landschaft; ihre Gedanken waren ein leises und brünstiges Gebet geworden, und ihre Augen waren scharf auf den Abendglanz gerichtet, als sei hier die Scheidewand zwischen Himmel und Erde dünner; es war ihr auch, als zögen die Strahlen ihrer Seufzer mit hinauf, und sie legte das glühende Antlitz dicht an die Scheiben; aber wie die Sonne nun ganz dahin war und auch der Abendhimmel begann, ihre Farbe zu verleugnen, da sanken auch ihre Flügel, und sie ward wieder trüber und wußte nicht, warum.

Das Vieh zog langsam und brummend in den Hofraum, und zugleich stieg das Abendrot höher, und ein frischer Wind trieb die rosenfarbene Herde nach dem Schlosse hinüber. »Nun wird es gut«, sagte sie ziemlich laut, das Wetter meinend, und erschrak, daß sie der Schlummernden vergessen hatte. Aber eine unbeschreibliche Zuversicht kam in ihr Herz, und diese unwillkürlich ausgesprochenen Worte waren ihr wie durch Gottes Eingebung. Sie war von nun an völlig ruhig und blieb es bis zu der Stunde, die ihr Schicksal entschied. So haben auch die klarsten, sichersten Seelen ihre Augenblicke, wo der Glaube an eine verborgene, geistige Abspiegelung aller Dinge ineinander, an das viel geleugnete Orakel der Natur sie mächtig berührt, und wer dem widerspricht, dessen Stunde ist noch nicht gekommen, aber sie wird nicht ausbleiben, und wäre es die letzte.

Therese stand wie aus einem schweren Traum auf und schlich zum Lager Ledwinens. Unbeweglich, ja fast starr lag die Schlafende, und ihr Antlitz war weiß wie Marmor, aber in ihrer Brust arbeitete ein schweres, unruhiges Leben in tiefen Zügen. Therese sah sorgsam auf die Gegend des Herzens und legte dann sachte die Hand darauf, die sich von den heftigen Schlägen hob. Hätte sie nicht gewußt, daß plötzliches Erwecken bei der Schwester immer mit einem erschütternden Schrecken verbunden sei, sie hätte sie nicht dieser angstvollen, betäubenden Ruhe überlassen; aber nun blickte sie noch einmal sorgenvoll auf die Schlafende, segnete sie zum ersten Male in ihrem Leben, zog die Vorhänge des Bettes weit los, schloß die der Fenster und ging dann sachte und wehmütig zurückblickend hinaus mit dem Vorsatz, späterhin noch einmal nachzusehen.

*

Es war tief in der Nacht, als Ledwina aus ihrem langen Schlummer erwachte. Sie hatte äußerlich tief geruht, und Therese war unbemerkt vor einigen Stunden noch einmal an ihrem Lager gewesen, wo sie die Schwester, die ihr nun erleichtert schien, beruhigt verlassen hatte. Aber in Ledwinens Innerem hatte sich eine grauenvolle Traumwelt aufgeschlossen, und es war ihr, als gehe sie zu Fuße mit einer großen Gesellschaft, worunter alle die Ihrigen und eine Menge Bekannter waren, um einer theatralischen Vorstellung beizuwohnen. Es war sehr finster, und die ganze Gesellschaft trug Fackeln, was einen gelben Brandschein auf alles warf, besonders erschienen die Gesichter übel verändert. Ledwinens Führer, ein alter, aber unbedeutender Bekannter, war sehr sorgsam und warnte sie vor jedem Stein. »Jetzt sind wir auf dem Kirchhof«, sagte er. »Nehmen Sie sich in acht, es sind einige frische Gräber.« Zugleich flammten alle Fackeln hoch auf, und Ledwinen wurde ein großer Kirchhof mit einer zahllosen Menge weißer Leichensteine und schwarzer Grabhügel sichtbar, die nun regelmäßig eins ums andere wechselten, daß ihr das Ganze wie ein Schachbrett vorkam und sie laut lachte, als ihr plötzlich einfiel, daß hier ja ihr Liebstes auf der Welt begraben liege. Sie wußte keinen Namen und hatte keine genauere Form dafür als überhaupt die menschliche, aber es war gewiß ihr Liebstes, und sie riß sich mit einem furchtbar zerrissenen Angstgewimmer los und begann, zwischen den Gräbern zu suchen und mit einem kleinen Spaten die Erde hier und dort aufzugraben. Nun war sie plötzlich die Zuschauende und sah ihre eigene Gestalt totenbleich, mit wild im Winde flatternden Haaren an den Gräbern wühlen, mit einem Ausdrucke in den verstörten Zügen, der sie mit Entsetzen füllte. Nun war sie wieder die Suchende selber. Sie legte sich über die Leichensteine, um die Inschriften zu lesen, und konnte keine herausbringen, aber das sah sie, keiner war der rechte. Vor den Erdhügeln fing sie an, sich zu hüten, denn der Gedanke des Einsinkens begann sich zu erzeugen, dennoch war sie im Zwange des Traumes zu einem wie hingestoßen, und kaum betrat sie ihn, so stürzte er zusammen. Sie fühlte ordentlich den Schwung im Fallen und hörte die Bretter des Sarges krachend brechen, in welchem sie jetzt neben einem Gerippe lag; ach, es war ja ihr Liebstes, das wußte sie sogleich. Sie umfaßte es fester, als wir Gedanken fassen können; dann richtete sie sich auf und suchte in dem grinsenden Totenkopfe nach Zügen, für die sie selbst keine Norm hatte. Es war aber nichts, und zudem konnte sie nicht recht sehen; denn es fielen Schneeflocken, obschon die Luft schwül war. Übrigens war es jetzt am Tage. Sie faßte eine der noch frischen Totenhände, die vom Gerippe losließen. Das schreckte sie gar nicht. Sie preßte die Hand glühend an ihre Lippen und legte sie dann an die vorige Stelle und drückte das Gesicht fest ein in den moderichten Staub. Nach einer Weile sah sie auf; es war wieder Nacht, und ihr voriger Begleiter stand sehr hoch am Grabe mit einer Laterne und bat sie, mitzugehen. Sie antwortete, sie werde ein paar Tage bleiben, bis sie tot sei; er möge gehen und die Laterne dalassen, was er auch sogleich tat, und sie sah wieder eine Weile nichts als das Gerippe, das sie mit einer herzzerreißenden Zärtlichkeit liebkoste. Plötzlich stand ein Kind neben dem Grabe mit einem Korbe voll Blumen und Früchten, und sie besann sich, daß es eins dener sei, die im Theater Erfrischungen umherbieten. Sie kaufte ihm seine Blumen ab, um den Toten damit zu schmücken, wobei sie ganz ordentlich und ruhig die Früchte auslas und zurückgab. Da sie den Korb ausschüttete, wurden der Blumen so viele, daß sie das ganze Grab füllten. Des freute sie sich sehr, und wie ihr Blut milder floß, formte sich die Idee, als könne sie den verwesten Leib wieder aus Blumen zusammensetzen, daß er lebe und mit ihr gehe. Über dem Aussuchen und Ordnen der Blumen erwachte sie und, wie bei Träumen immer nur der allerletzte Eindruck in das Leben übergeht, ziemlich frei, aber ihr war unerträglich heiß.

Sie richtete sich auf und sah noch etwas verstört im Zimmer umher.

Das Mondlicht stand auf dem Vorhange eines der Fenster, und da die leichten Wolken zogen, schienen sie zu wallen wie das Gewässer. Der Schatten fiel auf ihr Bett und teilte der weißen Decke dieselbe Eigenschaft mit, daß sie sich wie unter Wasser vorkam.

Sie betrachtete dies eine Weile, und es wurde ihr je länger, je grauenhafter; die Idee einer Undine ward zu der einer im Fluß versunkenen Leiche, die das Wasser langsam ruhig zerfrißt, während die trostlosen Eltern vergebens ihre Netze in das unzugängliche Reich des Elements senken. Ihr ward so schauerlich, daß sie sich nach einigen Skrupeln wegen der Glut in ihrem Körper entschloß, aufzustehen und die Vorhänge wegzuziehen. Die Nacht war überaus schön. Der

Mond stand klar im tiefen Blau. Die Wolken lagerten dunkel am Horizont in einer schweren getürmten Masse, und der Donner hallte leise, doch mächtig herüber, wie das Gebrüll des Löwen.

Ledwina blickte lüstern durch die Scheiben, das graue Silberlicht lag wie ein feenhaftes Geheimnis auf der Landschaft, und dünne, matte Schimmer wogten über die Ginster und Kräuter wie feine Fäden, als bleichten die Elfen ihre duftigen Schleier. Am Flusse war die Luft ganz still; denn die Weiden standen wie versteint, und kein Hauch bog die gesträubten Haare, aber in der Ferne schüttelten sich die Pappeln und hielten dem Mondlicht die weißen Flächen entgegen, daß sie schimmerten wie die silbernen Alleen in Träumen und Märchen. Ledwina sah und sah, und ihr Fuß wurzelte immer fester an der lockenden Stelle, und bald stand sie, halb unwillkürlich, halb mit leisen Vorwürfen, in ein dichtes Tuch gehüllt am offenen Fenster. Sie schauderte linde zusammen vor der frischen Luft und der geisterhaften Szene. Ihre Blicke fielen auf das klare Licht über sich und das trübe Licht unter sich im Strome, dann auf den finsteren dämmernden Hintergrund, und das Ganze kam ihr vor wie der stolze und milde Seegruß zweier erleuchteter Fürstengondeln, indes das Volk gepreßt und wogend in der Ferne steht und sein dumpfes Gemurmel über das Wasser hallt.

Da erschien fern am Strome noch ein drittes Licht, aber ein hüpfendes, trübes Flämmchen, wie ein dunstiges Meteor, und sie wußte nicht, war es wirklich ein Irrlicht oder ward es von Menschenhänden getragen, mehr zur Gesellschaft als zum Führer in der täuschenden Nachthelle. Sie richtete die Blicke fest darauf, wie es langsam herantanzte, und sein unausgesetztes Nähern bürgte für die letztere Meinung. Sie war so verloren in fremde Reiche, daß sie sich den Wanderer als einen grauen Zaubermeister bildete, der in der

Mondnacht die geheimnisvollen Kräuter in den feuchten Heidgründen sucht. Wirklich gab es viele Beschwörer, oder sogenannte Besprecher, in jener Gegend, wie überhaupt in allen flachen Ländern, wo die Menschen mit der nebelichten Luft Schwermut und einen gewissen krankhaften Geisterglauben einatmen. Diese Zauberer, meistens angesessene, geachtete alte Leute, sind mit seltenen Ausnahmen so truglos wie ihre Kinder, so wie sie auch das unheimliche Werk fast nie als Erwerb, sondern meistens als ein zufällig erobertes, aber teures Arkanum in nachbarlichen Liebesdiensten ausüben. Sie halten sonach auch vor sich selber streng auf alle die Nebenumstände, die dergleichen Dingen selbst bei völlig Ungläubigen etwas Schauderhaftes leihen, als das starre Stillschweigen, das Pflücken der Kräuter oder Zweige im Vollmond oder in einer bestimmten Nacht des Jahres, und so weiter.

Und so wäre es nichts so Unmögliches gewesen, auf einer nächtlichen Wanderung dergleichen unheimliche Gefährten zu finden. Aber das Flämmchen hüpfte näher, und bald war es Ledwina kenntlich als der brennende Docht einer Laterne, die ein Mann trug, indes eine Gestalt zu Pferde ihm folgte. Sie besann sich, daß es wohl ein nächtlicher Reisender sei, den ein Wegeskundiger an den trügerischen Buchten des Stromes vorüberleite. Das Feenreich war zerstört, aber ein menschliches Gefühl der tiefsten Wehmut ergriff sie um den Unbekannten, mit dem sie einen schönen Nachmittag in ihren Träumen verlebte, und der doch achtlos an ihr vorüberzog wie an den Steinen des Weges, und der nichts von ihr wüßte, wenn er einst ihren Tod las in den Blättern der Zeitungen. Jetzt war er dem Schlosse gegenüber, wo der Fußsteig mit Steinen gepflastert war, ein langsamer Hufschlag schallte zu ihr hinauf, und sie strengte ihre Sehkraft an, um den letzten Umriß seiner Gestalt festzuhalten.

Plötzlich zog eine Wolke, die der Westhauch am Horizont als Herold aussandte, über den Mond; es ward ganz finster; und zugleich schlug ein schwerer, klatschender Fall an ihr Ohr, ihm folgte ein heftiges Plätschern und der laute Angstruf einer männlichen Stimme. Ledwina sprang verwirrt in fürchterlichem Schrecken vom Fenster zurück und wollte nach Hilfe eilen, aber ihre Knie trugen sie nur bis in die Mitte des Zimmers, wo sie zusammenbrach, doch ohne die Besinnung zu verlieren. Sie schrie nun im höchsten Entsetzen anhaltend und fast über ihre Stimme, und nach einer Minute war ihre Mutter, ihre Schwester und fast das ganze weibliche Personal um sie versammelt. Man hob sie auf und trug sie ins Bett und meinte, sie rede irre, da sie beständig und angstvoll rief: »Macht das Fenster auf! – Im Flusse – er liegt im Flusse«, und sich loszureißen strebte. Marie, die vor Schrecken laut weinte, war jedoch die erste, die den Ruf vom Flusse her durch das laute Gewirr unterschied. Man riß das Fenster auf, und bald zogen die Domestiken des Schlosses, mit Stangen und Haken versehen, an das Ufer. Den Reisenden hatte sein rasches Pferd aus den Wellen getragen, in der er dem Irrlichte in der Hand seines Führers gefolgt war, da er sehr dicht hinter ihm trabte. Er stand triefend neben seinem schnaubenden Tiere und wollte eben in der Angst von neuem in den Strom, das fortschwimmende Menschenleben zu retten, da ihm das fremde Land keine andere Hilfe zu bieten schien.

Therese stand händeringend am Fenster und horchte auf Laute der Suchenden durch den Sturm, der nun mit einer fürchterlichen Heftigkeit losgebrochen war. Der Donner rollte sonder Aufhören. Das Wasser tanzte in greulicher Lust über der gefallenen Beute und warf sprühenden Schaum in die Augen derer, die sie ihm zu entreißen suchten. Der Fremde stand am Ufer, bebend vor Frost. Er wollte nicht ins

Schloß, aber mit einem Kahn in die empörten Wogen. »Wollen Sie sich selbst ums Leben helfen?« sagte der alte Verwalter. »Ich denke, an einem ist es genug.« – »O Gott!« rief der Fremde schmerzlich, »ich habe ihn so beredet; er wollte nicht von seiner alten Mutter, die sich vor dem Gewitter fürchtet. Um Gottes willen, einen Kahn, einen Kahn!« – »Einen Kahn können Sie nicht kriegen, wir haben keinen«, sagte der Verwalter. Der Fremde hielt ihm eine Laterne hoch vors Gesicht, und wie er ihm in dem falschen Schein zu lachen schien, faßte er ihn wütend an der Brust und rief: »Einen Kahn, oder ich werfe dich auch ins Wasser.« Der Verwalter blickte ihn fest an und sagte: »Wir haben keinen.« Der Fremde sprach ernsthaft verwirrt: »Wie seid Ihr denn hierhergekommen?« – »Über die Brücke dort«, versetzte der Verwalter. »Eine Brücke«, sagte der Fremde wie gelähmt, ließ ihn los und gesellte sich in höchster Angst zu den Suchenden. »Hier habe ich etwas«, rief einer und warf ein weißes Ding ans Ufer, was man als die Mütze des Verlorenen erkannte. Man suchte hier emsiger, aber die Haken fuhren vergebens durch das schäumende Wasser. »Wir finden ihn nicht«, rief ein anderer, ermattet in der frucht- und fast zwecklosen Arbeit, »das Wetter ist zu toll.« – »Das Wasser gibt ihn auch nicht her«, rief wieder einer, »es hat in diesem Jahre noch kein Menschenfleisch gehabt.« – »Nicht?« versetzte ein anderer, und der Fremde sah mit Schrecken, wie nach dieser Bemerkung aller Eifer sichtbar erlosch. Er bot Geld über Geld, und man fuhr ihm zu Gefallen fort zu suchen, aber so mutlos, daß man bald nur noch zum Anschein mit den Stangen und Haken ins Wasser klatschte.

Therese hatte indes das Fenster nicht verlassen. »Ich höre nichts«, sagte sie jammernd zu Ledwina gewandt, die sie zum Schrecken halb angekleidet und im Begriffe, aus dem

Bette zu steigen, sah. Sie schloß das Fenster schnell und drängte die zitternde Schwester in das Bett zurück, worin sich diese jedoch bald ergab mit dem Beding der schnellsten Mitteilung aller Nachrichten. Therese versprach alles und meinte, mit ihrem Gewissen wohl auszukommen. Sie hatte sich mit großer Kraft gefaßt und redete jetzt viel Tröstliches, geistlich und irdisch, zu Ledwina, daß diese endlich ganz still wurde und in der höchsten Ermattung wieder einschlief. Dann ging sie, um ein warmes Zimmer und Bett für den Fremden zu besorgen, der endlich nach mehreren Stunden durch und durch erfroren und innerlich bebend einzog. Dann legte sie sich selbst nieder, ob der Morgen ihr vielleicht noch einige Erholung schenken wolle, da der Tag sie wieder in ihrer ganzen Kraft forderte, nachdem sie eine Zofe neben Ledwinens Gemach gebettet hatte.

*

Es hatte sieben geschlagen, als Minchen auf den Zehen in die Kammer schlich und das Fräulein ihr schon völlig gekleidet entgegentrat.

»Was gibt's, Minchen?« sagte sie bewegt und heftete die letzte Nadel.

»Der fremde Herr ist ganz munter«, antwortete das Mädchen.

»Aber der Bote?« fragte Ledwina.

»Das weiß Gott«, versetzte Minchen, und beide schwiegen. »Man braucht sich nicht viel Gutes zu denken«, sagte Minchen und fing bitterlich an zu weinen. Ledwina sah starr vor sich nieder und fragte: »Weiß man nicht, wer es gewesen ist?«

»Freilich wohl«, versetzte das schluchzende Mädchen, »es ist ja der Klemens von der alten Lisbeth; o mein Gott, was soll sich das arme alte Mensch haben!« und weinte laut.

Ledwina setzte sich auf das Bett und legte das Gesicht in die weißen Kissen, dann erhob sie sich schneeweiß und sagte: »Ja, Gott muß es wissen«, nahm ihr Schnupftuch vom Tische und ging langsam hinaus. Im Wohnzimmer war alles um das Frühstück versammelt, als Ledwina hereintrat. Der fast zu blendend schöne Fremde stand auf und verbeugte sich. Karl sagte vornehm und höflich: »Das ist meine älteste Schwester«, und zu Ledwinen: »Der Graf Hollberg.« Man saß wieder um den spendenden Tisch, und das Gespräch ging etwas gedrückt fort über allerhand Göttinger Vorfälle, als einzig bekannte Berührungspunkte beider.

»Fräulein Marie, nehmen Sie sich in acht«, sagte der Fremde aus dem Gespräch zu Marie gewandt, die ein geöffnetes Federmesser wiederholt an den Mund hielt, um den Stahl zu prüfen. Marie ward rot und legte das Messer hin.

»Ganz recht, Marie heißt sie«, sagte Frau von Brenkfeld höflich lächelnd.

»Ich glaube, ich werde Sie alle zu nennen wissen«, versetzte der Graf lebhaft und sandte die leuchtenden Augen durch den Kreis. »Steinheim ist ein getreuer Maler; glauben Sie wohl, daß ich Sie sämtlich wiedererkannte?«

»Sie haben Steinheim viel gesehen?« sagte Karl.

»O sehr viel«, versetzte Hollberg rasch, »in dem letzten Jahre täglich oder vielmehr den ganzen Tag. Ich habe sogar ihm zu Gefallen ein mir sonst ganz unnötiges Kollegium mitgehört.« Karl lachte ganz trocken.

»Solange wie Sie dort waren«, fuhr der Graf fort, »konnte man freilich nicht so recht an ihn kommen, denn sein Herz ist wohl für mehrere Abwesende, aber immer nur für einen Gegenwärtigen offen. Ich hatte keinen Vorwand, ihn zu besuchen, und auf unseren Kommersen erschien er gar nicht. Aber jetzt«, fuhr er mit einem blitzenden raschen Blicke fort, »jetzt glaube ich, weder mich noch andere zu täuschen, wenn ich sage, wir haben uns beide sehr lieb.« – »Wissen Sie auch, wie ich heiße«, sagte die Frau von Brenkfeld in Verlegenheit, das Ungehörige ihrer Lage nicht bedenkend. Der Fremde wurde rot und sagte: »Sie meinen, gnädige Frau?« Dann sah er nieder und sagte mit bescheidener Stimme: »Feiern Sie nicht Ihr Namensfest am neunzehnten November?« – »Ganz recht«, versetzte Frau von Brenkfeld, »ich heiße Elisabeth.« – »Die drei Fräulein«, fuhr der Graf fort, »werden sich Fräulein Therese und Marie nennen. Der Name der dritten ist nur schwer zu behalten, und ich fürchte, ihn zu verfehlen; er muß beinahe wie Lidwina oder Ledwina klingen.«

»Völlig wie das letztere«, sagte die Mutter und blickte auf Ledwina, und der Graf neigte sich lächelnd freundlich gegen sie, die es jedoch nicht bemerkte, da sie eben an die Freude Theresens dachte, der sie so gern dieses milde Öl in die, wie sie meinte, noch wogende See gegönnt hatte.

»Können Sie mir nicht sagen«, fragte Karl, »wann Steinheim hierherkommen wird?«

»Gewiß sobald wie möglich«, versetzte der Graf mit einem langen, sprechenden Blick.

Karl zog die Lippen und sagte: »Ich habe eine kleine Reise vor, so möchten wir uns verfehlen, aber ich schiebe oder gebe sie auf, je nachdem es fällt.«

»Eine Reise, wohin?« fragte Ledwina verwundert. Karl versetzte kurz und verdrießlich: »Auf den Harz vielleicht«, und dann zum Grafen: »Wir hoffen, Sie zugleich hier zu sehen.«

Der Graf sagte freundlich, indem er die schwarzen Locken aus der breiten Stirn schüttelte: »Sehen Sie, wie gut Steinheim es mit mir meint; aber ich muß selbst wissen, was ich wagen darf. Wenn Sie mir nun den Stuhl vor die Tür gesetzt hätten –« Die Frau von Brenkfeld wollte höflich einfallen, aber der Graf fuhr fort: »Mir ist eine liebe Freude verdorben: ich wollte meine Schwester zu ihrem Geburtstage überraschen; daher der unglückliche Gedanke, die schöne Nacht zu Hilfe zu nehmen.« Dann wurde er plötzlich finster und ging hinaus. »Wie gefällt dir der?« sagte Frau von Brenkfeld, wie aus tiefer Beklemmung aufschauend, zu Ledwina. Diese schüttelte seltsam lächelnd das Haupt und sagte: »Ich weiß noch nicht.«

»Er hat etwas Kindisches«, fiel Karl ein, »das bringt seine Krankheit mit sich.«

»Ist er krank?« sprach Ledwina gespannt, »er sieht ja ganz frisch aus, beinahe zu frisch.«

»Ach Gott, was wollte er frisch aussehen«, versetzte Karl, »er hat mich recht erschreckt, wie ich ihn sah. Bei seinem Aufenthalt in Göttingen war er immer leichenblaß; er hat deshalb lange Pallidus geheißen, bis die Sache sich endlich nicht mehr für den Scherz eignete, aber jetzt –« Karl schwieg ernst und fuhr dann fort: »Ich denke, wie wir einmal einen guten Kommers in Ulrichs Garten hatten und, da mehrere aus uns Sträuße wilder Blumen im Gehen pflückten, einer endlich die Frage aufwarf, was eigentlich die sogenannte Totenblume sei, da viele die dunkelrote Klatschrose, andere den hellroten Widerstorz und noch andere eine gelbe hohe Blume so nennen; wie er da so wehmütig sagte: ›Mir scheint die hellrote diesen Namen vor allen zu verdienen. Das Hellrot ist doch die rechte Totenfarbe. Lieber Gott, wie schön können die Totenblumen blühen, so vor dem Abfallen!‹

Dann blieb er zurück und war den ganzen Abend still; denn sein Vater hatte mit der schönen, geistreichen Mutter, gegen den Willen aller Verwandten, die Auszehrung in die Familie geschleppt.«

»Das finde ich wahrhaft schlecht; du wählst harte Ausdrücke, Karl«, sagte Therese, die seit den letzten Minuten wieder gegenwärtig war, »es ist wahrhaftig genug Schlechtes in der Welt; man braucht mit dem Worte nicht so zu wuchern.«

Karl sagte beleidigt und deshalb kalt: »Vielleicht kann ich es nach seiner Persönlichkeit auch verrückt nennen; ich müßte dann annehmen, daß er in einer fixen Idee sie für gesund hielt. Mich wenigstens würde die heftigste Leidenschaft nicht verleiten, mein ganzes Geschlecht wissentlich zu vergiften.«

Therese, die Hollberg aus begreiflichen Gründen sehr wohlwollte, sagte wohl rasch und ganz unüberlegt: »Wenn er aber nun außerdem gar nicht lieben und deshalb auch nicht heiraten kann?« Karl blieb stehen, sah sie spöttisch an, klopfte dann mit dem Finger sacht an ihre Stirn und sagte mit Nachdruck: »O du blinde Welt, wie stolperst du im Dunkeln!« Therese bog die Stirn unwillig zurück, aber sie sagte nichts; denn es ärgerte sie unglaublich, gerade jetzt etwas Albernes gesagt zu haben; noch mehr Ledwina, die im Grunde die Schwester nicht allein für an Herz und Gemüt reicher, sondern auch in ihrer klaren Umsicht im ganzen für klüger hielt als den kenntnisreichen, kräftigen, aber in seinem oft übertriebenen Selbstgefühl beschränkten Bruder.

»Dem sei, wie ihm wolle«, fuhr Karl ernst fort, »genug, die ganze Familie ist vor lauter Geist und Schwächlichkeit ausgebrannt wie ein Meteor, bis auf ihn und eine Schwester, denen die Totenblumen auch bereits auf den Wangen stehen. Der arme Junge hat feine Bemerkungen genug machen können. Ihm ist der Tod schon oft recht nahe ans Herz gedrungen, und jetzt sitzt er ihm gar mittendrin.«

Es pochte an die Tür, und ein Ackerknecht trat auf den Socken herein.

»Ihre Gnaden«, hub er an, »der fremde Herr fragt nach

Leuten im Dorfe, die ihm für Geld und gute Worte den Klemens suchen sollen. Wenn das so sein soll, dann muß das geschehen, aber finden tun sie ihn nicht; das Wasser ist zu lang, der mag wohl schon zehn Stunden weit sein.«

»Ich will mit dem fremden Herrn sprechen«, sagte Frau von Brenkfeld, »geht nur.«

Wie der Knecht hinaus war, sah sie ihre Kinder schweigend an und sagte dann in entsetzlicher Unruhe: »Ich glaube, wir vertragen uns nicht lange.«

Dann ging sie hinaus, dem Grafen Vorstellungen zu machen. Karl sah ihr nach und sagte peinlich lachend: »Es freut mich nur, daß dieser Aufenthalt nicht mir gilt, ich habe das alles gefürchtet. Hollberg ist doch sein ganzes Leben verwöhnt worden. Es waren wohl unser viere, denen er gefiel. Wir hatten uns vorgenommen, einen ordentlichen flotten Suitier aus ihm zu machen. Er gab sich auch gut zu allem; aber mitten im besten Kommers konnte ihn plötzlich etwas meistens ganz Unbedeutendes so tief und seltsam ergreifen, daß er uns die ganze Lust verdarb mit seiner wunderlichen Stimmung; das ist zuweilen recht interessant, aber immer ungeheuer unbequem, zudem konnte er nie einen rechten Begriff vom Studentenleben fassen und bei Zusammenkünften sein wie unter Philistern und bei Ehrenpunkten arglos und zutraulich wie unter Brüdern; er hätte die ärgsten Händel haben können, aber jeder kannte und schonte ihn.«

»So war er wohl sehr geliebt?« fragte Therese.

»O doch«, versetzte Karl, indem er nach einem verlegten Tabaksbeutel in der Stube suchte, »zudem ist zugleich arglos und nobel sein wohl der sicherste Weg zu allgemeiner Berücksichtigung; es gibt so etwas Prinzenhaftes.«

Therese wandte sich zu Ledwina: »Es ist doch etwas Eigenes um das angeborene Vornehme.«

»Es ist daran viel Wahres«, versetzte Ledwina, »solange

es nur äußere Formen, die das innere Ehrgefühl gar nicht nennt, und auch die nur arglos verletzt.«

»Jawohl«, sagte Therese, »dann ist es mir aber auch lieber als Schönheit; – nicht allein beim Mann«, fuhr sie freundlich sinnend fort, »auch für mich selber würde es meine Wahl treffen.«

»O freilich«, versetzte Ledwina, und Karl, der wieder zu ihnen trat, sagte: »Ich möchte mich indessen nicht so berücksichtigt sehen; es erinnert doch immer etwas an die Achtung für die Frauen.«

Therese sah unwillig auf; dann begann sie erst leise, dann immer herzlicher zu lachen.

»Es ist doch häßlich«, sagte sie, sich vergebens zu bezwingen suchend, »daß man so albern lachen muß.«

Die Mutter trat mit dem Grafen herein. »Sie sehen das wohl ein«, sagte sie eben. – »Ganz gewiß«, versetzte derselbe und sah glühend und verwirrt um sich. »Die gnädige Frau haben zu befehlen, es ist mir nur um der Mutter willen.«

»Die Mutter«, sagte Frau von Brenkfeld, »wird den Anblick der Leiche nach einigen Tagen vielleicht besser ertragen als jetzt; wenigstens hoffe ich es.«

»Ich glaube es nicht«, erwiderte der Graf bewegt. »Sie kann sich nicht trösten. Sie hat ja nichts gehabt wie den Sohn.« Frau von Brenkfeld sprach ernst: »Sie irren; wir alle dürfen nicht bestimmen, wieviel ein wahrhaft christliches und starkes Gemüt aus den niedern Ständen, vor allem eine Frau, zu tragen vermag, sowenig wie die ununterbrochene Kette von Sorgen und Entsagungen ahnen, aus denen ihr Leben fast immer besteht; glauben Sie mir, was man so sieht, ist nichts.«

Der Graf erhob das brennende Antlitz und sagte: »Wie, meine gnädige Frau? Ach, verzeihen Sie!«

Er schwieg einige Sekunden wie betäubt; dann fuhr er fort: »Denken Sie, wie ihn das Wasser zurichten wird. Die alte Frau geht gewiß immer an den Strom, bis er ihn ausgespien hat, und dann kennt sie ihn nicht.« Er stand hastig auf, sagte nochmals: »Verzeihen Sie« und ging hinaus.

Die Frau von Brenkfeld sah ihm verwundert nach und sagte dann: »Ist das Krankheit oder Eigensinn?«

»Beides«, entgegnete Karl phlegmatisch, und so ging das Gespräch fort zwischen Menschen, die man gut nennen mußte, in scharfen Strichen, oft ungerecht, immer verfehlt, über ein Gemüt, das man nicht leise genug hätte berühren können und das bei der durchsichtigsten Klarheit dennoch an ewig mißverstandenen Gefühlen verglühen mußte.

Frau von Brenkfeld sagte eben: »Ich sehe täglich mehr ein, wie dankbar ich Gott dafür sein muß, daß ich zwischen sieben Schwestern geboren bin, und zwar so recht mitten in, weder die älteste noch die jüngste«, als Marie, angstvoll herbeieilend, rief: »O Mutter, der Graf sitzt auf der Altane und ist schneeweiß.«

»Mein Gott«, sagte Frau von Brenkfeld, »sollte ihm unwohl werden?«

»Jawohl«, versetzte Marie, »er hat den Kopf auf den steinernen Tisch gelegt und sah mich gar nicht.«

Man eilte hinaus, der Graf wollte noch mit einigen mühsamen, verwirrten Worten seine offenbare Schwäche verleugnen, aber die Sinne schienen ihn immer mehr zu verlassen. Bald ließ er sich geduldig und unter Anstrengung seiner letzten Besinnung, noch etwas Beruhigendes zu sagen, zu seiner Stube mehr tragen als führen. Nach einer halben Stunde zeigte sich entschieden ein heftiges Fieber, und der Vormittag verging unter angstvoller Erwartung des Hausarztes, nach dem man sofort geschickt hatte.

*

»Was sagen Sie zu dem Kranken?« fragte Frau von Brenkfeld den wieder Hereintretenden. Der Doktor Toppmann langte langsam seinen Hut vom Spiegeltisch, und bedächtig: »Ein wenig Bluthusten mit dem hergebrachten Fieber dazu«, sagte er; »nicht viel; ich kenne seine Konstitution zuwenig, und mit ihm reden kann man nicht, da er ganz irre ist.«

»Mein Gott, seit wann?« rief Frau von Brenkfeld. »Davon weiß ich ja nichts.«

»Es soll auch früher nicht gewesen sein«, entgegnete der Doktor, »erst seit er jetzt erwacht ist.«

»Das ist ja höchst traurig«, versetzte Frau von Brenkfeld hastig. »Er wird doch, um Gottes willen, nicht gar sterben können?«

Doktor Toppmann schnitt seine seltsamsten Gesichter und sagte: »Wir können alle sterben; übrigens, so etwas muß man nicht eher denken, als bis das Gegenteil unmöglich ist.«

»Keineswegs«, fiel Therese ein, »ich bitte sehr, täuschen Sie uns hierin nicht.«

Toppmann kniff das linke Auge zu und fragte: »Warum denn das?«

»Man ist doch sorgsamer«, versetzte Therese. »Man weiß doch auf jeden Fall, was man zu tun hat.«

»Was hat man denn zu tun?« fragte Toppmann.

»Ach Gott«, entgegnete Therese, »wir haben noch tausend andere Gründe, bleiben Sie doch bei der Sache!« Toppmann schwieg ein Weilchen, dann sagte er ernst und zu allen Anwesenden gewandt: »Ich weiß, Sie werden nichts versäumen, was in Ihren Kräften und in Ihrem Wissen steht; deshalb halten Sie die Stube kühl, aber vor allem ohne Zugwind, und sorgen Sie, daß die Arznei ordentlich genommen wird; auch darf der Patient vorerst nicht allein gelassen werden.

Morgen früh komme ich wieder, wenn nicht Besonderes früherhin vorfällt.«

Er machte eine Verbeugung und wollte fortgehen; dann wandte er sich aber um und sagte: »Notabene, nähern Sie sich ihm nicht mehr als unumgänglich nötig; die Sache könnte leicht nervös sein.«

Er verbeugte sich nochmals und ging hinaus.

Karl sagte: »Ich glaube, ich kann mich gelegentlich noch jedes Wortes erinnern, das ich den Toppmann mein Leben lang habe reden hören; das macht das unvergeßliche Mienenspiel, dem die Worte wie angegossen sind, oder vielmehr umgekehrt.«

»Er redet wohl auch überall sehr wenig«, versetzte die Mutter. »Heute war er nach seiner Art recht los.«

»Therese hat ihn auch ehrlich geschraubt«, entgegnete Karl und sah nach Therese, die eben mit den Zeichen der äußersten Unruhe das Zimmer verließ. Karl fuhr fort: »Ich habe mir mal eine Sammlung von den verschiedenen Abarten seines Grundgesichtes machen wollen, vorzeiten, ehe ich nach Göttingen ging, und machte deshalb einen Strich auf ein dazu bestimmtes Papier, sooft ich etwas Neues zu entdecken glaubte, verwirrte mich jedoch dermaßen, daß ich es nur bis auf etwa vierzehn bringen konnte, und ich muß gestehen, daß dies scharfe Merken auf allerhand Verzerrungen in Phantasie und Wirklichkeit, dem ich mich hierdurch nach und nach mit wahrer Leidenschaft ergab, mir endlich anfing eine Schwäche und solche dumpfe Zerstreutheit zuzuziehen, daß ich dies für eine der gefährlichsten Beschäftigungen halte. Ich begreife nur nicht, wie die Karikaturmaler vor dem Tollhause vorbeikommen.«

»Es ist eine alte Erfahrung«, versetzte Frau von Brenkfeld, »daß dergleichen Künstler, die Satiriker in Literatur und Leben und die berühmtesten Buffonen der Theater mit eingerechnet, gewöhnlich wenigstens, sehr hypochondrisch sind.«

Ledwina hatte sich unter diesen Gesprächen leise hinaus und ins Freie geschlichen, um einen sie überwältigenden so körperlichen als geistigen Druck zu verhehlen, vielleicht zu lindern. Es zog sie gewaltsam zu dem Ufer des Flusses, als sei noch etwas zu retten, und tausend wunderbare Möglichkeiten, die nur für sie so heißen konnten, tanzten in greulichen Bildern um ihr brennendes Haupt. Bald sah sie den Verlorenen, wie ein Dornstrauch das blasse Gesicht noch an einem Teile seines Haares über dem Wasser erhielt, während der andere vom Haupte gerissen an den schwankenden Zweigen des Strauches wehte; seine blutenden Glieder wurden in grausamem Takte von den Wellen an das steinichte Ufer geschleudert. Er lebte noch, aber seine Kräfte waren hin, und er mußte harren in gräßlicher Todesangst, bis der Wellenstoß das letzte Haar zerriß. Bald ein anderes gleich gräßliches und angstvolles Gesicht. Sie schmiegte sich leise an die Mauer hin unter dem Fenster, wo ihre Mutter saß, aber die sah weder auf noch um sich, sondern redete rasch und angelegentlich mit Karln über allerhand Dinge, die ihr durchaus gleichgültig waren, um die Verstimmung zu verbergen, die sich ihrer seit der Ankunft des Grafen unwiderstehlich bemächtigt hatte und durch den Bericht des Arztes auf einen Grad gestiegen war, den sie selber als Unrecht fühlen mußte. Der arme Klemens war gewiß der Grund dessen, was in dieser Stimmung von wahrem Kummer lag; außerdem gehörte zu der sogenannten Ordnung ihres Hauses eine übertriebene Angst, ein fast kindisches Hüten vor aller Ansteckung.

In Frau von Brenkfeld nahm demnach eine leise Abneigung und feststehende Ungerechtigkeit gegen den Grafen Platz, der ihr zu aller Sorge und Not ihr reines Haus zu verpesten drohte, und auf den sein freilich schuldloser Anteil am Tode des guten Burschen schon gleich einen bösen Schatten geworfen hatte, den sie damals nicht in seinem Grunde oder überhaupt nicht genug fühlte, um ihn zu verwischen.

Sie war jedoch auch jetzt billig genug, etwas Ungerechtes in sich zu beobachten, und hätte nach ihrer tiefen, verborgenen Güte jetzt um keinen Preis über ihn richten oder auch nur von ihm reden mögen.

Mit Karln stand es ebenso, nur aus anderen Gründen, und es hätte für einen Beobachter höchst unterhaltend sein müssen, ein beiden Teilen so völlig langweiliges Zwiegespräch dennoch mit so großer Lebhaftigkeit und oft so anziehenden Bemerkungen sich bewegen zu hören.

*

Eine Kutsche rasselte über die Zugbrücke, und sechs langgespannte Goldfüchse trabten auf den Vorhof.

»Bendraets!« sagte Karl. »Ich desertiere«, versetzte seine Mutter, über und über rot vor Unmut, und ging, diese jederzeit unwillkommenen Gäste zu empfangen. Die beiden kleinen geschminkten Fräulein waren schon am Arme des langen Referendarius, wie der junge semper freundliche Herr von Türk überall in der Gegend genannt wurde, ins Haus gestrichen, um, wie sie sich ausdrückten, Ledwinchen und Thereschen ein bißchen mobil zu machen, als ihre Mutter, langsam aus dem Wagen steigend, den Gruß der Frau von Brenkfeld erwiderte.

Die Frauen nahmen den Sofa ein, und das Auge der Hausfrau ruhte immer gemilderter auf den welken und wehmütigen Zügen der Nachbarin, die auf ihre Nachfrage mit verlegener Leichtigkeit erzählte, daß ihr Mann und ihre Söhne zu einer kleinen Jagdpartie nebst dem jungen Warneck ausgezogen, jedoch gegen Mittag in diese Gegend kommen und alsdann vorsprechen würden. Mitleiden mit der immer Gedrückten ließ die Frau von Brenkfeld sehr gütig antworten, und ein sanftes, leises Gespräch begann zwischen den beiden Frauen, die sich so gern gegenseitig getraut hätten und es doch nie konnten, da vielfach drückende Familienverhältnisse eine gute arglose Seele zwingen, ihr Heil in der Intrige zu suchen. Die Rede fiel auf den Baron Warneck, den seit einigen Monden von mehrjährigen Reisen zurückgekehrten Besitzer der benachbarten Güter.

»Es ist ein Mann von vielem Verstande«, sagte Frau von Brenkfeld.

»Gewiß, von ganz vorzüglichen Gaben«, versetzte die Bendraet, »und sehr brav.«

»Meinst du damit mutig oder rechtlich?«

»Eigentlich das letztere«, lächelte die Bendraet, »doch glaube ich es in beidem Sinne.«

»Wir kennen ihn wenig«, versetzte die Brenkfeld, »doch denke ich gern alles Gute von ihm. Mein Karl ist neulich herübergeritten wegen kleiner Jagdverstöße und rühmt seine Billigkeit und nachbarlichen Sinn. Die Besitzer von Schnellenfort sind immer sehr interessant für uns; unsere beiderseitigen Besitzungen und Rechte durchkreuzen sich auf eine unangenehme Weise. Gott gebe ihm eine gute friedliche Frau«, fügte sie bedeutend hinzu.

»Was meinst du«, sagte die Bendraet fixierend, »man spricht von der Claudine Triest.«

»So?« versetzte Frau von Brenkfeld lächelnd. »Ich denke, man spricht von der Julie Bendraet.«

»Er hat uns doch keinen Grund gegeben, das zu glauben«, versetzte die Bendraet errötend, »im Gegenteil scheint er eher eine kleine Vorliebe für Elise zu verraten, aber auf jeden Fall« – sie stockte und faßte die Hand der Freundin – »es ist eigentlich lächerlich, in solchen Dingen abzusprechen, ehe man um seine Meinung gefragt wird, aber in jedem Falle würde sich Elise auch schwerlich für Warneck bestimmen. Der Baron hat sich zu gern und viel herumgetrieben, um je ruhig zu werden. Er muß eine lebhafte und lebenslustige Frau haben, welche die Mühe und die Begeisterung seiner Liebhabereien mit ihm teilt. Das wäre nichts für mein Hausmütterchen. Der gebe Gott«, fügte sie weich hinzu, »ein stilles, häusliches Los, wo sie es nicht empfindet, daß sie weniger hübsch und lebhaft ist als Julie.«

Frau von Brenkfeld drückte sanft die Hand der Redenden, und sie fuhr lebhafter fort: »Aber, daß ich dir mit gleicher Münze bezahle, den guten Türk habe ich wohl recht, recht glücklich mit der kleinen Tour hierher gemacht. Sein volles Herz ergießt sich täglich in den schönsten Gedichten zu Ehren Ledwinens!«

»So, dichtet der?« lachte die Brenkfeld.

»O doch«, versetzte Frau von Bendraet, »sehr artig, und ich glaube wirklich, er zieht jetzt auf der Freite umher.«

»Aber für Ledwina paßt er nicht; die ist zu sanft für ihn.« Dann fuhr sie rasch und gefaßt fort. »Solange Türk nicht besser zu leben hat, paßt er für keine seinesgleichen.«

»Er hat doch ein Gut«, sagte Frau von Bendraet.

»Ach, liebes Kind, nenne es doch lieber einen Bauernhof. Die kleinen ritterlichen Freiheiten werden seine Lage nicht sehr verbessern.«

»Er wird gut angestellt werden«, sagte die Nachbarin.

»Wir wollen es hoffen, aber er hat noch Zeit bis dahin; der Referendariusposten ist noch nicht bedeutend.«

Die Bendraet errötete sehr und sprach: »Er ist munter und artig, er kann gefallen. Soll denn eine Mutter ihrer Kinder Glück und Fortkommen verhindern und der Familie ein Haus voll unversorgter Töchter hinterlassen? – Zwar«, unterbrach sie sich, »deine Töchter sind präbendiert, allein den Vorteil hat nicht jede Familie.«

»Auch in dem entgegengesetzten Falle«, versetzte die Brenkfeld, »ist der Entschluß, eine Tochter zu unterhalten, besser, als die Wahrscheinlichkeit, dereinst auf mehrere Generationen an den trostlosen Umständen ihrer Nachkommen vergebens zu flicken. Sie ist ja auch nicht gesund«, fügte sie mit kämpfendem Tone hinzu.

»O doch!« versetzte die Bendraet rasch und ängstlich. »Ich denke, sie bessert sich sehr und sieht viel wohler aus.«

Beide schwiegen eine kleine Weile, dann sagte die Frau von Brenkfeld: »Du hast sie ja kürzlich nicht gesehen.«

»Ich habe es aber gehört«, versetzte die Bendraet, »von dem schwarzen Musikmeister zu Erlenburg; der sagte neulich, sie sähe schöner und wohler aus als je.«

»So, der Wildmeister?« sagte die Frau von Brenkfeld und ward noch trüber.

Der lange Referendarius und Julie unterbrachen dies Gespräch. Der Lange erzählte, Fräulein Therese sei so eifrig am Kochen und Braten für den glücklich Unglücklichen, daß ihr keine Rede abzugewinnen gewesen sei, und Fräulein Elise habe der Freundin ihre schönen Pflichten erleichtern wollen und sei deshalb bei ihr zurückgeblieben.

Die Frau von Brenkfeld erzählte jetzt die Geschichte der vorigen Nacht. Die Bendraet wunderte sich, daß sie ihrer noch nicht erwähnt.

»Ich unterhalte meine Gäste nicht gern mit unangenehmen Dingen«, versetzte die Hausfrau.

»Herr von Türk«, rief Julie von Theresens Stickrahmen, bei dem sie sich gesetzt, »Sie müssen der Frau von Brenkfeld Fehde ankündigen, sie nennt einen jungen schönen Mann ein unangenehmes Ding.« Frau von Brenkfeld sah ernst aus, und Türk wußte sich nicht zu nehmen.

»Verdirb nur nichts, liebes Kind«, rief die Mutter.

»Gott bewahre«, versetzte Julie, »ich werde mich nicht daranwagen.«

Nun stand sie auf und begann den armen Türk mit oft faden, oft treffenden Witzen aufs unbarmherzigste zu schrauben, wobei sie öfters auf leichtsinnig unehrerbietige Art die beiden Frauen hineinzog und dadurch den Langen, der es gern mit der ganzen Welt gut stehen hatte, sehr ängstigte.

Therese stand indes wie auf Kohlen vor der Tür des Kranken, dem sie eben ein Glas Limonade hineingesandt, und suchte leise mit den besten Worten Elise fortzubringen, die von einer Türritze zur andern trat, um eine Ansicht des Fremden zu erlauschen.

»Elise«, sagte Therese, »der Bediente wird heraustreten und dir die Tür vor die Stirn stoßen.«

»Ich bitte dich«, flüsterte Elise, »suche einen Vorwand, mich hineinzubringen.«

»Mein Gott, wie kann es dergleichen Vorwand geben«, versetzte Therese und vertröstete sie auf Karl, der drinnen sei und ihr alles erzählen solle.

Nun wollte Elise aufpassen, wenn Karl herauskomme. Therese ward ungeduldig und ließ Karln durch einen Bedienten herausrufen. Er erschien verstimmt und eilig, grüßte Elise flüchtig, gab schnellen, kurzen Bericht und trat in das Krankenzimmer zurück. Elise schien beleidigt oder verlegen, verließ die Tür mit Theresen, und sie gingen zur Gesellschaft.

Elise setzte sich sogleich an Theresens Stickrahmen und arbeitete eifrig. Türk machte ihr die schuldigen Komplimente über ihren Fleiß und mußte für jedes eine Spötterei von Julien einstecken. So verging der Morgen. Man vermißte plötzlich Ledwinen und tröstete sich, da man wußte, sie sei spazieren. »Unsere Herren bleiben aus«, sagte die

Frau von Bendraet eben, da rief Marie: »Sieh, Mutter, ein Reiter!« – »Das ist mein Mann«, sagte die Bendraet.

»Und noch einer«, rief Marie, »und noch einer«, rief sie mit Nachdruck.

»Es wird noch einer kommen, liebes Kind«, sagte die Bendraet und wandte sich entschuldigend zur Hausfrau.

Die Ankommenden stiegen von den Pferden. Herr von Bendraet küßte der Hausdame mit vielen höflichen Reden die Hand. Baron Warneck brachte noch auf dem Hofe etwas an seinen Stiefeln in Ordnung, wobei Junker Klemens Bendraet nicht unterließ, ihm die Sporen unter die Sohle zu drehen.

»Mach kein dummes Zeug«, sagte sein Bruder, aber Warneck lachte, brachte alles in Ordnung, und man trat ein. Jagdgeschichten und Politik kamen zur Sprache, und der Mittag war da, ersehnt und doch unerwartet.

Therese hatte schon die Tür des Speisesaales, in dem die Gesellschaft bereits die englischen Kupferstiche an den Wänden musterte, geöffnet, als sie umschaute, weil sie Ledwinens Tritte auf der Treppe vernahm. Sie wollte hastig umkehren; denn glühend und erschöpft ließ sich soeben die Schwester auf eine der Stufen nieder; aber jene winkte rasch bittend mit der Hand, und Therese trat in die geöffnete Tür. Nicht lange, so erschien auch Ledwina, und man setzte sich zu Tisch. Elise wollte sich durchaus neben Ledwinchen setzen, aber Therese zog sie zu sich hinüber.

»Du sollst mir vorlegen helfen«, sagte sie, und dies war Elise auch sehr recht.

Tischgespräche begannen und stockten wieder. Herr von Bendraet sprach von einer Reise, die er vorhabe.

»Wenn ich einmal das große Los gewinne«, rief Julie, »so will ich immer reisen; ich kann mir kein größeres Glück denken.«

»Ich glaube«, versetzte Elise, »daß das gar zu viele Reisen Frauenzimmern nicht guttut und sie unstet und unzufrieden im Hause macht; ich will lieber zu Hause bleiben und lasse mir anderer Leute Reisen erzählen. Ach, wie schön hat uns Baron Warneck nicht gestern unterhalten! Sie müssen auch vieles erzählen können, Herr von Brenkfeld.«

»Hat Ihnen Warneck öfters erzählt?« fragte Karl.

»Ich mag nicht daran denken, wie oft wir oder eigentlich ich den Herrn von Warneck schon belästigt haben. Wirklich, je weniger ich selbst zu sehen hoffe und wünsche, je weniger kann ich mir den Ersatz einer lebhaften Beschreibung versagen.«

»Der Warneck ist ein gequälter Mann«, lachte Julie, »ich fürchte immer, er bleibt noch ganz fort; denn was der für Anfechtungen von Elise zu erleiden hat!«

Elise sah scharf aus, und Karl sagte: »Wenn Ihnen Warneck viel erzählt hat, so sind meine kleinen Erfahrungen brotlos; denn er hat dieselben Gegenden beobachtet und durchsucht, die nur an mir vorübergeflogen sind, wie in der Laterna magica.«

Er neigte sich zu Warneck, der aus dem Gespräch mit Louis Bendraet auflauschte, da er seinen Namen nennen hörte. »Ich sage, Sie haben nicht nur viel mehreres, sondern auch alles jene gesehen, wovon ich erzählen könnte.«

Auf die Weise«, versetzte Warneck, »würden uns die vielen Reisebeschreibungen eben von jenen Gegenden gewiß nichts übriggelassen haben. Es sind die verschiedenartigen Ansichten und Empfindungen, die kleinen Unfälle und Begebenheiten der Reise, die eine Reiseerzählung aus dem hundertsten Munde so merkwürdig machen wie aus dem zweiten, und zudem in der Schweiz, wo die ergreifendsten Naturbilder so gemein wie das tägliche Brot sind; wer kann da glauben, alles gesehen zu haben? Gesetzt, ich habe den

Schaffhauser Wasserfall in der Sonne schimmern gesehen, Sie aber sahen ihn beim Sturm oder im Nebel, welches verschiedenartige und doch gleich wunderbare Schauspiel! Und von allen den herrlichen Schluchten und Höhlen habe ich nur wenig gesehen, da ich sehr zum Schwindel geneigt bin.«

»In den Höhlen bin ich tüchtig umhergestiegen«, sagte Karl.

»Es muß ein seltsam angenehmes Gefühl sein«, fiel Louis Bendraet ein, »so in voller Lebenskraft unter der Erde zu wandeln, wie begraben, in dem feuchten und modrichten Gesteine. Ich möchte es mitmachen.«

»Du bist mir der rechte Held«, rief sein Bruder, »du willst halsbrechende Klettereien unternehmen und bist so schwindlicht wie eine Eule; man muß dich wie eine Kuh am Stricke führen und nötigenfalls über die Schulter hängen.«

»Was meinst du, Louis«, lachte Warneck, »das würde doch unpoetisch aussehen, und zudem bedenke einmal die Höhlenfrauen und Bergmännchen und Erdmännchen und die Gnomen, die den Leuten einen Buckel anzaubern. Ich fürchte, das würde keinen guten Effekt in deiner Figur machen.«

Man lachte, Türk und Louis mit.

»Einmal«, sagte Karl, »hätte ich doch beinahe geglaubt, ein Höhlengespenst zu sehen. Wir waren zu sechsen in eine Kuft am *** gestiegen: die beiden Riehls, die beiden Herdrings, Rolling und ich. Die übrigen hatten sich müde gelaufen und lagen in einer schäbichten Bergkneipe. Der Eingang war niedrig und schmal, und sehr hoher Schwarzwald machte ihn noch dunkler. Wir waren kaum einige Schritte gegangen, als wir in dichter Finsternis standen. Unser Führer wollte also die mitgebrachten Fackeln anzünden. Das zögerte etwas.«

»Das war eine Unvorsichtigkeit von dem guten Mann«, rief Klemens Bendraet dazwischen, »das hätte er vor der Höhle tun sollen.«

Seine Mutter winkte ihm unwillig, und Karl fuhr fort: »Ich habe vergessen zu sagen, daß es etwas regnete; also, indem der Mann sich mit Feuerschlagen quält, höre ich, durch das Rufen meiner Begleiter, die den Schall versuchten, hindurch etwas über den Boden rutschen, und plötzlich schleicht es sich heran bis an meine Knie und grunzt und zupft mir an den Kleidern und sucht mich niederzureißen. Ich gestehe, daß ich zusammenschauderte. ›Guter Freund‹, rief ich, ›macht, daß Ihr Licht bekommt! Hier ist etwas, aber ich will es halten.‹ Dabei griff ich nach nieder in einen struppichten Haarbusch oder Pelz, ich wußte nicht, was. Da fing es an zu grunzen und um sich zu schlagen und brummte: ›Ich rufe den Apostel Petrus.‹ – ›Wie, bist du da?‹ rief unser Führer; ›seien Sie nicht furchtsam, meine Herren, das ist nur so ein armes Blut, der tut Ihnen nichts.‹

Indem brannte die Fackel an, und ich erblickte einen zerlumpten, abgezehrten Kerl von etwa vierzig Jahren, der vor mir auf den Knien lag und mich fest umklammert hatte. Ich hielt sein Haupt am Haar zurückgebogen, und das ockergelbe, entstellte Gesicht starrte mich grunzend an. Der Führer sagte: ›Sei doch ruhig, Seppi, das sind ja die lieben Apostel‹; und hier zeigte er auf den jüngsten Herdring mit den langen Locken und sagte: ›Sieh, das ist Maria Magdalena.‹

Der arme Kerl ließ mich gleich los und kroch bis in einen Winkel der Höhle, wo, wie wir nun sahen, etwas Stroh lag. Der Führer entschuldigte sich nachher, daß er uns nichts von diesem Wahnsinnigen gesagt. Er hielt sich für den Engel Gabriel und diese Höhle für das Grab Christi, das er bewache; er lasse niemanden hinein als die Apostel und heiligen Frauen; dafür könnte sich aber jeder ausgeben. Er war krank gewesen, und unser Wirt hatte ihn noch nicht wieder in der Höhle geglaubt.«

»Der arme Kerl hatte eine höllisch langweilige Arbeit«, sagte Klemens.

»Dabei«, sagte Karl, »glaubte er als Engel nichts genießen zu dürfen als Kräuter und Früchte – anfangs roh –, und was er im Gebirge fand. Nachher hatte man ihn unter dieser Rubrik an alle Arten von Gemüse und Obst gewöhnt, außer an Äpfel, die er für die Frucht vom Baume der Erkenntnis hielt, und Erbsen, warum diese nicht, kann ich nicht sagen.«

»Wahrscheinlich«, rief Klemens, »um der unschuldigen Erbsenläuse willen, die sich zuweilen drin finden.«

»Gingen Sie auch noch weiter in die Höhle?« sagte Julie.

»Ja, Fräulein«, versetzte Karl, »wir schämten uns, umzukehren, was im Grunde wohl jeder von uns lieber getan hätte; denn wir waren alle erschüttert von dem Anblick des Schrecklichsten, was die Natur hat. Aber wie denn, – ich weiß nicht, soll ich gottlob! oder leider sagen, – wie sich denn solche traurige Eindrücke, die unser eigenes Schicksal nicht berühren, so leicht verwischen, so dachten wir in ein paar Tagen nicht ferner daran, als um den Fritz Herdring ›Maria Magdalena‹ zu nennen, und so blieb von der ganzen greulichen Geschichte nichts übrig als ein fader Scherz.« Eine kurze Stille entstand.

Dann begann Warneck: »Der Wahnsinn ist eine Sache, worüber geistliche und weltliche Gesetze verbieten sollten, nicht gar zu scharf zu grübeln und untersuchen. Ich glaube, daß nichts leichter zur Freigeisterei führt.«

»Ich sollte eher meinen«, fiel Türk ein, »ins Tollhaus.«

Warneck versetzte: »Eins von beiden, und sehr leicht beides zugleich.«

Wieder eine Stille, dann sagte Warneck: »Ich habe in dieser Art auch manche greuliche Erfahrung gemacht; aber nichts ist mir lebhafter als das Bild einer alten Frau in Westfalen, die ich in Begleitung eines düstern, grämlichen, nicht mehr jungen Mädchens an der Tür eines Gasthofes fand, in welchem ich wohnte. Die verkümmerte Physiognomie der Alten, irr, aber ohne eine Spur von Wildheit, machte mein Mitleid rege, und ich hielt mich einen Augenblick bei ihr auf. Sie benagte langsam eine harte, trockene Brotkruste; dann hielt sie wie erschrocken inne, steckte die Finger in den Mund und hielt die Trümmer eines ihr eben ausgefallenen Zahnes in ihrer Hand. Nun zog sie ein schmutziges Papier aus der Tasche, wickelte es los und legte den Zahn zu einigen anderen alten Stücken von Zähnen. Das Mädchen sagte auf meine Nachfrage, die Base hebe alle ihre Zähne auf, wie sie ihr von nach und nach ausfielen, um – hier zog die Kreatur das Gesicht zum Lachen; mir wurde ganz schlimm dabei – nun also – um, wenn sie dereinst hinkäme, wo Heulen und Zähneklappern sei, sie doch auch nicht immer zu heulen brauche, sondern zuweilen zähneklappern könne. Mein Wirt sagte mir später, sie sei immer eine sehr brave Frau gewesen, aber da ihr Mann, ein kleiner Krämer, einen einigermaßen verschuldeten Bankrott gemacht und da einige dabei zu Schaden gekommene Familien sie in der ersten Wut mit Verwünschungen überhäuft, sei sie wahnsinnig geworden und meine nun, für den Bankrott verdammt zu sein. Nur im Frühling, wenn die Himmelsschlüssel blühen, sei sie fröhlich und trage Tag und Nacht große Sträuße davon bei sich, weil sie meint, wenn sie in dieser Zeit stürbe, könne sie damit den Himmel aufschließen. Wenn die Blumen anfangen abzunehmen, werde sie immer ängstlicher und suche zuletzt mit der größten Anstrengung nach den letzten Blumen; auch zuletzt, wo die Blütenzeit schon vorüber. Nachher müsse sie immer lange liegen; so habe sie sich abgequält.«

Warneck schwieg, und ein allgemeines Gespräch über Wahnsinn, menschliche Geisteskräfte und so weiter entstand und verlor sich bald in andere Gegenstände. –

Der Nachmittag verging unter Spaziergängen, Ballschlagen, Schaukeln und überhaupt dem unruhigsten Umhertreiben. Herr von Bendraet spielte Pikett mit Warneck. Julie hetzte sich mit Türk, der bald verliebt, bald gänzlich ermattet schien und in den kurzen Zwischenpausen vergebens mit Ledwinen anzuknüpfen suchte.

Elise saß am Rahmen und zeigte ihr einen neuen Stich, den Ledwina sogleich versuchte.

»Fräulein Ledwina«, sagte Türk, »können doch alles nachmachen.«

»Und Herr von Türk«, versetzte Julie, »über alles etwas sagen, aber es steht ihm nicht so gut.«

Karl und Louis traten herein und fragten nach Klemens.

»Ich dachte, er sei bei Ihnen«, sagte Elise.

»Nicht doch«, entgegnete Karl, »wir sprachen von den Kunstwerken Italiens. Da sagte er, wenn wir die schönen Künste vorreiten wollten, so gehe er zum Henker. Nachher kam er noch einmal wieder und brachte ein paar ausgefallene Gänsefedern und etwas Birkenrinde und bat, unseren schönen Gedanken die Ewigkeit zu schenken. Gleich werde eine Hirtin vorbeiwandeln, noch obendrein mit den Attributen der Künste und der Weisheit, wir möchten nur gut aufpassen, er wolle indessen mit den Schnitterinnen dort auf dem Felde idyllisieren. Darauf lief er fort.«

»Und ein altes schmutziges Bauernweib schleppte ihren Milcheimer vorüber«, sagte Louis lachend, »der Henker weiß, wie sie aussah. Sie hatte ihren Rock wohl mit zwanzig Lappen von verschiedenen Farben dekoriert. Unter den Attributen verstand er wahrscheinlich einen alten verdorrten Gänseflügel, den sie draußen irgendwo aufgelesen hatte.«

»So ist er wohl jetzt auf dem Felde«, sagte Therese.

»Ich habe von der Mauer das ganze Feld übersehen und kann ihn nicht bemerken.«

Das Pikettspiel war geendigt; Bendraet hatte verloren und stand mißmutig auf. Da trat Klemens herein, die blonden Locken verwirrt um das glühende Gesicht.

»Maria Magdalena, wo bist du so lange gewesen?« rief Julie.

»In meinem Rocke«, antwortete er.

»Aber, mein Gott, wie ist dir, hast du Lust zu lachen oder zu weinen?«

»Ich habe Lust, dir die Haut über die Ohren zu ziehen«, versetzte er noch halb unwirsch und brach nun je mehr und mehr in ein unaufhaltsames Gelächter aus. Er rettete sich in das Fenster zu den übrigen jungen Leuten und redete leise und lebhaft zu ihnen. Die lustige Stimmung nahm auch dort überhand, und man sah, daß er geneckt wurde. Die Schloßuhr schlug fünf. Warneck wollte Abschied nehmen und nach Schnellenfort zurückkehren, aber Frau von Bendraet bat ihn, zuvor mit ihnen zu Abend zu essen.

»Wenn Sie nicht zu lange sitzen bleiben«, versetzte er.

»Es ist doch«, erwiderte sie, »nur ein halbes Stündchen von Lünden bis Schnellenfort, und der Mond scheint ja hell.«

»Sie müssen uns noch allerlei erzählen von Ihrer Reise«, fiel Elise ein.

»Ach, das meiste wissen Sie«, versetzte Warneck. »Doch«, setzte er lachend hinzu, »die merkwürdigste Erscheinung, die mir auf meinen Reisen vorgekommen, habe ich noch nicht erwähnt. Ich habe sie in den südlichsten Gegenden Frankreichs beobachtet, wo sie sich noch seltsamer ausnahm, wie wenn es sich hier fände.«

»Nun?« sagte Julie.

Warneck stockte lächelnd ein Weilchen, dann sagte er: »Eine Frau, die ihrem Manne nie widersprochen hat.«

»Führen Sie die Leute nicht an«, sagte Julie getäuscht lachend, und Türk rief: »Hören Sie wohl, Warneck? Fräulein Julie hält ihre Seltenheit für erdichtet.«

»Ich glaube es auch nicht«, sagte Klemens, »oder hatte ihr der Mann einen Maulkorb angehängt?«

»Nicht viel besser«, sagte Warneck; »sie war taubstumm, und zwar von ihrer Geburt an.«

»Und doch verheiratet!« sprach Therese.

»Das, mein Fräulein«, versetzte Warneck, »ist eigentlich das Merkwürdige und zugleich Abscheuliche an der Sache. Sie war nicht viel besser als ein Tier, aber sie hatte ein paar hundert Gulden.«

»Das ist ganz recht«, rief Klemens, »es ist unmöglich, sich eine bequemere Frau zu denken.«

»Klemens, Klemens«, sagte Frau von Bendraet, »wie redest du wieder in den Tag hinein!«

»Er hat sich nur verredet, gnädige Frau«, entgegnete Warneck, »sehen Sie nur, wie rot er wird.«

Dabei legte er seine Hand an die Wange des jungen Bendraet. Klemens schlug ihm halb verlegen, halb scherzend auf die Finger.

»Übrigens«, hub Karl an, »gibt es in hiesiger Gegend in allem Ernste eine Bäuerin, die aus Vorsatz, um mit ihrem Manne in Frieden zu leben, vierzehn Jahre lang keine Silbe geredet hat.«

»Das ist richtig«, sprach Frau von Brenkfeld; »wir kennen diese Frau sehr wohl. Sie hatte lange und viel durch den zänkischen Geist ihres Mannes gelitten. Auf einmal hört sie auf zu reden; man hält sie erst für aufgebracht, dann für wahnsinnig, dann für stumm. So währt es vierzehn Jahre. Der Mann stirbt. Auf seinen Begräbnistag fängt sie wieder an zu reden und versichert, es werde sie noch in ihrer Todesstunde trösten, ihren Vorsatz gehalten zu haben. Sie könne nun ohne Unruhe und Reue an ihren seligen Mann denken; denn seit vierzehn Jahren sei keine Uneinigkeit zwischen ihnen gewesen.«

»Das ist viel«, sagte Warneck.

»Lebt die Frau noch?« fragte Louis.

»Jawohl«, entgegnete Frau von Brenkfeld, »nahe bei Endorf in dem kleinen roten Häuschen an der Heerstraße.«

»Die Frau kenne ich wohl«, sagte Klemens.

»Ich nicht«, versetzte Louis, »aber ich möchte sie wohl kennen.«

Klemens beugte sich zu ihm und sagte halb leise: »Strapazier dich nicht, mein Söhnchen, es ist eine alte Hexe, und an eine hübsche Tochter ist auch gar nicht zu denken.«

»Geh!« erwiderte Louis.

Warneck lachte und drohte mit dem Finger.

»Nun, was ist es denn weiter«, sagte Klemens laut, »ich sagte eben, die Frau hat keine Kinder; aber so ein Dutzend Schreihälse würden ihr die Worte schon von der Zunge gebracht haben.«

Warneck versetzte neckend: »Es kam mir beinahe vor, als hätte das, was du sagtest, anders geklungen; aber ich will dich nicht noch röter machen; du blühst doch schon wie eine Rose.«

»Beinahe als wenn man ihn zu Claudinens Füßen ertappte«, rief Julie.

»Hm«, brummte Klemens halb leise vor sich hin, »die Blankenau gefällt mir in kurzem vielleicht besser als die Triest. Man wird des ewigen Silbenstechens doch endlich hundemüde.«

»Vorzüglich«, versetzte Julie, »wenn ein bißchen Handwerksneid dazukommt.«

»Ich merke wohl«, rief Klemens, »du arbeitest darauf hin, daß ich wieder necken soll, aber ich wüßte wahrhaftig nicht, womit, ich müßte denn deine unglückliche Liebe zu dem Wohlgeflickten ans Licht ziehen.«

»Darüber brauchst du nichts zu sagen«, entgegnete Julie lachend; »hätte der arme Schelm besser zu leben, so würde er gewiß die alten Röcke nicht so lange flicken lassen.«

»Es ist Schande genug, daß die Kunst so nach Brot gehen muß«, rief Louis dazwischen.

»Und eigentlich«, sagte Julie, »ist er Louis' Ideal, und nicht das meinige.«

»Ideal will viel sagen«, antwortete Louis, »ich kann, gottlob! noch höher hinauf denken, aber daß ich Anteil an dem Wengenberg nehme, das finde ich sehr natürlich und nur wunderbar, daß ich der einzige in unserem Hause bin; die Musik ist doch sonst eine Sprache, die sogar Kinder und Wilde verstehen.«

»Für welches von beiden hältst du mich denn?« fragte Julie. Louis neigte sich zu ihr und sagte leise: »Für ein Kind und wild dazu.«

Julie sprang rasch auf und griff ihn mit großer Schnelligkeit an. Louis wollte sich verteidigen, aber die Schläge fielen wie Schneeflocken auf Wangen und Schultern und Rücken, daß Louis, den Kopf zwischen die Schultern gedrückt, bald diesen, bald jenen der Gesellschaft vergebens vorschob und nur endlich am Sofa neben den Frauen Ruhe fand. Dabei rief sie: »Nach Erlenburg solltest du ziehen, dahin gehörst du, du Troubadour, du Mondhase!« Der kleine Krieg war geendigt. Louis schöpfte Atem. Julie sah auf ihre rotgewordenen Händchen und trat vor den Baron Warneck.

»Seien Sie nicht böse, ich habe Sie tüchtig gestoßen. Warum machen Sie sich zur Mauer? Die muß nieder, wenn der Feind dahinter steckt.«

Warneck sah in das zarte, glühende Antlitz, und eine leise Bewegung zuckte über sein Gesicht. Er senkte seine scharfen Blicke in ihre Augen und sagte: »Sollte Fräulein Julie sich selbst so wenig kennen?«

Dann wandte er sich rasch zu den übrigen.

Der Wagen fuhr vor, und die schönen reichgezäumten Reitpferde scharrten ungeduldig auf dem Pflaster. Die Reiter ließen sie die schönste Fensterparade machen, und der Besuch war zu Ende.

*

»Der Klemens kann doch seine eigene Schande nicht verschweigen«, hub Karl an zu seinen Schwestern, indem sie dem Zuge durch die Scheiben nachblickten. »Wißt ihr, was das Necken mit seiner Röte bedeutet? Er hat sich auf dem Felde von einem hübschen Bauernmädchen eine tüchtige Maulschelle geholt, und wie er es recht betrachtet, da wird es ihm so lächerlich, daß er es nicht verschweigen kann. So macht er es immer. Er ist eigentlich nicht schlimmer als andere Leute, aber er sagt immer alles Üble, was er von sich selber weiß, und noch einiges andere dazu, woran er nicht denkt.«

»Mir ist er sehr fatal«, versetzte Therese.

Die Mutter saß währenddessen am andern Fenster und dachte an die arme, gedrückte Nachbarin, Mutter und Gattin und doch verwaist, und sah sie im Geiste schleichen, alt und verkümmert, in dem dürren, rasselnden Laube ihrer liebsten, letzten Hoffnungen. Sie dachte an ihre eigenen Kinder, an ihre Zucht, ihren Gehorsam, ihre kindliche Sorgfalt, und ihr Herz ward vor Rührung durch und durch weich in Wehmut und Reue. Sie nahm ein Gebetbuch aus der Lade des Tisches und ging hinaus in ihre Kammer.

Karl unterhielt indessen Therese von dem Zustande des

Patienten, der ihm sehr beruhigend schien. Der Kranke war völlig bei Sinnen und hatte mehrere Stunden sehr fest geschlummert. »Ich bitte dich«, sagte Therese, »nimm dich seiner doch recht an; wir können es nicht!«

Karl entgegnete noch manches, und Therese wurde zerstreut; denn sie hatte Ledwina soeben über den Vorhof in den Garten wandeln sehen, und ihr langsamer matter Gang, die feine, sanft gebeugte Gestalt, der wie dem blühenden Schneeballe das farblose, reich umflochtene Haupt zu schwer zu werden schien, hatte sich mit wehmütiger Angst auf ihr Herz gelegt. Karl sagte eben: »Ich will wieder hinauf zu dem Kranken gehen.«

»Das tu«, versetzte sie rasch und schritt dann gedankenvoll und unruhig hinaus in den weiten, schön angelegten Garten des Schlosses. Sie sah Ledwinen von ferne, wie sie am Rande des Parkes unter der alten Linde saß, die Arme übereinander auf den steinernen Tisch gelegt und das Gesicht fest darauf gedrückt. Da fiel ihr ein, wie sie den Grafen Hollberg am Morgen in ähnlicher Lage gesehen, bleich in der Ohnmacht, und alles, was Karl über seine Krankheit gesagt, und sie erschrak vor der Ähnlichkeit; denn wie hätte sie sich je bei Ledwina das eingestehen sollen, was sie bei dem Grafen sogleich als unleugbar anerkannte! Es ist ja ein schönes Wahrzeichen liebender Herzen, so, wie ohne Not für das Geliebte zu sorgen, so auch mit glühender, herzzerreißender Blindheit die Hoffnung zu umklammern, wenn sie für einen jeden anderen längst dahin ist. Eine Stimmung der Angst überfiel sie, in der sie nicht vor Ledwina treten mochte. Sie wollte sich eben umwenden, als die Schwester aufsah und nach ihr hinüberwinkte. Sie suchte sich zu ermannen, nahte sich der Leidenden und saß nieder neben ihr. Ledwina sah auf und sagte ganz matt: »Mein Gott, wenn Lünden so nahe wäre wie Erlenburg!«

»Es ist aber, gottlob!« versetzte Therese, »mehr als noch einmal so weit bis dahin; wir haben doch jetzt gewiß für ein paar Monate Ruh.« – »Zum Beispiel der Klemens«, sagte Ledwina, »und ich glaube wahrlich, die Adolfine Dobron könnte ihn nehmen.« – »Oh, unzweifelhaft«, entgegnete Therese. Ledwina sagte: »Und die Linchen Blankenau vielleicht auch.«

»Mein Gott, wenn ich jemals des Menschen Frau werden müßte, ich könnte unmöglich lange leben!«

Sie lehnte das Haupt, wie ermüdet von dem Gedanken, an Theresens Schulter und fuhr fort: »Nein, sterben würde ich wohl vielleicht nicht, aber verkrüppeln an jeder Kraft des Geistes, alle Gedanken verlieren, die mir lieb sind; halb wahnsinnig, eigentlich stumpfsinnig würde ich werden.« Sie sann ein Weilchen; dann sagte sie: »Überhaupt, Therese, ich bin so ungenügsam und habe so wenig Sinn für fremde Ansichten; das ist einer meiner größten Fehler. Gott weiß, welche Schule mir hierin vielleicht noch vorbehalten ist! Ich gestehe, daß ich mich sehr vor einer Schwägerin fürchte. Vielleicht wird sie kein Herz für mich haben.«

Dann sagte sie mit einem raschen Blitze in den matten Augen: »Nein, so ist es nicht, aber ich fürchte, ich habe keines für sie. Es wird wie eine Mauer zwischen uns stehen, daß sie mir die Mutter und dich ersetzen soll und nicht kann; denn du bist dann längst fort und glücklich.«

Therese legte sanft ihren Arm um die seltsam Bewegte und ward selbst trüber.

»Liebe Ledwina, verkümmere dir doch dein Leben nicht mit der Zukunft; sie kommt von selbst, ohne daß wir sie in Angst und Sorgen herbeischleppen.«

»Eben darum«, antwortete Ledwina lebhaft, »müssen wir uns im voraus mit dem Gedanken vertraut machen, damit es nachher nicht zu schwer fällt. Weißt du wohl, daß es sündlich ist, aus eigener Schuld einem Geschicke unterliegen, das so allgemein getragen wird? Aber«, fuhr sie dann langsamer fort, »wenn ich mir das so denke, daß eine andere hier regiert an der Mutter Stelle und in dem Bette schläft, vor dem wir so oft gestanden und ihr eine gute Nacht gewünscht...«

Sie wandte sich unruhig nach allen Seiten umher.

»So wird es aber gar nicht kommen«, sagte Therese, »die Mutter wird wahrscheinlich hier bleiben. Karl ist ja so vernünftig; seine Wahl wird nicht leicht so schlimm ausfallen, daß die Mutter fortziehen müßte.«

»Aber wenn die Mutter nun tot ist?« versetzte Ledwina.

»Die Mutter«, sagte Therese wehmütig, »kann, gottlob! wohl länger leben als wir.«

»Aber die Zeit kommt doch endlich«, unterbrach sie Ledwina. Dann legte sie sanft ihren Arm um Theresens Nacken und fuhr, an ihre Schulter gelehnt, leise und bekümmert fort: »O Therese, auf unserem Boden stehen so viele alte Bilder aus der Familie, aber wir wissen doch fast von keinem recht, wen es vorstellt, und es sind doch alle unsere Voreltern und haben hier gewohnt, Gott weiß, in welchen Zimmern, und haben Geschwister und Kinder gehabt, die diese Bilder mit Freude und Verehrung betrachtet und bewahrt und vielleicht späterhin mit der teuersten, rührendsten Erinnerung, und nun? Wie sehen sie aus! Der alten Frau, du weißt wohl, mit der schwarzen Kappe, sind jetzt auch die Nase und die Augen ausgestoßen worden. Das ist gewiß absichtlich geschehen, weil sie eigentlich so häßlich aussieht.« Sie fuhr tief atmend fort: »Die Vergangenheit, die liebsten, teuersten Überbleibsel werden endlich mit Füßen getreten. Denk, wenn Mutter ihr Bild –«

Sie fing heftig an zu weinen und klammerte sich fest um ihre Schwester. Therese mußte sich gewaltsam innehalten;

denn alle Fasern ihres Herzens schmerzten, aber sie hielt sich fest und sagte: »Ledwina, sei ruhig, schade dir nicht selber! Warum suchst du gewaltsam Gegenstände auf, die dich erschüttern und krank machen müssen? Nun bitte ich dich, wenn du mich liebhast, so nimm dich zusammen und sprich etwas anderes!«

Beide schwiegen. Ledwina stand auf und wandelte ein paarmal den Garten auf und nieder. Dann setzte sie sich wieder zu Therese, die über allerlei Dinge zu reden begann. Sie antwortete so, daß Therese sowohl ihren guten Willen als seine gänzliche Schwäche sehen mußte. Die Sonne begann sich zu neigen, und ihre milden Lichter tanzten durch die Zweige der Linde auf den Gewändern der Mädchen und auf Ledwinens leise bebendem Antlitz.

»Wie schön der Abend wird!« sagte Therese.

»Gestern um diese Stunde lebte der arme Klemens noch«, seufzte Ledwina.

»Suchst du wieder das Trübe?« sagte Therese sanft.

»Ist denn«, versetzte Ledwina beklemmt, »ein Tag Andenken zuviel für seiner Mutter einzigsten Trost? Hör mich an!«

Nun erzählte sie, wie sie an dem Flusse gewandelt, immer hinauf, kämpfend mit greulichen, sinnlosen Bildern, wie sie sich fast besiegt und umkehren wollen, nur noch diese eine Bucht vorüber – und ein matter, flimmernder Schein sah durch dichte Brombeerranken aus dem Gewässer zu ihr herüber. Heimlich schaudernd nannte sie es den Widerschein der Sonne. Da wehten leichte Wolken herauf, das Sonnengold schwand vom Strome, und heller flammte das heimliche Licht durch die dunklen Blätter.

»Begreifst du wohl, Therese«, sagte sie, »daß ich an die Sagen dachte von Lichtern, die über den Versunkenen wachen? Indes ergab ich mich nicht und schritt rasch darauf zu;

da flammte es hoch auf und schwand, und wie ich an das Gestrüppe trat, da war es die Laterne des armen Klemens, die, ausgebrannt und in den Ranken verschlungen, auf dem Wasser schwankte. Ich kniete an das Ufer und löste sie aus den Dornen, aber wie ich sie so kalt und naß und erloschen in der Hand hielt, da war es mir, als sei sie ein toter, erstarrter Teil des Verlorenen. Ich habe sie am Ufer stehenlassen.«

Sie drückte sich leise schaudernd an Therese.

»Aber was ist denn das?« sagte sie und deutete auf den Boden.

»Was meinst du?« versetzte Therese.

»Mich dünkt, ich sehe mehr als die Schatten der Bäume.«

»Auch die unsrigen«, sagte Therese. – »Es wird nichts sein; hör zu, und wie ich zurückgehe und an das Sandloch komme, da sehe ich von weitem die alte Lisbeth aus ihrem Hause gehen. Oh, Therese, sie ist so klein geworden, ich hätte sie fast nicht erkannt. Sie ging lange vor mir, ohne mich zu sehen, sondern starrte immer in das Wasser. Du weißt, sie ist immer so ordentlich. O Gott, sie sah so verstört aus. Die Hälfte ihrer grauen Haare hing unter der Mütze hervor. Ich konnte es nicht mehr aushalten und ging vorüber. Da schlug es Mittag im Dorfe, und die Betglocke begann zu läuten. Ich sagte im Vorübergehen: ›Gelobt sei Jesus Christus!‹ Sie sah nicht auf, sondern schloß die Hände zusammen und sagte: ›Alle Ewigkeit, alle Ewigkeit Amen‹, laut und oft nacheinander. Ich hörte es noch, wie ich eine Strecke von ihr war.«

»Gott wird sie trösten«, sagte Therese und sah bewegt vor sich nieder. Da war es ihr selber, als sähe sie durch den Schlagschatten der Bäume noch eine andere Gestalt lauschen. Sie sah rasch um sich, aber es war nichts.

»Es wird zu kühl für dich, Ledwina«, sagte sie aufstehend, und die von heimlichen Fieberschauern Durchbebte folgte ihr willig. Auf dem Hofe begegnete ihnen Karl. Therese ließ die Schwester vorangehen und teilte ihm ihre Bemerkung mit. Er schritt sogleich in den Garten, dann eilte sie der trauernd Wandelnden nach.

Die Judenbuche

Ein Sittengemälde
aus dem gebirgichten Westfalen

Wo ist die Hand so zart, daß ohne Irren
Sie sondern mag beschränkten Hirnes Wirren,
So fest, daß ohne Zittern sie den Stein
Mag schleudern auf ein arm verkümmert Sein?
Wer wagt es, eitlen Blutes Drang zu messen,
Zu wägen jedes Wort, das unvergessen
In junge Brust die zähen Wurzeln trieb,
Des Vorurteils geheimen Seelendieb?
Du Glücklicher, geboren und gehegt
Im lichten Raum, von frommer Hand gepflegt,
Leg hin die Waagschal, nimmer dir erlaubt!
Laß ruhn den Stein – er trifft dein eignes Haupt! –

Friedrich Mergel, geboren 1738, war der einzige Sohn eines sogenannten Halbmeiers oder Grundeigentümers geringerer Klasse im Dorfe B., das, so schlecht gebaut und rauchig es sein mag, doch das Auge jedes Reisenden fesselt durch die überaus malerische Schönheit seiner Lage in der grünen Waldschlucht eines bedeutenden und geschichtlich merkwürdigen Gebirges. Das Ländchen, dem es angehörte, war damals einer jener abgeschlossenen Erdwinkel ohne Fabriken und Handel, ohne Heerstraßen, wo noch ein fremdes Gesicht Aufsehen erregte und eine Reise von dreißig Meilen selbst den Vornehmeren zum Ulysses seiner Gegend machte – kurz, ein Fleck, wie es deren sonst so viele in Deutschland gab, mit all den Mängeln und Tugenden, all der Originalität und Beschränktheit, wie sie nur in solchen Zuständen gedeihen. Unter höchst einfachen und häufig unzulänglichen Gesetzen waren die Begriffe der Einwohner von Recht und Unrecht einigermaßen in Verwirrung geraten, oder vielmehr, es hatte sich neben dem gesetzlichen ein zweites Recht gebildet, ein Recht der öffentlichen Meinung, der Gewohnheit und der durch Vernachlässigung entstandenen Verjährung. Die Gutsbesitzer, denen die niedere Gerichtsbarkeit zustand, straften und belohnten nach ihrer in den meisten Fällen redlichen Einsicht; der Untergebene tat, was ihm ausführbar und mit einem etwas weiten Gewissen verträglich schien, und nur dem Verlierenden fiel es zuweilen ein, in alten staubichten Urkunden nachzuschlagen. – Es ist schwer, jene Zeit unparteiisch ins Auge zu fassen; sie ist seit ihrem Verschwinden entweder hochmütig getadelt oder albern gelobt worden, da den, der sie erlebte, zuviel teure Erinnerungen blenden und der Spätergeborene sie nicht begreift. Soviel darf man indessen behaupten, daß die Form schwächer, der Kern fester, Vergehen häufiger, Gewissenlosigkeit seltener waren. Denn wer nach seiner Überzeugung handelt, und sei sie noch so mangelhaft, kann nie ganz zugrunde gehen, wogegen nichts seelentötender wirkt, als gegen das innere Rechtsgefühl das äußere Recht in Anspruch zu nehmen.

Ein Menschenschlag, unruhiger und unternehmender als alle seine Nachbarn, ließ in dem kleinen Staate, von dem wir reden, manches weit greller hervortreten als anderswo unter gleichen Umständen. Holz- und Jagdfrevel waren an der Tagesordnung, und bei den häufig vorfallenden Schlägereien hatte sich jeder selbst seines zerschlagenen Kopfes zu trösten. Da jedoch große und ergiebige Waldungen den Hauptreichtum des Landes ausmachten, ward allerdings scharf über die Forsten gewacht, aber weniger auf gesetzlichem Wege als in stets erneuten Versuchen, Gewalt und List mit gleichen Waffen zu überbieten.

Das Dorf B. galt für die hochmütigste, schlauste und kühnste Gemeinde des ganzen Fürstentums. Seine Lage inmitten tiefer und stolzer Waldeinsamkeit mochte schon früh den angeborenen Starrsinn der Gemüter nähren, die Nähe eines Flusses, der in die See mündete und bedeckte Fahrzeuge trug, groß genug, um Schiffbauholz bequem und sicher außer Land zu führen, trug sehr dazu bei, die natürliche Kühnheit der Holzfrevler zu ermutigen, und der Umstand, daß alles umher von Förstern wimmelte, konnte hier nur aufregend wirken, da bei den häufig vorkommenden Scharmützeln der Vorteil meist auf seiten der Bauern blieb. Dreißig, vierzig Wagen zogen zugleich aus in den schönen Mondnächten mit ungefähr doppelt soviel Mannschaft jedes Alters, vom halbwüchsigen Knaben bis zum siebzigjährigen Ortsvorsteher, der als erfahrener Leitbock den Zug mit gleich stolzem Bewußtsein anführte, als er seinen Sitz in der Gerichtsstube einnahm. Die Zurückgebliebenen horchten sorglos dem allmählichen Verhallen des Knarrens und Stoßens der Räder in den Hohlwegen und schliefen sacht weiter. Ein gelegentlicher Schuß, ein schwacher Schrei ließen wohl einmal eine junge Frau oder Braut auffahren; kein anderer achtete darauf. Beim ersten Morgengrau kehrte der Zug ebenso schweigend heim, die Gesichter glühend wie Erz, hier und dort einer mit verbundenem Kopf, was weiter nicht in Betracht kam, und nach ein paar Stunden war die Umgegend voll von dem Mißgeschick eines oder mehrerer Forstbeamten, die aus dem Walde getragen wurden, zerschlagen, mit Schnupftabak geblendet und für einige Zeit unfähig, ihrem Berufe nachzukommen.

In diesen Umgebungen war Friedrich Mergel geboren, in einem Hause, das durch die stolze Zugabe eines Rauchfangs und minder kleiner Glasscheiben die Ansprüche seines Erbauers sowie durch seine gegenwärtige Verkommenheit die kümmerlichen Umstände des jetzigen Besitzers bezeugte. Das frühere Geländer um Hof und Garten war einem vernachlässigten Zaune gewichen, das Dach schadhaft, fremdes Vieh weidete auf den Triften, fremdes Korn wuchs auf dem Acker zunächst am Hofe, und der Garten enthielt, außer ein paar holzichten Rosenstöcken aus besserer Zeit, mehr Unkraut als Kraut. Freilich hatten Unglücksfälle manches hiervon herbeigeführt; doch war auch viel Unordnung und böse Wirtschaft im Spiel. Friedrichs Vater, der alte Hermann Mergel, war in seinem Junggesellenstande ein sogenannter ordentlicher Säufer, das heißt einer, der nur an Sonn- und Festtagen in der Rinne lag und die Woche hindurch so manierlich war wie ein anderer. So war denn auch seine Bewerbung um ein recht hübsches und wohlhabendes Mädchen ihm nicht erschwert. Auf der Hochzeit ging's lustig zu. Mergel war gar nicht zu arg betrunken, und die Eltern der Braut gingen abends vergnügt heim; aber am nächsten Sonntage sah man die junge Frau schreiend und blutrünstig durchs Dorf zu den Ihrigen rennen, alle ihre guten Kleider und neues Hausgerät im Stich lassend. Das war freilich ein großer Skandal und Ärger für Mergel, der allerdings Trostes bedurfte. So war denn auch am Nachmittage keine Scheibe an seinem Hause mehr ganz, und man sah ihn noch bis spät in die Nacht vor der Türschwelle liegen, einen abgebrochenen Flaschenhals von Zeit zu Zeit zum Munde führend und sich Gesicht und Hände jämmerlich zerschneidend. Die junge Frau blieb bei ihren Eltern, wo sie bald verkümmerte und starb. Ob nun den Mergel Reue quälte oder Scham, genug, er schien der Trostmittel immer bedürftiger und fing bald an, den gänzlich verkommenen Subjekten zugezählt zu werden.

Die Wirtschaft verfiel; fremde Mägde brachten Schimpf und Schaden; so verging Jahr auf Jahr. Mergel war und blieb ein verlegener und zuletzt ziemlich armseliger Witwer, bis er mit einem Male wieder als Bräutigam auftrat. War die Sache an und für sich unerwartet, so trug die Persönlichkeit der Braut noch dazu bei, die Verwunderung zu erhöhen. Margret Semmler war eine brave, anständige Person, so in den Vierzigen, in ihrer Jugend eine Dorfschönheit und noch jetzt als sehr klug und wirtlich geachtet, dabei nicht unvermögend; und so mußte es jedem unbegreiflich sein, was sie zu diesem Schritte getrieben. Wir glauben den Grund eben in dieser ihrer selbstbewußten Vollkommenheit zu finden. Am Abend vor der Hochzeit soll sie gesagt haben: »Eine Frau, die von ihrem Manne übel behandelt wird, ist dumm oder taugt nicht: wenn's mir schlecht geht, so sagt, es liege an mir.« Der Erfolg zeigte leider, daß sie ihre Kräfte überschätzt hatte. Anfangs imponierte sie ihrem Manne; er kam nicht nach Haus oder kroch in die Scheune, wenn er sich übernommen hatte; aber das Joch war zu drückend, um lange getragen zu werden, und bald sah man ihn oft genug quer über die Gasse ins Haus taumeln, hörte drinnen sein wüstes Lärmen und sah Margret eilends Tür und Fenster schließen. An einem solchen Tage – keinem Sonntage mehr – sah man sie abends aus dem Hause stürzen, ohne Haube und Halstuch, das Haar wild um den Kopf hängend, sich im Garten neben ein Krautbeet niederwerfen und die Erde mit den Händen aufwühlen, dann ängstlich um sich schauen, rasch ein Bündel Kräuter brechen und damit langsam wieder dem Hause zugehen, aber nicht hinein, sondern in die Scheune. Es hieß, an diesem Tage habe Mergel zuerst Hand an sie gelegt, obwohl das Bekenntnis nie über ihre Lippen kam.

Das zweite Jahr dieser unglücklichen Ehe ward mit einem Sohne, man kann nicht sagen erfreut, denn Margret soll sehr geweint haben, als man ihr das Kind reichte. Dennoch, obwohl unter einem Herzen voll Gram getragen, war Friedrich ein gesundes, hübsches Kind, das in der frischen Luft kräftig gedieh. Der Vater hatte ihn sehr lieb, kam nie nach Hause, ohne ihm ein Stückchen Wecken oder dergleichen mitzubringen, und man meinte sogar, er sei seit der Geburt des Knaben ordentlicher geworden; wenigstens ward der Lärmen im Hause geringer.

Friedrich stand in seinem neunten Jahre. Es war um das Fest der Heiligen Drei Könige, eine harte, stürmische Winternacht. Hermann war zu einer Hochzeit gegangen und hatte sich schon beizeiten auf den Weg gemacht, da das Brauthaus dreiviertel Meilen entfernt lag. Obgleich er versprochen hatte, abends wiederzukommen, rechnete Frau Mergel doch um so weniger darauf, da sich nach Sonnenuntergang dichtes Schneegestöber eingestellt hatte. Gegen zehn Uhr schürte sie die Asche am Herde zusammen und machte sich zum Schlafengehen bereit. Friedrich stand neben ihr, schon halb entkleidet, und horchte auf das Geheul des Windes und das Klappen der Bodenfenster.

»Mutter, kommt der Vater heute nicht?« fragte er. – »Nein, Kind, morgen.« – »Aber warum nicht, Mutter? Er hat's doch versprochen.« – »Ach Gott, wenn der alles hielte, was er verspricht! Mach, mach voran, daß du fertig wirst.«

Sie hatten sich kaum niedergelegt, so erhob sich eine Windsbraut, als ob sie das Haus mitnehmen wollte. Die Bettstatt bebte, und im Schornstein rasselte es wie ein Kobold. »Mutter – es pocht draußen!« – »Still, Fritzchen, das ist das lockere Brett im Giebel, das der Wind jagt.« – »Nein, Mutter, an der Tür!« – »Sie schließt nicht; die Klinke ist zerbrochen. Gott, schlaf doch! Bring mich nicht um das armselige bißchen Nachtruhe.« – »Aber, wenn nun der Vater kommt?« – Die Mutter drehte sich heftig im Bett um. »Den hält der Teufel fest genug!« – »Wo ist der Teufel,

Mutter?« – »Wart, du Unrast! Er steht vor der Tür und will dich holen, wenn du nicht ruhig bist!«

Friedrich ward still; er horchte noch ein Weilchen und schlief dann ein. Nach einigen Stunden erwachte er. Der Wind hatte sich gewendet und zischte jetzt wie eine Schlange durch die Fensterritze an seinem Ohr. Seine Schulter war erstarrt; er kroch tief unters Deckbett und lag aus Furcht ganz still. Nach einer Weile bemerkte er, daß die Mutter auch nicht schlief. Er hörte sie weinen und mitunter: »Gegrüßt seist du, Maria!« und »Bitte für uns arme Sünder!« Die Kügelchen des Rosenkranzes glitten an seinem Gesicht hin. – Ein unwillkürlicher Seufzer entfuhr ihm. – »Friedrich, bist du wach?« – »Ja, Mutter.« – »Kind, bete ein wenig – du kannst ja schon das halbe Vaterunser –, daß Gott uns bewahre vor Wasser- und Feuersnot.«

Friedrich dachte an den Teufel, wie der wohl aussehen möge. Das mannigfache Geräusch und Getöse im Hause kam ihm wunderlich vor. Er meinte, es müsse etwas Lebendiges drinnen sein und draußen auch. »Hör, Mutter, gewiß, da sind Leute, die pochen.« – »Ach nein, Kind; aber es ist kein altes Brett im Hause, das nicht klappert.« – »Hör! hörst du nicht? es ruft! hör doch!«

Die Mutter richtete sich auf; das Toben des Sturms ließ einen Augenblick nach. Man hörte deutlich an den Fensterläden pochen und mehrere Stimmen: »Margret! Frau Margret, heda, aufgemacht!« Margret stieß einen heftigen Laut aus: »Da bringen sie mir das Schwein wieder!«

Der Rosenkranz flog klappernd auf den Brettstuhl, die Kleider wurden herbeigerissen. Sie fuhr zum Herde, und bald darauf hörte Friedrich sie mit trotzigen Schritten über die Tenne gehen. Margret kam gar nicht wieder; aber in der Küche war viel Gemurmel und fremde Stimmen. Zweimal kam ein fremder Mann in die Kammer und schien ängstlich etwas zu suchen. Mit einem Male ward eine Lampe hereingebracht, zwei Männer führten die Mutter. Sie war weiß wie Kreide und hatte die Augen geschlossen. Friedrich meinte, sie sei tot; er erhob ein fürchterliches Geschrei, worauf ihm jemand eine Ohrfeige gab, was ihn zur Ruhe brachte, und nun begriff er nach und nach aus den Reden der Umstehenden, daß der Vater vom Ohm Franz Semmler und dem Hülsmeyer tot im Holze gefunden sei und jetzt in der Küche liege.

Sobald Margret wieder zur Besinnung kam, suchte sie die fremden Leute loszuwerden. Der Bruder blieb bei ihr, und Friedrich, dem bei strenger Strafe im Bett zu bleiben geboten war, hörte die ganze Nacht hindurch das Feuer in der Küche knistern und ein Geräusch wie von Hinundherrutschen und Bürsten. Gesprochen ward wenig und leise, aber zuweilen drangen Seufzer herüber, die dem Knaben, so jung er war, durch Mark und Bein gingen. Einmal verstand er, daß der Oheim sagte: »Margret, zieh dir das nicht zu Gemüt; wir wollen jeder drei Messen lesen lassen, und um Ostern gehen wir zusammen eine Bittfahrt zur Muttergottes von Werl.«

Als nach zwei Tagen die Leiche fortgetragen wurde, saß Margret am Herde, das Gesicht mit der Schürze verhüllend. Nach einigen Minuten, als alles still geworden war, sagte sie in sich hinein: »Zehn Jahre, zehn Kreuze. Wir haben sie doch zusammen getragen, und jetzt bin ich allein!« Dann lauter: »Fritzchen, komm her!« – Friedrich kam scheu heran; die Mutter war ihm ganz unheimlich geworden mit den schwarzen Bändern und den verstörten Zügen. »Fritzchen«, sagte sie, »willst du jetzt auch fromm sein, daß ich Freude an dir habe, oder willst du unartig sein und lügen oder saufen und stehlen?« – »Mutter, Hülsmeyer stiehlt.« – »Hülsmeyer? Gott bewahre! Soll ich dir auf den Rücken kommen? Wer sagt dir so schlechtes Zeug?« – »Er hat neulich den Aaron geprügelt und ihm sechs Groschen genommen.« – »Hat er dem Aaron Geld genommen, so hat ihn der verfluchte Jude gewiß zuvor darum betrogen. Hülsmeyer ist ein ordentlicher, angesessener Mann, und die Juden sind alle Schelme.« – »Aber, Mutter, Brandes sagt auch, daß er Holz und Rehe stiehlt.« – »Kind, Brandes ist ein Förster.« – »Mutter, lügen die Förster?«

Margret schwieg eine Weile, dann sagte sie: »Höre, Fritz, das Holz läßt unser Herrgott frei wachsen, und das Wild wechselt aus eines Herren Lande in das andere; die können niemandem gehören. Doch das verstehst du noch nicht, jetzt geh in den Schuppen und hole mir Reisig.«

Friedrich hatte seinen Vater auf dem Stroh gesehen, wo er, wie man sagt, blau und fürchterlich ausgesehen haben soll. Aber davon erzählte er nie und schien ungern daran zu denken. Überhaupt hatte die Erinnerung an seinen Vater eine mit Grausen gemischte Zärtlichkeit in ihm zurückgelassen, wie denn nichts so fesselt wie die Liebe und Sorgfalt eines Wesens, das gegen alles übrige verhärtet scheint, und bei Friedrich wuchs dieses Gefühl mit den Jahren durch das Gefühl mancher Zurücksetzung von seiten anderer. Es war ihm äußerst empfindlich, wenn, solange er Kind war, jemand des Verstorbenen nicht allzu löblich gedachte; ein Kummer, den ihm das Zartgefühl der Nachbarn nicht ersparte. Es ist gewöhnlich in jenen Gegenden, den Verunglückten die Ruhe im Grabe abzusprechen. Der alte Mergel war das Gespenst des Brederholzes geworden; einen Betrunkenen führte er als Irrlicht bei einem Haar in den Zellerkolk; die Hirtenknaben, wenn sie nachts bei ihren Feuern kauerten und die Eulen in den Gründen schrien, hörten zuweilen in abgebrochenen Tönen ganz deutlich dazwischen sein »Hör mal an, feins Liseken«, und ein unprivilegierter

Holzhauer, der unter der breiten Eiche eingeschlafen und dem es darüber Nacht geworden war, hatte beim Erwachen sein geschwollenes blaues Gesicht durch die Zweige lauschen sehen. Friedrich mußte von andern Knaben vieles darüber hören; dann heulte er, schlug um sich, stach auch einmal mit seinem Messerchen und wurde bei dieser Gelegenheit jämmerlich geprügelt. Seitdem trieb er seiner Mutter Kühe allein an das andere Ende des Tales, wo man ihn oft stundenlang in derselben Stellung im Grase liegen und den Thymian aus dem Boden rupfen sah.

Er war zwölf Jahre alt, als seine Mutter einen Besuch von ihrem jüngeren Bruder erhielt, der in Brede wohnte und seit der törichten Heirat seiner Schwester ihre Schwelle nicht betreten hatte. Simon Semmler war ein kleiner, unruhiger, magerer Mann mit vor dem Kopf liegenden Fischaugen und überhaupt einem Gesicht wie ein Hecht, ein unheimlicher Geselle, bei dem dicktuende Verschlossenheit oft mit ebenso gesuchter Treuherzigkeit wechselte, der gern einen aufgeklärten Kopf vorgestellt hätte und statt dessen für einen fatalen, Händel suchenden Kerl galt, dem jeder um so lieber aus dem Wege ging, je mehr er in das Alter trat, wo ohnehin beschränkte Menschen leicht an Ansprüchen gewinnen, was sie an Brauchbarkeit verlieren. Dennoch freute sich die arme Margret, die sonst keinen der Ihrigen mehr am Leben hatte.

»Simon, bist du da?« sagte sie und zitterte, daß sie sich am Stuhle halten mußte. »Willst du sehen, wie es mir geht und meinem schmutzigen Jungen?« – Simon betrachtete sie ernst und reichte ihr die Hand: »Du bist alt geworden, Margret!« – Margret seufzte: »Es ist mir derweil oft bitterlich gegangen mit allerlei Schicksalen.« – »Ja, Mädchen, zu spät gefreit hat immer gereut! Jetzt bist du alt, und das Kind ist klein. Jedes Ding hat seine Zeit. Aber wenn ein altes Haus brennt, dann hilft kein Löschen.« Über Margrets vergrämtes Gesicht flog eine Flamme, so rot wie Blut.

»Aber ich höre, dein Junge ist schlau und gewichst«, fuhr Simon fort. – »Ei nun, so ziemlich, und dabei fromm.« – »Hum, 's hat mal einer eine Kuh gestohlen, der hieß auch Fromm. Aber er ist still und nachdenklich, nicht wahr? Er läuft nicht mit den anderen Buben?« – »Er ist ein eigenes Kind«, sagte Margret wie für sich; »es ist nicht gut.« – Simon lachte hell auf: »Dein Junge ist scheu, weil ihn die anderen ein paarmal gut durchgedroschen haben. Das wird ihnen der Bursche schon wieder bezahlen. Hülsmeyer war neulich bei mir, der sagte, es ist ein Junge wie 'n Reh.«

Welcher Mutter geht das Herz nicht auf, wenn sie ihr Kind loben hört? Der armen Margret ward selten so wohl, jedermann nannte ihren Jungen tückisch und verschlossen. Die Tränen traten ihr in die Augen. »Ja, gottlob, er hat gerade Glieder.« – »Wie sieht er aus?« fuhr Simon fort. – »Er hat viel von dir, Simon, viel.«

Simon lachte: »Ei, das muß ein rarer Kerl sein, ich werde alle Tage schöner. An der Schule soll er sich wohl nicht verbrennen. Du läßt ihn die Kühe hüten? Ebensogut. Es ist doch nicht halb wahr, was der Magister sagt. Aber wo hütet er? Im Telgengrund? im Roderholze? im Teutoburger Wald? Auch des Nachts und früh?« – »Die ganzen Nächte durch; aber wie meinst du das?«

Simon schien dies zu überhören; er reckte den Hals zur Türe hinaus: »Ei, da kommt der Gesell! Vaterssohn! Er schlenkert geradeso mit den Armen wie dein seliger Mann. Und schau mal an! Wahrhaftig, der Junge hat meine blonden Haare!«

In der Mutter Züge kam ein heimliches, stolzes Lächeln; ihres Friedrichs blonde Locken und Simons rötliche Borsten! Ohne zu antworten, brach sie einen Zweig von der nächsten Hecke und ging ihrem Sohne entgegen, scheinbar, eine träge Kuh anzutreiben, im Grunde aber, ihm einige rasche, halb drohende Worte zuzuraunen; denn sie kannte seine störrische Natur, und Simons Weise war ihr heute einschüchternder vorgekommen als je. Doch ging alles über Erwarten gut; Friedrich zeigte sich weder verstockt noch frech, vielmehr etwas blöde und sehr bemüht, dem Ohm zu gefallen. So kam es denn dahin, daß nach einer halbstündigen Unterredung Simon eine Art Adoption des Knaben in Vorschlag brachte, vermöge deren er denselben zwar nicht gänzlich seiner Mutter entziehen, aber doch über den größten Teil seiner Zeit verfügen wollte, wofür ihm dann am Ende des alten Junggesellen Erbe zufallen solle, das ihm freilich ohnedies nicht entgehen konnte. Margret ließ sich geduldig auseinandersetzen, wie groß der Vorteil, wie gering die Entbehrung ihrerseits bei dem Handel sei. Sie wußte am besten, was eine kränkliche Witwe an der Hülfe eines zwölfjährigen Knaben entbehrt, den sie bereits gewöhnt hat, die Stelle einer Tochter zu ersetzen. Doch sie schwieg und gab sich in alles. Nur bat sie den Bruder, streng, doch nicht hart gegen den Knaben zu sein.

»Er ist gut«, sagte sie, »aber ich bin eine einsame Frau; mein Kind ist nicht wie einer, über den Vaterhand regiert hat.« Simon nickte schlau mit dem Kopf: »Laß mich nur gewähren, wir wollen uns schon vertragen, und weißt du was? Gib mir den Jungen gleich mit, ich habe zwei Säcke aus der Mühle zu holen; der kleinste ist ihm grad recht, und so lernt er mir zur Hand gehen. Komm, Fritzchen, zieh deine Holzschuh an!« – Und bald sah Margret den beiden nach, wie sie fortschritten, Simon voran, mit seinem Gesicht die Luft durchschneidend, während ihm die Schöße des roten Rocks wie Feuerflammen nachzogen. So hatte er ziemlich das Ansehen eines feurigen Mannes, der unter dem gestohlenen Sacke büßt; Friedrich ihm nach, fein und schlank für sein Alter, mit zarten, fast edlen Zügen und langen blonden Locken, die besser gepflegt waren, als sein übriges Äußere erwarten ließ; übrigens zerlumpt, sonneverbrannt und mit dem Ausdruck der Vernachlässigung und einer gewissen rohen Melancholie in den Zügen. Dennoch war eine große Familienähnlichkeit beider nicht zu verkennen, und wie Friedrich so langsam seinem Führer nachtrat, die Blicke fest auf denselben geheftet, der ihn gerade durch das Seltsame seiner Erscheinung anzog, erinnerte er unwillkürlich an jemand, der in einem Zauberspiegel das Bild seiner Zukunft mit verstörter Aufmerksamkeit betrachtet.

Jetzt nahten die beiden sich der Stelle des Teutoburger Waldes, wo das Brederholz den Abhang des Gebirges niedersteigt und einen sehr dunkeln Grund ausfüllt. Bis jetzt war wenig gesprochen worden. Simon schien nachdenkend, der Knabe zerstreut, und beide keuchten unter ihren Säkken. Plötzlich fragte Simon: »Trinkst du gern Branntwein?« – Der Knabe antwortete nicht. »Ich frage, trinkst du gern Branntwein? Gibt dir die Mutter zuweilen welchen?« – »Die Mutter hat selbst keinen«, sagte Friedrich. – »Soso, desto besser! – Kennst du das Holz da vor uns?« – »Das ist das Brederholz.« – »Weißt du auch, was darin vorgefallen ist?« – Friedrich schwieg. Indessen kamen sie der düstern Schlucht immer näher. »Betet die Mutter noch soviel?« hob Simon wieder an. – »Ja, jeden Abend zwei Rosenkränze.« – »So? und du betest mit?« – Der Knabe lachte halb verlegen mit einem durchtriebenen Seitenblick. »Die Mutter betet in der Dämmerung vor dem Essen den einen Rosenkranz, dann bin ich meist noch nicht wieder da mit den Kühen, und den andern im Bette, dann schlaf ich gewöhnlich ein.« – »Soso, Geselle!« – Diese letzten Worte wurden unter dem Schirme einer weiten Buche gesprochen, die den Eingang der Schlucht überwölbte. Es war jetzt ganz finster; das erste Mondviertel stand am Himmel, aber seine schwachen Schimmer dienten nur dazu, den Gegenständen, die sie zuweilen durch eine Lücke der Zweige berührten, ein fremdartiges Ansehen zu geben. Friedrich hielt sich dicht hinter seinem Ohm; sein Odem ging schnell, und wer seine Züge hätte unterscheiden können, würde den Ausdruck einer ungeheuren, doch mehr phantastischen als furchtsamen Spannung darin wahrgenommen haben. So schritten beide rüstig voran, Simon mit dem festen Schritt des abgehärteten Wanderers, Friedrich schwankend und wie im Traum. Es kam ihm vor, als ob alles sich bewegte und die Bäume in den einzelnen Mondstrahlen bald zusammen, bald voneinander schwankten. Baumwurzeln und schlüpfrige Stellen, wo sich das Regenwasser gesammelt, machten seinen Schritt unsicher; er war einige Male nahe daran, zu fallen. Jetzt schien sich in einiger Entfernung das Dunkel zu brechen, und bald traten beide in eine ziemlich große Lichtung. Der Mond schien klar hinein und zeigte, daß hier noch vor kurzem die Axt unbarmherzig gewütet hatte. Überall ragten Baumstümpfe hervor, manche mehrere Fuß über der Erde, wie sie gerade in der Eile am bequemsten zu durchschneiden gewesen waren; die verpönte Arbeit mußte unversehens unterbrochen worden sein, denn eine Buche lag quer über dem Pfad, in vollem Laube, ihre Zweige hoch über sich streckend und im Nachtwinde mit den noch frischen Blättern zitternd. Simon blieb einen Augenblick stehen und betrachtete den gefällten Stamm mit Aufmerksamkeit. In der Mitte der Lichtung stand eine alte Eiche, mehr breit als hoch; ein blasser Strahl, der durch die Zweige auf ihren Stamm fiel, zeigte, daß er hohl sei, was ihn wahrscheinlich vor der allgemeinen Zerstörung geschützt hatte. Hier ergriff Simon plötzlich des Knaben Arm.

»Friedrich, kennst du den Baum? Das ist die breite Eiche.« Friedrich fuhr zusammen und klammerte sich mit kalten Händen an seinen Ohm. »Sieh«, fuhr Simon fort, »hier haben Ohm Franz und der Hülsmeyer deinen Vater gefunden, als er in der Betrunkenheit ohne Buße und Ölung zum Teufel gefahren war.« – »Ohm, Ohm!« keuchte Friedrich. – »Was fällt dir ein? Du wirst dich doch nicht fürchten? Satan von einem Jungen, du kneipst mir den Arm! Laß los, los!« – Er suchte den Knaben abzuschütteln. – »Dein Vater war übrigens eine gute Seele; Gott wird's nicht so genau mit ihm nehmen. Ich hatt ihn so lieb wie meinen eigenen Bruder.« – Friedrich ließ den Arm seines Ohms los; beide legten schweigend den übrigen Teil des Waldes zurück, und das Dorf Brede lag vor ihnen mit seinen Lehmhütten und den einzelnen bessern Wohnungen von Ziegelsteinen, zu denen auch Simons Haus gehörte.

Am nächsten Abend saß Margret schon seit einer Stunde mit ihrem Rocken vor der Tür und wartete auf ihren Knaben. Es war die erste Nacht, die sie zugebracht hatte, ohne den Atem ihres Kindes neben sich zu hören, und Friedrich kam noch immer nicht. Sie war ärgerlich und ängstlich und wußte, daß sie beides ohne Grund war. Die Uhr im Turm schlug sieben, das Vieh kehrte heim; er war noch immer nicht da, und sie mußte aufstehen, um nach den Kühen zu schauen. Als sie wieder in die dunkle Küche trat, stand Friedrich am Herde; er hatte sich vornübergebeugt und wärmte die Hände an den Kohlen. Der Schein spielte auf seinen Zügen und gab ihnen ein widriges Ansehen von Magerkeit und ängstlichem Zucken. Margret blieb in der Tennentür stehen, so seltsam verändert kam ihr das Kind vor.

»Friedrich, wie geht's dem Ohm?« Der Knabe murmelte einige unverständliche Worte und drängte sich dicht an die Feuermauer. – »Friedrich, hast du das Reden verlernt?

Junge, tu das Maul auf! Du weißt ja doch, daß ich auf dem rechten Ohr nicht gut höre.« – Das Kind erhob seine Stimme und geriet dermaßen ins Stammeln, daß Margret es um nichts mehr begriff. – »Was sagst du? Einen Gruß von Meister Semmler? Wieder fort? Wohin? Die Kühe sind schon zu Hause. Verfluchter Junge, ich kann dich nicht verstehen. Wart, ich muß einmal sehen, ob du keine Zunge im Munde hast!« – Sie trat heftig einige Schritte vor. Das Kind sah zu ihr auf mit dem Jammerblick eines armen, halbwüchsigen Hundes, der Schildwacht stehen lernt, und begann in der Angst mit den Füßen zu stampfen und den Rücken an der Feuermauer zu reiben.

Margret stand still; ihre Blicke wurden ängstlich. Der Knabe erschien ihr wie zusammengeschrumpft, auch seine Kleider waren nicht dieselben, nein, das war ihr Kind nicht, und dennoch –, »Friedrich, Friedrich!« rief sie.

In der Schlafkammer klappte eine Schranktür, und der Gerufene trat hervor, in der einen Hand eine sogenannte Holzschenvioline, das heißt einen alten Holzschuh, mit drei bis vier zerschabten Geigensaiten überspannt, in der andern einen Bogen, ganz des Instrumentes würdig. So ging er gerade auf sein verkümmertes Spiegelbild zu, seinerseits mit einer Haltung bewußter Würde und Selbständigkeit, die in diesem Augenblicke den Unterschied zwischen beiden sonst merkwürdig ähnlichen Knaben stark hervortreten ließ.

»Da, Johannes!« sagte er und reichte ihm mit einer Gönnermiene das Kunstwerk; »da ist die Violine, die ich dir versprochen habe. Mein Spielen ist vorbei, ich muß jetzt Geld verdienen.« – Johannes warf noch einmal einen scheuen Blick auf Margret, streckte dann langsam seine Hand aus, bis er das Dargebotene fest ergriffen hatte, und brachte es wie verstohlen unter die Flügel seines armseligen Jäckchens.

Margret stand ganz still und ließ die Kinder gewähren.

Ihre Gedanken hatten eine andere, sehr ernste Richtung genommen, und sie blickte mit unruhigem Auge von einem auf den andern. Der fremde Knabe hatte sich wieder über die Kohlen gebeugt mit einem Ausdruck augenblicklichen Wohlbehagens, der an Albernheit grenzte, während in Friedrichs Zügen der Wechsel eines offenbar mehr selbstischen als gutmütigen Mitgefühls spielte und sein Auge in fast glasartiger Klarheit zum ersten Male bestimmt den Ausdruck jenes ungebändigten Ehrgeizes und Hanges zum Großtun zeigte, der nachher als so starkes Motiv seiner meisten Handlungen hervortrat. Der Ruf seiner Mutter störte ihn aus Gedanken, die ihm ebenso neu als angenehm waren. Sie saß wieder am Spinnrade. »Friedrich«, sagte sie zögernd, »sag einmal –«, und schwieg dann. Friedrich sah auf und wandte sich, da er nichts weiter vernahm, wieder zu seinem Schützling. – »Nein, höre –«, und dann leiser: »Was ist das für ein Junge? Wie heißt er?« – Friedrich antwortete ebenso leise: »Das ist des Ohms Simon Schweinehirt, der eine Botschaft an den Hülsmeyer hat. Der Ohm hat mir ein Paar Schuhe und eine Weste von Drillich gegeben, die hat mir der Junge unterwegs getragen; dafür hab ich ihm meine Violine versprochen; er ist ja doch ein armes Kind; Johannes heißt er.« – »Nun?« sagte Margret. – »Was willst du, Mutter?« – »Wie heißt er weiter?« – »Ja – weiter nicht – oder warte – doch: Niemand, Johannes Niemand heißt er. – Er hat keinen Vater«, fügte er leiser hinzu.

Margret stand auf und ging in die Kammer. Nach einer Weile kam sie heraus mit einem harten, finstern Ausdruck in den Mienen. »So, Friedrich«, sagte sie, »laß den Jungen gehen, daß er seine Bestellung machen kann. – Junge, was liegst du da in der Asche? Hast du zu Hause nichts zu tun?« – Der Knabe raffte sich mit der Miene eines Verfolgten so eilfertig auf, daß ihm alle Glieder im Wege standen und die

Holzschenvioline bei einem Haar ins Feuer gefallen wäre. – »Warte, Johannes«, sagte Friedrich stolz, »ich will dir mein halbes Butterbrot geben, es ist mir doch zu groß, die Mutter schneidet allemal übers ganze Brot.« – »Laß doch«, sagte Margret, »er geht ja nach Hause.« – »Ja, aber er bekommt nichts mehr; Ohm Simon ißt um sieben Uhr.« Margret wandte sich zu dem Knaben: »Hebt man dir nichts auf? Sprich, wer sorgt für dich?« – »Niemand«, stotterte das Kind. – »Niemand?« wiederholte sie; »da nimm, nimm!« fügte sie heftig hinzu; »du heißt Niemand, und niemand sorgt für dich! Das sei Gott geklagt! Und nun mach dich fort! Friedrich, geh nicht mit ihm, hörst du, geht nicht zusammen durchs Dorf.« – »Ich will ja nur Holz holen aus dem Schuppen«, antwortete Friedrich. – Als beide Knaben fort waren, warf sich Margret auf einen Stuhl und schlug die Hände mit dem Ausdruck des tiefsten Jammers zusammen. Ihr Gesicht war bleich wie ein Tuch. »Ein falscher Eid, ein falscher Eid!« stöhnte sie. »Simon, Simon, wie willst du vor Gott bestehen!«

So saß sie eine Weile, starr mit geklemmten Lippen, wie in völliger Geistesabwesenheit. Friedrich stand vor ihr und hatte sie schon zweimal angeredet. »Was ist's? was willst du?« rief sie auffahrend. – »Ich bringe Euch Geld«, sagte er, mehr erstaunt als erschreckt. – »Geld? wo?« Sie regte sich, und die kleine Münze fiel klingend auf den Boden. Friedrich hob sie auf. »Geld vom Ohm Simon, weil ich ihm habe arbeiten helfen. Ich kann mir nun selber was verdienen.« – »Geld vom Simon? Wirf's fort, fort! – nein, gib's den Armen. Doch nein, behalt's«, flüsterte sie kaum hörbar; »wir sind selber arm; wer weiß, ob wir bei dem Betteln vorbeikommen!« – »Ich soll Montag wieder zum Ohm und ihm bei der Einsaat helfen.« – »Du wieder zu ihm? Nein, nein, nimmermehr!« Sie umfaßte ihr Kind mit Heftigkeit. »Doch«, fügte sie hinzu, und ein Tränenstrom stürzte ihr plötzlich über die eingefallenen Wangen; »geh, er ist mein einziger Bruder und die Verleumdung ist groß! Aber halt Gott vor Augen und vergiß das tägliche Gebet nicht!«

Margret legte das Gesicht an die Mauer und weinte laut. Sie hatte manche harte Last getragen, ihres Mannes üble Behandlung, noch schwerer seinen Tod, und es war eine bittere Stunde, als die Witwe das letzte Stück Ackerland einem Gläubiger zur Nutznießung überlassen mußte und der Pflug vor ihrem Hause stillestand. Aber so war ihr nie zumute gewesen; dennoch, nachdem sie einen Abend durchgeweint, eine Nacht durchwacht hatte, war sie dahin gekommen, zu denken, ihr Bruder Simon könne so gottlos nicht sein, der Knabe gehöre gewiß nicht ihm, Ähnlichkeiten wollen nichts beweisen. Hatte sie doch selbst vor vierzig Jahren ein Schwesterchen verloren, das genau dem fremden Hechelkrämer glich. Was glaubt man nicht gern, wenn man so wenig hat und durch Unglauben dies wenige verlieren soll!

Von dieser Zeit an war Friedrich selten mehr zu Hause. Simon schien alle wärmeren Gefühle, deren er fähig war, dem Schwestersohn zugewendet zu haben; wenigstens vermißte er ihn sehr und ließ nicht nach mit Botschaften, wenn ein häusliches Geschäft ihn auf einige Zeit bei der Mutter hielt. Der Knabe war seitdem wie verwandelt, das träumerische Wesen gänzlich von ihm gewichen, er trat fest auf, fing an, sein Äußeres zu beachten und bald in den Ruf eines hübschen, gewandten Burschen zu kommen. Sein Ohm, der nicht wohl ohne Projekte leben konnte, unternahm mitunter ziemlich bedeutende öffentliche Arbeiten, zum Beispiel beim Wegbau, wobei Friedrich für einen seiner besten Arbeiter und überall als seine rechte Hand galt; denn obgleich dessen Körperkräfte noch nicht ihr volles Maß erreicht hatten, kam ihm doch nicht leicht jemand an Ausdauer gleich. Margret hatte bisher ihren Sohn nur geliebt, jetzt fing sie an, stolz auf ihn zu werden und sogar eine Art Hochachtung vor ihm zu fühlen, da sie den jungen Menschen so ganz ohne ihr Zutun sich entwickeln sah, sogar ohne ihren Rat, den sie, wie die meisten Menschen, für unschätzbar hielt, und deshalb die Fähigkeiten nicht hoch genug anzuschlagen wußte, die eines so kostbaren Förderungsmittels entbehren konnten.

In seinem achtzehnten Jahre hatte Friedrich sich bereits einen bedeutenden Ruf in der jungen Dorfwelt gesichert durch den Ausgang einer Wette, infolge deren er einen erlegten Eber über zwei Meilen weit auf seinem Rücken trug, ohne abzusetzen. Indessen war der Mitgenuß des Ruhms auch so ziemlich der einzige Vorteil, den Margret aus diesen günstigen Umständen zog, da Friedrich immer mehr auf sein Äußeres verwandte und allmählich anfing, es schwer zu verdauen, wenn Geldmangel ihn zwang, irgend jemand im Dorf darin nachzustehen. Zudem waren alle seine Kräfte auf den auswärtigen Erwerb gerichtet; zu Hause schien ihm, ganz im Widerspiel mit seinem sonstigen Rufe, jede anhaltende Beschäftigung lästig, und er unterzog sich lieber einer harten, aber kurzen Anstrengung, die ihm bald erlaubte, seinem früheren Hirtenamte wieder nachzugehen, was bereits begann, seinem Alter unpassend zu werden, und ihm gelegentlichen Spott zuzog, vor dem er sich aber durch ein paar derbe Zurechtweisungen mit der Faust Ruhe verschaffte. So gewöhnte man sich daran, ihn bald geputzt und fröhlich als anerkannten Dorfelegant an der Spitze des jungen Volks zu sehen, bald wieder als zerlumpten Hirtenbuben einsam und träumerisch hinter den Kühen herschleichend oder in einer Waldlichtung liegend, scheinbar gedankenlos und das Moos von den Bäumen rupfend.

Um diese Zeit wurden die schlummernden Gesetze doch einigermaßen aufgerüttelt durch eine Bande von Holzfrevlern, die unter dem Namen der Blaukittel alle ihre Vorgänger so weit an List und Frechheit übertraf, daß es dem Langmütigsten zuviel werden mußte. Ganz gegen den gewöhnlichen Stand der Dinge, wo man die stärksten Böcke der Herde mit dem Finger bezeichnen konnte, war es hier trotz aller Wachsamkeit bisher nicht möglich gewesen, auch nur *ein* Individuum namhaft zu machen. Ihre Benennung erhielten sie von der ganz gleichförmigen Tracht, durch die sie das Erkennen erschwerten, wenn etwa ein Förster noch einzelne Nachzügler im Dickicht verschwinden sah. Sie verheerten alles wie die Wanderraupe, ganze Waldstrecken wurden in einer Nacht gefällt und auf der Stelle fortgeschafft, so daß man am andern Morgen nichts fand als Späne und wüste Haufen von Topholz, und der Umstand, daß nie Wagenspuren einem Dorfe zu führten, sondern immer vom Flusse her und dorthin zurück, bewies, daß man unter dem Schutz und vielleicht mit dem Beistande der Schiffeigentümer handelte. In der Bande mußten sehr gewandte Spione sein, denn die Förster konnten wochenlang umsonst wachen; in der ersten Nacht, gleichviel, ob stürmisch oder mondhell, wo sie vor Übermüdung nachließen, brach die Zerstörung ein. Seltsam war es, daß das Landvolk umher ebenso unwissend und gespannt schien als die Förster selber. Von einigen Dörfern ward mit Bestimmtheit gesagt, daß sie nicht zu den Blaukitteln gehörten, aber keines konnte als dringend verdächtig bezeichnet werden, seit man das verdächtigste von allen, das Dorf B., freisprechen mußte. Ein Zufall hatte dies bewirkt, eine Hochzeit, auf der fast alle Bewohner dieses Dorfes notorisch die Nacht zugebracht hatten, während zu ebendieser Zeit die Blaukittel eine ihrer stärksten Expeditionen ausführten.

Der Schaden in den Forsten war indes allzugroß, deshalb wurden die Maßregeln dagegen auf eine bisher unerhörte Weise gesteigert; Tag und Nacht wurde patrouilliert, Ackerknechte, Hausbediente mit Gewehren versehen und den Forstbeamten zugesellt. Dennoch war der Erfolg nur gering, und die Wächter hatten oft kaum das eine Ende des Forstes verlassen, wenn die Blaukittel schon zum andern einzogen. Das währte länger als ein volles Jahr, Wächter und Blaukittel, Blaukittel und Wächter, wie Sonne und Mond immer abwechselnd im Besitz des Terrains und nie zusammentreffend.

Es war im Juli 1756, früh um drei; der Mond stand klar am Himmel, aber sein Glanz fing an zu ermatten, und im Osten zeigte sich bereits ein schmaler gelber Streif, der den Horizont besäumte und den Eingang einer engen Talschlucht wie mit einem Goldbande schloß. Friedrich lag im Grase, nach seiner gewohnten Weise, und schnitzelte an einem Weidenstabe, dessen knotigem Ende er die Gestalt eines ungeschlachten Tieres zu geben versuchte. Er sah übermüdet aus, gähnte, ließ mitunter seinen Kopf an einem verwitterten Stammknorren ruhen und Blicke, dämmeriger als der Horizont, über den mit Gestrüpp und Aufschlag fast verwachsenen Eingang des Grundes streifen. Ein paarmal belebten sich seine Augen und nahmen den ihnen eigentümlichen glasartigen Glanz an, aber gleich nachher schloß er sie wieder halb und gähnte und dehnte sich, wie es nur faulen Hirten erlaubt ist. Sein Hund lag in einiger Entfernung nah bei den Kühen, die, unbekümmert um die Forstgesetze, ebensooft den jungen Baumspitzen als dem Grase zusprachen und in die frische Morgenluft schnaubten. Aus dem Walde drang von Zeit zu Zeit ein dumpfer, krachender Schall; der Ton hielt nur einige Sekunden an, begleitet von einem langen Echo an den Bergwänden, und wiederholte sich etwa alle fünf bis acht Minuten. Friedrich achtete nicht darauf; nur zuweilen, wenn das Getöse ungewöhnlich stark oder anhaltend war, hob er den Kopf und ließ seine Blicke langsam über die verschiedenen Pfade gleiten, die ihren Ausgang in dem Talgrunde fanden.

Es fing bereits stark zu dämmern an; die Vögel begannen leise zu zwitschern, und der Tau stieg fühlbar aus dem Grunde. Friedrich war an dem Stamm hinabgeglitten und starrte, die Arme über den Kopf verschlungen, in das leise einschleichende Morgenrot. Plötzlich fuhr er auf: über sein Gesicht fuhr ein Blitz, er horchte einige Sekunden mit vorgebeugtem Oberleib wie ein Jagdhund, dem die Luft Witterung zuträgt. Dann schob er schnell zwei Finger in den Mund und pfiff gellend und anhaltend. »Fidel, du verfluchtes Tier!« Ein Steinwurf traf die Seite des unbesorgten Hundes, der, vom Schlafe aufgeschreckt, zuerst um sich biß und dann heulend auf drei Beinen dort Trost suchte, von wo das Übel ausgegangen war. In demselben Augenblicke wurden die Zweige eines nahen Gebüsches fast ohne Geräusch zurückgeschoben, und ein Mann trat heraus, im grünen Jagdrock, den silbernen Wappenschild am Arm, die gespannte Büchse in der Hand. Er ließ schnell seine Blicke über die Schlucht fahren und sie dann mit besonderer Schärfe auf dem Knaben verweilen, trat dann vor, winkte nach dem Gebüsch, und allmählich wurden sieben bis acht Männer sichtbar, alle in ähnlicher Kleidung, Weidmesser im Gürtel und die gespannten Gewehre in der Hand.

»Friedrich, was war das?« fragte der zuerst Erschienene. »Ich wollte, daß der Racker auf der Stelle krepierte. Seinetwegen können die Kühe mir die Ohren vom Kopfe fressen.« – »Die Kanaille hat uns gesehen«, sagte ein anderer. »Morgen sollst du auf die Reise mit einem Stein am Halse«, fuhr Friedrich fort und stieß nach dem Hunde. – »Friedrich, stell dich nicht an wie ein Narr! Du kennst mich und du verstehst mich auch!« Ein Blick begleitete diese Worte, der schnell wirkte. – »Herr Brandes, denkt an meine Mutter!« – »Das tu ich. Hast du nichts im Walde gehört?« – »Im Walde?« Der Knabe warf einen raschen Blick auf des Försters Gesicht. »Eure Holzfäller, sonst nichts.« – »Meine Holzfäller!«

Die ohnehin dunkle Gesichtsfarbe des Försters ging in tiefes Braunrot über. »Wie viele sind ihrer, und wo treiben sie ihr Wesen?« – »Wohin Ihr sie geschickt habt; ich weiß es nicht.« – Brandes wandte sich zu seinen Gefährten: »Geht voran; ich komme gleich nach.«

Als einer nach dem andern im Dickicht verschwunden war, trat Brandes dicht vor den Knaben. »Friedrich«, sagte er mit dem Ton unterdrückter Wut, »meine Geduld ist zu Ende; ich möchte dich prügeln wie einen Hund, und mehr seid ihr auch nicht wert. Ihr Lumpenpack, dem kein Ziegel auf dem Dach gehört! Bis zum Betteln habt ihr es, gottlob, bald gebracht, und an meiner Tür soll deine Mutter, die alte Hexe, keine verschimmelte Brotrinde bekommen. Aber vorher sollt ihr mir noch beide ins Hundeloch.«

Friedrich griff krampfhaft nach einem Aste. Er war totenbleich, und seine Augen schienen wie Kristallkugeln aus dem Kopfe schießen zu wollen. Doch nur einen Augenblick. Dann kehrte die größte, an Erschlaffung grenzende Ruhe zurück. »Herr«, sagte er fest, mit fast sanfter Stimme, »Ihr habt gesagt, was Ihr nicht verantworten könnt, und ich vielleicht auch. Wir wollen es gegeneinander aufgehen lassen, und nun will ich Euch sagen, was Ihr verlangt. Wenn Ihr die Holzfäller nicht selbst bestellt habt, so müssen es die Blaukittel sein; denn aus dem Dorfe ist kein Wagen gekommen; ich habe den Weg ja vor mir, und vier Wagen sind es. Ich habe sie nicht gesehen, aber den Hohlweg hinauffahren hören.« Er stockte einen Augenblick. – »Könnt Ihr sagen, daß ich je einen Baum in Eurem Revier gefällt habe? überhaupt, daß ich je anderwärts gehauen habe als auf Bestellung? Denkt nach, ob Ihr das sagen könnt?«

Ein verlegenes Murmeln war die ganze Antwort des Försters, der nach Art der meisten rauhen Menschen leicht bereute. Er wandte sich unwirsch und schritt dem Gebüsche zu. – »Nein, Herr«, rief Friedrich, »wenn Ihr zu den andern Förstern wollt, die sind dort an der Buche hinaufgegangen.« – »An der Buche?« sagte Brandes zweifelhaft, »nein, dort hinüber, nach dem Mastergrunde.« – »Ich sage Euch, an der Buche; des langen Heinrich Flintenriemen blieb noch am krummen Ast dort hängen; ich hab's ja gesehen!«

Der Förster schlug den bezeichneten Weg ein. Friedrich hatte die ganze Zeit hindurch seine Stellung nicht verlassen; halb liegend, den Arm um einen dürren Ast geschlungen, sah er dem Fortgehenden unverrückt nach, wie er durch den halbverwachsenen Steig glitt, mit den vorsichtigen weiten Schritten seines Metiers, so geräuschlos, wie ein Fuchs die Hühnerstiege erklimmt. Hier sank ein Zweig hinter ihm, dort einer; die Umrisse seiner Gestalt schwanden immer mehr. Da blitzte es noch einmal durchs Laub. Es war ein Stahlknopf seines Jagdrocks; nun war er fort. Friedrichs Gesicht hatte während dieses allmählichen Verschwindens den Ausdruck seiner Kälte verloren, und seine Züge schienen zuletzt unruhig bewegt. Gereute es ihn vielleicht, den Förster nicht um Verschweigung seiner Angaben gebeten zu haben? Er ging einige Schritte voran, blieb dann stehen. »Es ist zu spät«, sagte er vor sich hin und griff nach seinem Hute. Ein leises Picken im Gebüsche, nicht zwanzig Schritte von ihm. Es war der Förster, der den Flintenstein schärfte. Friedrich horchte. – »Nein!« sagte er dann mit entschlossenem Tone, raffte seine Siebensachen zusammen und trieb das Vieh eilfertig die Schlucht entlang.

Um Mittag saß Frau Margret am Herd und kochte Tee. – Friedrich war krank heimgekommen, er klagte über heftige Kopfschmerzen und hatte auf ihre besorgte Nachfrage erzählt, wie er sich schwer geärgert über den Förster, kurz, den ganzen eben beschriebenen Vorgang, mit Ausnahme einiger Kleinigkeiten, die er besser fand, für sich zu behalten. Margret sah schweigend und trübe in das siedende Wasser. Sie war es wohl gewohnt, ihren Sohn mitunter klagen zu hören, aber heute kam er ihr so angegriffen vor wie sonst nie. Sollte wohl eine Krankheit im Anzuge sein? Sie seufzte tief und ließ einen eben ergriffenen Holzblock fallen.

»Mutter!« rief Friedrich aus der Kammer. – »Was willst du?« – »War das ein Schuß?« – »Ach nein, ich weiß nicht, was du meinst.« – »Es pocht mir wohl nur so im Kopfe«, versetzte er.

Die Nachbarin trat herein und erzählte mit leisem Flüstern irgendeine unbedeutende Klatscherei, die Margret ohne Teilnahme anhörte. Dann ging sie. – »Mutter!« rief Friedrich. Margret ging zu ihm hinein. »Was erzählte die Hülsmeyer?« – »Ach gar nichts, Lügen, Wind!« Friedrich richtete sich auf. – »Von der Gretchen Siemers; du weißt ja wohl die alte Geschichte; und ist doch nichts Wahres dran.« – Friedrich legte sich wieder hin. »Ich will sehen, ob ich schlafen kann«, sagte er.

Margret saß am Herde; sie spann und dachte wenig Erfreuliches. Im Dorfe schlug es halb zwölf; die Türe klinkte, und der Gerichtsschreiber Kapp trat herein. – »Guten Tag, Frau Mergel«, sagte er; »könnt Ihr mir einen Trunk Milch geben? Ich komme von M.« – Als Frau Mergel das Verlangte brachte, fragte er: »Wo ist Friedrich?« Sie war gerade beschäftigt, einen Teller hervorzulangen, und überhörte die Frage. Er trank zögernd und in kurzen Absätzen. »Wißt Ihr wohl«, sagte er dann, »daß die Blaukittel in dieser Nacht wieder im Masterholze eine ganze Strecke so kahlgefegt haben wie meine Hand?« – »Ei, du frommer Gott!« versetzte sie gleichgültig. »Die Schandbuben«, fuhr der Schreiber fort, »ruinieren alles; wenn sie noch Rücksicht nähmen auf das junge Holz, aber Eichenstämmchen wie mein Arm dick, wo nicht einmal eine Ruderstange drinsteckt! Es ist, als ob ihnen anderer Leute Schaden ebenso lieb wäre wie ihr Profit!« – »Es ist schade!« sagte Margret.

Der Amtsschreiber hatte getrunken und ging noch immer nicht. Er schien etwas auf dem Herzen zu haben. »Habt Ihr nichts von Brandes gehört?« fragte er plötzlich. – »Nichts; er kommt niemals hier ins Haus.« – »So wißt Ihr nicht, was ihm begegnet ist?« – »Was denn?« fragte Margret gespannt. – »Er ist tot!« – »Tot!« rief sie, »was, tot? Um Gottes willen! Er ging ja noch heute morgen ganz gesund hier vorüber mit der Flinte auf dem Rücken!« – »Er ist tot«, wiederholte der Schreiber, sie scharf fixierend; »von den Blaukitteln erschlagen. Vor einer Viertelstunde wurde die Leiche ins Dorf gebracht.«

Margret schlug die Hände zusammen. – »Gott im Himmel, geh nicht mit ihm ins Gericht! Er wußte nicht, was er tat!« – »Mit ihm!« rief der Amtsschreiber, »mit dem verfluchten Mörder, meint Ihr?« Aus der Kammer drang ein schweres Stöhnen. Margret eilte hin, und der Schreiber folgte ihr. Friedrich saß aufrecht im Bette, das Gesicht in die Hände gedrückt, und ächzte wie ein Sterbender. – »Friedrich, wie ist dir?« sagte die Mutter. »Wie ist dir?« wiederholte der Amtsschreiber. – »O mein Leib, mein Kopf!« jammerte er. – »Was fehlt ihm?« – »Ach, Gott weiß es«, versetzte sie; »er ist schon um vier mit den Kühen heimgekommen, weil ihm so übel war.« – »Friedrich, Friedrich, antworte doch, soll ich zum Doktor?« – »Nein, nein«, ächzte er, »es ist nur Kolik, es wird schon besser.«

Er legte sich zurück; sein Gesicht zuckte krampfhaft vor Schmerz; dann kehrte die Farbe wieder. »Geht«, sagte er matt; »ich muß schlafen, dann geht's vorüber.« – »Frau Mergel«, sagte der Amtsschreiber ernst, »ist es gewiß, daß Friedrich um vier zu Hause kam und nicht wieder fortging?« – Sie sah ihn starr an. »Fragt jedes Kind auf der Straße. Und fortgehen? – wollte Gott, er könnt es!« – »Hat er Euch nichts von Brandes erzählt?« – »In Gottes Namen, ja, daß er ihn im Walde geschimpft und unsere Armut vorgeworfen hat, der Lump! – Doch Gott verzeih mir, er ist tot! Geht!« fuhr sie heftig fort; »seid Ihr gekommen, um ehrliche Leute zu beschimpfen? Geht!« – Sie wandte sich wieder zu ihrem Sohne; der Schreiber ging. »Friedrich, wie ist dir?« sagte die Mutter; »hast du wohl gehört? Schrecklich, schrecklich! ohne Beichte und Absolution!« – »Mutter, Mutter, um Gottes willen, laß mich schlafen, ich kann nicht mehr!«

In diesem Augenblick trat Johannes Niemand in die Kammer; dünn und lang wie eine Hopfenstange, aber zerlumpt und scheu, wie wir ihn vor fünf Jahren gesehen. Sein Gesicht war noch bleicher als gewöhnlich. »Friedrich«, stotterte er, »du sollst sogleich zum Ohm kommen; er hat Arbeit für dich; aber sogleich.« – Friedrich drehte sich gegen die Wand. »Ich komme nicht«, sagte er barsch, »ich bin krank.« – »Du mußt aber kommen«, keuchte Johannes: »er hat gesagt, ich müßte dich mitbringen.« Friedrich lachte höhnisch auf: »Das will ich doch sehen!« – »Laß ihn in Ruhe, er kann nicht«, seufzte Margret, »du siehst ja, wie es steht.« – Sie ging auf einige Minuten hinaus; als sie zurückkam, war Friedrich bereits angekleidet. »Was fällt dir ein?« rief sie, »du kannst, du sollst nicht gehen!« – »Was sein muß, schickt sich wohl«, versetzte er und war schon zur Türe hinaus mit Johannes. – »Ach Gott«, seufzte die Mutter, »wenn die Kinder klein sind, treten sie uns in den Schoß, und wenn sie groß sind, ins Herz!«

Die gerichtliche Untersuchung hatte ihren Anfang genommen, die Tat lag klar am Tage; über den Täter aber waren die Anzeichen so schwach, daß, obschon alle Umstände die Blaukittel dringend verdächtigten, man doch nicht mehr als Mutmaßungen wagen konnte. Eine Spur schien Licht geben zu wollen; doch rechnete man aus Gründen wenig darauf. Die Abwesenheit des Gutsherrn hatte den Gerichtsschreiber genötigt, auf eigene Hand die Sache einzuleiten. Er saß am Tische; die Stube war gedrängt voll von Bauern, teils neugierigen, teils solchen, von denen man in Ermangelung eigentlicher Zeugen einigen Aufschluß zu erhalten hoffte. Hirten, die in derselben Nacht gehütet, Knechte, die den Acker in der Nähe bestellt, alle standen stramm und fest, die Hände in den Taschen, gleichsam als stillschweigende Erklärung, daß sie nicht einzuschreiten gesonnen seien. Acht Forstbeamte wurden vernommen. Ihre Aussagen waren völlig gleichlautend: Brandes habe sie am zehnten abends zur Runde bestellt, da ihm von einem Vorhaben der Blaukittel müsse Kunde zugekommen sein; doch habe er sich nur unbestimmt darüber geäußert. Um zwei Uhr in der Nacht seien sie ausgezogen und auf manche Spuren der Zerstörung gestoßen, die den Oberförster sehr übel gestimmt; sonst sei alles still gewesen. Gegen vier Uhr habe Brandes gesagt: »Wir sind angeführt, laßt uns heimgehen.« – Als sie nun um den Bremerberg gewendet und zugleich der Wind umgeschlagen, habe man deutlich im Masterholz fällen gehört und aus der schnellen Folge der Schläge geschlossen, daß die Blaukittel am Werk seien. Man habe nun eine Weile beratschlagt, ob es tunlich sei, mit so geringer Macht die kühne Bande anzugreifen, und sich dann ohne bestimmten Entschluß dem Schalle langsam genähert. Nun folgte der Auftritt mit Friedrich. Ferner: nachdem Brandes sie ohne Weisung fortgeschickt, seien sie eine Weile vorangeschritten und dann, als sie bemerkt, daß das Getöse im noch ziemlich weit entfernten Walde gänzlich aufgehört, stillegestanden, um den Oberförster zu erwarten. Die Zögerung habe sie verdrossen, und nach etwa zehn Minuten seien sie weitergegangen und so bis an den Ort der Verwüstung. Alles sei vorübergewesen, kein Laut mehr im Walde, von zwanzig gefällten Stämmen noch acht vorhanden, die übrigen bereits fortgeschafft. Es sei ihnen unbegreiflich, wie man dieses ins Werk gestellt, da keine Wagenspuren zu finden gewesen. Auch habe die Dürre der Jahreszeit und der mit Fichtennadeln bestreute Boden keine Fußstapfen unterscheiden lassen, obgleich der Grund ringsumher wie festgestampft war. Da man nun überlegt, daß es zu nichts nützen könne, den Oberförster zu erwarten, sei man rasch der andern Seite des Waldes zugeschritten, in der Hoffnung, vielleicht noch einen Blick von den Frevlern zu erhaschen. Hier habe sich einem von ihnen beim Ausgange des Waldes die Flaschenschnur in Brombeerranken verstrickt, und als er umgeschaut, habe er etwas im Gestrüpp blitzen sehen; es war die Gurtschnalle des Oberförsters, den man nun hinter den Ranken liegend fand, grad ausgestreckt, die rechte Hand um den Flintenlauf geklemmt, die andere geballt und die Stirn von einer Axt gespalten.

Dies waren die Aussagen der Förster; nun kamen die Bauern an die Reihe, aus denen jedoch nichts zu bringen war. Manche behaupteten, um vier Uhr noch zu Hause oder anderswo beschäftigt gewesen zu sein, und keiner wollte etwas bemerkt haben. Was war zu machen? Sie waren sämtlich angesessene, unverdächtige Leute. Man mußte sich mit ihren negativen Zeugnissen begnügen.

Friedrich ward hereingerufen. Er trat ein mit einem Wesen, das sich durchaus nicht von seinem gewöhnlichen unterschied, weder gespannt noch keck. Das Verhör währte ziemlich lange, und die Fragen waren mitunter ziemlich schlau gestellt; er beantwortete sie jedoch alle offen und bestimmt und erzählte den Vorgang zwischen ihm und dem Oberförster ziemlich der Wahrheit gemäß, bis auf das Ende, das er geratener fand, für sich zu behalten. Sein Alibi zur Zeit des Mordes war leicht erwiesen. Der Förster lag am Ausgange des Masterholzes, über dreiviertel Stunden Weges von der Schlucht, in der er Friedrich um vier Uhr angeredet und aus der dieser seine Herde schon zehn Minuten später ins Dorf getrieben. Jedermann hatte dies gesehen; alle anwesenden Bauern beeiferten sich, es zu bezeugen; mit diesem hatte er geredet, jenem zugenickt.

Der Gerichtsschreiber saß unmutig und verlegen da. Plötzlich fuhr er mit der Hand hinter sich und brachte etwas Blinkendes vor Friedrichs Auge. »Wem gehört dies?« – Friedrich sprang drei Schritt zurück. »Herr Jesus! Ich dachte, Ihr wolltet mir den Schädel einschlagen.« Seine Augen waren rasch über das tödliche Werkzeug gefahren und schienen momentan auf einem ausgebrochenen Splitter am Stiele zu haften. »Ich weiß es nicht«, sagte er fest. – Es war die Axt, die man in dem Schädel des Oberförsters eingeklammert gefunden hatte. – »Sieh sie genau an«, fuhr der Gerichtsschreiber fort. Friedrich faßte sie mit der Hand, besah sie oben, unten, wandte sie um. »Es ist eine Axt wie andere«, sagte er dann und legte sie gleichgültig auf den Tisch. Ein Blutfleck ward sichtbar; er schien zu schaudern, aber er wiederholte noch einmal sehr bestimmt: »Ich kenne sie nicht.« Der Gerichtsschreiber seufzte vor Unmut. Er selbst wußte um nichts mehr und hatte nur einen Versuch zu möglicher Entdeckung durch Überraschung machen wollen. Es blieb nichts übrig, als das Verhör zu schließen.

Denjenigen, die vielleicht auf den Ausgang dieser Begebenheit gespannt sind, muß ich sagen, daß diese Geschichte nie aufgeklärt wurde, obwohl noch viel dafür geschah und diesem Verhöre mehrere folgten. Den Blaukitteln schien durch das Aufsehen, das der Vorgang gemacht, und die darauf folgenden geschärften Maßregeln der Mut genommen; sie waren von nun an wie verschwunden, und obgleich späterhin noch mancher Holzfrevler erwischt wurde, fand man doch nie Anlaß, ihn der berüchtigten Bande zuzuschreiben. Die Axt lag zwanzig Jahre nachher als unnützes Corpus delicti im Gerichtsarchiv, wo sie wohl noch jetzt ruhen mag mit ihren Rostflecken. Es würde in einer erdichteten Geschichte unrecht sein, die Neugier des Lesers so zu täuschen. Aber dies alles hat sich wirklich zugetragen; ich kann nichts davon- oder dazutun.

Am nächsten Sonntage stand Friedrich sehr früh auf, um zur Beichte zu gehen. Es war Mariä Himmelfahrt und die Pfarrgeistlichen schon vor Tagesanbruch im Beichtstuhle. Nachdem er sich im Finstern angekleidet, verließ er so geräuschlos wie möglich den engen Verschlag, der ihm in Simons Hause eingeräumt war. In der Küche mußte sein Gebetbuch auf dem Sims liegen, und er hoffte, es mit Hülfe des schwachen Mondlichts zu finden; es war nicht da. Er warf die Augen suchend umher und fuhr zusammen; in der Kammertür stand Simon, fast unbekleidet; seine dürre Gestalt, sein ungekämmtes, wirres Haar und die vom Mondschein verursachte Blässe des Gesichts gaben ihm ein schauerlich verändertes Ansehen. Sollte er nachtwandeln? dachte Friedrich und verhielt sich ganz still. – »Friedrich, wohin?« flüsterte der Alte. – »Ohm, seid Ihr's? Ich will beichten gehen.« – »Das dacht ich mir; geh in Gottes Namen, aber beichte wie ein guter Christ.« – »Das will ich«, sagte Friedrich. – »Denk an die zehn Gebote: du sollst kein Zeugnis ablegen gegen deinen Nächsten.« – »Kein falsches!« – »Nein, gar keines; du bist schlecht unterrichtet; wer einen andern in der Beichte anklagt, der empfängt das Sakrament unwürdig.«

Beide schwiegen. – »Ohm, wie kommt Ihr darauf?« sagte Friedrich dann; »Eur Gewissen ist nicht rein; Ihr habt mich belogen.« – »Ich? so?« – »Wo ist Eure Axt?« – »Meine Axt? Auf der Tenne.« – »Habt Ihr einen neuen Stiel hineingemacht? Wo ist der alte?« – »Den kannst du heute bei Tage im Holzschuppen finden. Geh«, fuhr er verächtlich fort, »ich dachte, du seist ein Mann; aber du bist ein altes Weib, das gleich meint, das Haus brennt, wenn ihr Feuertopf raucht. Sieh«, fuhr er fort, »wenn ich mehr von der Geschichte weiß als der Türpfosten da, so will ich ewig nicht selig werden. Längst war ich zu Haus«, fügte er hinzu. – Friedrich stand beklemmt und zweifelnd. Er hätte viel darum gegeben, seines Ohms Gesicht sehen zu können. Aber während sie flüsterten, hatte der Himmel sich bewölkt.

»Ich habe schwere Schuld«, seufzte Friedrich, »daß ich ihn den unrechten Weg geschickt – obgleich – doch, dies hab ich nicht gedacht, nein, gewiß nicht. Ohm, ich habe Euch ein schweres Gewissen zu danken.« – »So geh, beicht!« flüsterte Simon mit bebender Stimme; »verunehre das Sakrament durch Angeberei und setze armen Leuten einen Spion auf den Hals, der schon Wege finden wird, ihnen das Stückchen Brot aus den Zähnen zu reißen, wenn er gleich nicht reden darf – geh!« Friedrich stand unschlüssig; er hörte ein leises Geräusch, die Wolken verzogen sich, das Mondlicht fiel wieder auf die Kammertür: sie war geschlossen. Friedrich ging an diesem Morgen nicht zur Beichte.

Der Eindruck, den dieser Vorfall auf Friedrich gemacht, erlosch leider nur zu bald. Wer zweifelt daran, daß Simon alles tat, seinen Adoptivsohn dieselben Wege zu leiten, die er selber ging? Und in Friedrich lagen Eigenschaften, die dies nur zu sehr erleichterten: Leichtsinn, Erregbarkeit und vor allem ein grenzenloser Hochmut, der nicht immer den Schein verschmähte und dann alles daransetzte, durch Wahrmachung des Usurpierten möglicher Beschämung zu entgehen. Seine Natur war nicht unedel, aber er gewöhnte sich, die innere Schande der äußern vorzuziehen. Man darf nur sagen, er gewöhnte sich zu prunken, während seine Mutter darbte.

Diese unglückliche Wendung seines Charakters war indessen das Werk mehrerer Jahre, in denen man bemerkte, daß Margret immer stiller über ihren Sohn ward und allmählich in einen Zustand der Verkommenheit versank, den man früher bei ihr für unmöglich gehalten hätte. Sie wurde scheu, saumselig, sogar unordentlich, und manche meinten, ihr Kopf habe gelitten. Friedrich ward desto lauter; er versäumte keine Kirchweih oder Hochzeit, und da ein sehr empfindliches Ehrgefühl ihn die geheime Mißbilligung mancher nicht übersehen ließ, war er gleichsam immer unter Waffen, der öffentlichen Meinung nicht sowohl Trotz zu bieten, als sie den Weg zu leiten, der ihm gefiel. Er war äußerlich ordentlich, nüchtern, anscheinend treuherzig, aber listig, prahlerisch und oft roh, ein Mensch, an dem niemand Freude haben konnte, am wenigsten seine Mutter, und der dennoch durch seine gefürchtete Kühnheit und noch mehr gefürchtete Tücke ein gewisses Übergewicht im Dorfe erlangt hatte, das um so mehr anerkannt wurde, je mehr man sich bewußt war, ihn nicht zu kennen und nicht berechnen zu können, wessen er am Ende fähig sei. Nur ein Bursch im Dorfe, Wilm Hülsmeyer, wagte im Bewußtsein seiner Kraft und guter Verhältnisse ihm die Spitze zu bieten; und da er gewandter in Worten war als Friedrich und immer, wenn der Stachel saß, einen Scherz daraus zu machen wußte, so war dies der einzige, mit dem Friedrich ungern zusammentraf.

*

Vier Jahre waren verflossen; es war im Oktober; der milde Herbst von 1760, der alle Scheunen mit Korn und alle Keller mit Wein füllte, hatte seinen Reichtum auch über diesen Erdwinkel strömen lassen, und man sah mehr Betrunkene, hörte von mehr Schlägereien und dummen Streichen als je. Überall gab's Lustbarkeiten; der blaue Montag kam in Aufnahme, und wer ein paar Taler erübrigt hatte, wollte gleich eine Frau dazu, die ihm heute essen und morgen hungern helfen könne. Da gab es im Dorfe eine tüchtige, solide Hochzeit, und die Gäste durften mehr erwarten als eine verstimmte Geige, ein Glas Branntwein und was sie an guter Laune selber mitbrachten. Seit früh war alles auf den Beinen; vor jeder Türe wurden Kleider gelüftet, und B. glich den ganzen Tag einer Trödelbude. Da viele Auswärtige erwartet wurden, wollte jeder gern die Ehre des Dorfes obenhalten.

Es war sieben Uhr abends und alles in vollem Gange; Jubel und Gelächter an allen Enden, die niederen Stuben zum Ersticken angefüllt mit blauen, roten und gelben Gestalten, gleich Pfandställen, in denen eine zu große Herde eingepfercht ist. Auf der Tenne ward getanzt, das heißt, wer zwei Fuß Raum erobert hatte, drehte sich darauf immer rundum und suchte durch Jauchzen zu ersetzen, was an Bewegung fehlte. Das Orchester war glänzend, die erste Geige als anerkannte Künstlerin prädominierend, die zweite und eine große Baßviole mit drei Saiten von Dilettanten ad libitum gestrichen; Branntwein und Kaffee in Überfluß, alle Gäste von Schweiß triefend; kurz, es war ein köstliches Fest. –

Friedrich stolzierte umher wie ein Hahn, im neuen himmelblauen Rock, und machte sein Recht als erster Elegant geltend. Als auch die Gutsherrschaft anlangte, saß er gerade hinter der Baßgeige und strich die tiefste Saite mit großer Kraft und vielem Anstand.

»Johannes!« rief er gebieterisch, und heran trat sein Schützling von dem Tanzplatze, wo er auch seine ungelenken Beine zu schlenkern und eins zu jauchzen versucht hatte. Friedrich reichte ihm den Bogen, gab durch eine stolze Kopfbewegung seinen Willen zu erkennen und trat zu den Tanzenden. »Nun lustig, Musikanten: den Papen von Istrup!« Der beliebte Tanz ward gespielt, und Friedrich machte Sätze vor den Augen seiner Herrschaft, daß die Kühe an der Tenne die Hörner zurückzogen und Kettengeklirr und Gebrumm an ihren Ständern herlief. Fußhoch über die anderen tauchte sein blonder Kopf auf und nieder, wie ein Hecht, der sich im Wasser überschlägt; an allen Enden schrien Mädchen auf, denen er zum Zeichen der Huldigung mit einer raschen Kopfbewegung sein langes Flachshaar ins Gesicht schleuderte.

»Jetzt ist es gut!« sagte er endlich und trat schweißtriefend an den Kredenztisch; »die gnädigen Herrschaften sollen leben und alle die hochadeligen Prinzen und Prinzessinnen, und wer's nicht mittrinkt, den will ich an die Ohren schlagen, daß er die Engel singen hört!« – Ein lautes Vivat beantwortete den galanten Toast. – Friedrich machte seinen Bückling. »Nichts für ungut, gnädige Herrschaften; wir sind nur ungelehrte Bauersleute!« In diesem Augenblick erhob sich ein Getümmel am Ende der Tenne, Geschrei, Schelten, Gelächter, alles durcheinander. »Butterdieb, Butterdieb!« riefen ein paar Kinder, und heran drängte sich, oder vielmehr ward geschoben, Johannes Niemand, den Kopf zwischen die Schultern ziehend und mit aller Macht nach dem Ausgange strebend. – »Was ist's? Was habt ihr mit unserem Johannes?« rief Friedrich gebieterisch.

»Das sollt Ihr früh genug gewahr werden«, keuchte ein altes Weib mit der Küchenschürze und einem Wischhader in der Hand. – Schande! Johannes, der arme Teufel, dem zu Hause das Schlechteste gut genug sein mußte, hatte versucht, sich ein halbes Pfündchen Butter für die kommende Dürre zu sichern, und ohne daran zu denken, daß er es, sauber in sein Schnupftuch gewickelt, in der Tasche geborgen, war er ans Küchenfenster getreten, und nun rann das Fett schmählich die Rockschöße entlang. Allgemeiner Aufruhr; die Mädchen sprangen zurück, aus Furcht, sich zu beschmutzen, oder stießen den Delinquenten vorwärts. Andere machten Platz, sowohl aus Mitleid als Vorsicht. Aber Friedrich trat vor. »Lumpenhund!« rief er; ein paar derbe Maulschellen trafen den geduldigen Schützling; dann stieß er ihn an die Tür und gab ihm einen tüchtigen Fußtritt mit auf den Weg.

Er kehrte niedergeschlagen zurück; seine Würde war verletzt, das allgemeine Gelächter schnitt ihm durch die Seele, ob er sich gleich durch einen tapfern Juchheschrei wieder in den Gang zu bringen suchte – es wollte nicht mehr recht gehen. Er war im Begriff, sich wieder hinter die Baßviole zu flüchten; doch zuvor noch ein Knalleffekt: er zog seine silberne Taschenuhr hervor, zu jener Zeit ein seltener und kostbarer Schmuck. »Es ist bald zehn«, sagte er. »Jetzt den Brautmenuett! Ich will Musik machen.«

»Eine prächtige Uhr!« sagte der Schweinehirt und schob sein Gesicht in ehrfurchtsvoller Neugier vor. – »Was hat sie gekostet?« rief Wilm Hülsmeyer, Friedrichs Nebenbuhler. »Willst du sie bezahlen?« fragte Friedrich. »Hast *du* sie bezahlt?« antwortete Wilm. Friedrich warf einen stolzen Blick auf ihn und griff in schweigender Majestät zum Fiedelbogen. – »Nun, nun«, sagte Hülsmeyer, »dergleichen hat man schon erlebt. Du weißt wohl, der Franz Ebel hatte auch eine schöne Uhr, bis der Jude Aaron sie ihm wieder abnahm.« – Friedrich antwortete nicht, sondern winkte stolz der ersten Violine, und sie begannen aus Leibeskräften zu streichen.

Die Gutsherrschaft war indessen in die Kammer getreten, wo der Braut von den Nachbarfrauen das Zeichen ihres neuen Standes, die weiße Stirnbinde, umgelegt wurde. Das junge Blut weinte sehr, teils weil es die Sitte so wollte, teils aus wahrer Beklemmung. Sie sollte einem verworrenen Haushalt vorstehen, unter den Augen eines mürrischen alten Mannes, den sie noch obendrein lieben sollte. Er stand neben ihr, durchaus nicht wie der Bräutigam des Hohenliedes, der ›in die Kammer tritt wie die Morgensonne‹. – »Du hast nun genug geweint«, sagte er verdrießlich; »bedenk, du bist es nicht, die mich glücklich macht, ich mache dich glücklich!« – Sie sah demütig zu ihm auf und schien zu fühlen, daß er recht habe. – Das Geschäft war beendigt; die junge Frau hatte ihrem Manne zugetrunken, junge Spaßvögel hatten durch den Dreifuß geschaut, ob die Binde geradesitze, und man drängte sich wieder der Tenne zu, von wo unauslöschliches Gelächter und Lärm herüberschallte. Friedrich war nicht mehr dort. Eine große, unerträgliche Schmach hatte ihn getroffen, da der Jude Aaron, ein Schlächter und gelegentlicher Althändler aus dem nächsten Städtchen, plötzlich erschienen war und nach einem kurzen, unbefriedigenden Zwiegespräch ihn laut vor allen Leuten um den Betrag von zehn Talern für eine schon um Ostern gelieferte Uhr gemahnt hatte. Friedrich war wie vernichtet fortgegangen und der Jude ihm gefolgt, immer schreiend: »O weh mir! warum hab ich nicht gehört auf vernünftige Leute! Haben sie mir nicht hundertmal gesagt, Ihr hättet all Eur Gut am Leibe und kein Brot im Schranke!« –

Die Tenne tobte von Gelächter; manche hatten sich auf den Hof nachgedrängt. – »Packt den Juden! wiegt ihn gegen ein Schwein!« riefen einige; andere waren ernst geworden. – »Der Friedrich sah so blaß aus wie ein Tuch«, sagte eine alte Frau, und die Menge teilte sich, wie der Wagen des Gutsherrn in den Hof lenkte.

Herr von S. war auf dem Heimwege verstimmt, die jedesmalige Folge, wenn der Wunsch, seine Popularität aufrechtzuerhalten, ihn bewog, solchen Festen beizuwohnen. Er sah schweigend aus dem Wagen. »Was sind denn das für ein paar Figuren?« – Er deutete auf zwei dunkle Gestalten, die vor dem Wagen rannten wie Strauße. Nun schlüpften sie ins Schloß. – »Auch ein paar selige Schweine aus unserm eigenen Stall!« seufzte Herr von S. – Zu Hause angekommen, fand er die Hausflur vom ganzen Dienstpersonal eingenommen, das zwei Kleinknechte umstand, welche sich blaß und atemlos auf der Stiege niedergelassen hatten. Sie behaupteten, von des alten Mergels Geist verfolgt worden zu sein, als sie durchs Brederholz heimkehrten. Zuerst hatte es über ihnen an der Höhe gerauscht und geknistert; darauf hoch in der Luft ein Geklapper wie von aneinandergeschlagenen Stöcken; plötzlich ein gellender Schrei und ganz deutlich die Worte: »O weh, meine arme Seele!« hoch von oben herab. Der eine wollte auch glühende Augen durch die Zweige funkeln gesehen haben, und beide waren gelaufen, was ihre Beine vermochten.

»Dummes Zeug!« sagte der Gutsherr verdrießlich und trat in die Kammer, sich umzukleiden. Am andern Morgen wollte die Fontäne im Garten nicht springen, und es fand sich, daß jemand eine Röhre verrückt hatte, augenscheinlich, um nach dem Kopfe eines vor vielen Jahren hier verscharrten Pferdegerippes zu suchen, der für ein bewährtes Mittel wider allen Hexen- und Geisterspuk gilt. »Hm«, sagte der Gutsherr, »was die Schelme nicht stehlen, das verderben die Narren.«

Drei Tage später tobte ein furchtbarer Sturm. Es war Mitternacht, aber alles im Schlosse außer dem Bett. Der Gutsherr stand am Fenster und sah besorgt ins Dunkle, nach seinen Feldern hinüber. An den Scheiben flogen Blätter und Zweige her; mitunter fuhr ein Ziegel hinab und schmetterte auf das Pflaster des Hofes. – »Furchtbares Wetter!« sagte Herr von S. Seine Frau sah ängstlich aus. »Ist das Feuer auch gewiß gut verwahrt?« sagte sie; »Gretchen, sieh noch einmal nach, gieß es lieber ganz aus! – Kommt, wir wollen das Evangelium Johannis beten.« Alles kniete nieder, und die Hausfrau begann: »Im Anfang war das Wort, und das Wort war bei Gott, und Gott war das Wort.« – Ein furchtbarer Donnerschlag. Alle fuhren zusammen; dann furchtbares Geschrei und Getümmel die Treppe heran. – »Um Gottes willen! brennt es?« rief Frau von S. und sank mit dem Gesichte auf den Stuhl. Die Türe ward aufgerissen, und herein stürzte die Frau des Juden Aaron, bleich wie der Tod, das Haar wild um den Kopf, von Regen triefend. Sie warf sich vor dem Gutsherrn auf die Knie. »Gerechtigkeit!« rief sie, »Gerechtigkeit! mein Mann ist erschlagen!« und sank ohnmächtig zusammen.

Es war nur zu wahr, und die nachfolgende Untersuchung bewies, daß der Jude Aaron durch einen Schlag an die Schläfe mit einem stumpfen Instrumente, wahrscheinlich einem Stabe, sein Leben verloren hatte, durch einen einzigen Schlag. An der linken Schläfe war der blaue Fleck, sonst keine Verletzung zu finden. Die Aussagen der Jüdin und ihres Knechtes Samuel lauteten so: Aaron war vor drei Tagen am Nachmittage ausgegangen, um Vieh zu kaufen, und hatte dabei gesagt, er werde wohl über Nacht ausbleiben, da noch einige böse Schuldner in B. und S. zu mahnen seien. In diesem Falle werde er in B. beim Schlachter Salomon übernachten. Als er am folgenden Tage nicht heimkehrte, war seine Frau sehr besorgt geworden und hatte sich endlich heute um drei nachmittags in Begleitung ihres Knechtes und des großen Schlächterhundes auf den Weg gemacht. Beim Juden Salomon wußte man nichts von Aaron; er war gar nicht dagewesen. Nun waren sie zu allen Bauern gegangen, von denen sie wußten, daß Aaron einen Handel mit ihnen im Auge hatte. Nur zwei hatten ihn gesehen, und zwar an demselben Tage, an welchem er ausgegangen. Es war darüber sehr spät geworden. Die große Angst trieb das Weib nach Haus, wo sie ihren Mann wiederzufinden eine schwache Hoffnung nährte. So waren sie im Brederholz vom Gewitter überfallen worden und hatten unter einer großen, am Berghange stehenden Buche Schutz gesucht; der Hund hatte unterdessen auf eine auffallende Weise umhergestöbert und sich endlich, trotz allem Locken, im Walde verlaufen. Mit einem Male sieht die Frau beim Leuchten des Blitzes etwas Weißes neben sich im Moose. Es ist der Stab ihres Mannes, und fast im selben Augenblicke bricht der Hund durchs Gebüsch und trägt etwas im Maule: es ist der Schuh ihres Mannes. Nicht lange, so ist in einem mit dürrem Laube gefüllten Graben der Leichnam des Juden gefunden. – Dies war die Angabe des Knechtes, von der Frau nur im allgemeinen unterstützt; ihre übergroße Spannung hatte nachgelassen, und sie schien jetzt halb verwirrt oder vielmehr stumpfsinnig. »Aug um Auge, Zahn um Zahn!« dies waren die einzigen Worte, die sie zuweilen hervorstieß.

In derselben Nacht noch wurden die Schützen aufgeboten, um Friedrich zu verhaften. Der Anklage bedurfte es nicht, da Herr von S. selbst Zeuge eines Auftritts gewesen war, der den dringendsten Verdacht auf ihn werfen mußte; zudem die Gespenstergeschichte von jenem Abende, das

Aneinanderschlagen der Stäbe im Brederholz, der Schrei aus der Höhe. Da der Amtsschreiber gerade abwesend war, so betrieb Herr von S. selbst alles rascher, als sonst geschehen wäre. Dennoch begann die Dämmerung bereits anzubrechen, bevor die Schützen so geräuschlos wie möglich das Haus der armen Margret umstellt hatten. Der Gutsherr selber pochte an; es währte kaum eine Minute, bis geöffnet ward und Margret völlig gekleidet in der Türe erschien. Herr von S. fuhr zurück; er hatte sie fast nicht erkannt, so blaß und steinern sah sie aus. »Wo ist Friedrich?« fragte er mit unsicherer Stimme. – »Sucht ihn«, antwortete sie und setzte sich auf einen Stuhl. Der Gutsherr zögerte noch einen Augenblick. »Herein, herein!« sagte er dann barsch; »worauf warten wir?« Man trat in Friedrichs Kammer. Er war nicht da, aber das Bett noch warm. Man stieg auf den Söller, in den Keller, stieß ins Stroh, schaute hinter jedes Faß, sogar in den Backofen; er war nicht da. Einige gingen in den Garten, sahen hinter den Zaun und in die Apfelbäume hinauf; er war nicht zu finden. – »Entwischt!« sagte der Gutsherr mit sehr gemischten Gefühlen: der Anblick der alten Frau wirkte gewaltig auf ihn. »Gebt den Schlüssel zu jenem Koffer.« – Margret antwortete nicht. – »Gebt den Schlüssel!« wiederholte der Gutsherr und merkte jetzt erst, daß der Schlüssel steckte. Der Inhalt des Koffers kam zum Vorschein; des Entflohenen gute Sonntagskleider und seiner Mutter ärmlicher Staat; dann zwei Leichenhemden mit schwarzen Bändern, das eine für einen Mann, das andere für eine Frau gemacht. Herr von S. war tief erschüttert. Ganz zuunterst auf dem Boden des Koffers lag die silberne Uhr und einige Schriften von sehr leserlicher Hand, eine derselben von einem Manne unterzeichnet, den man in starkem Verdacht der Verbindung mit den Holzfrevlern hatte. Herr von S. nahm sie mit zur Durchsicht, und man verließ das

Haus, ohne daß Margret ein anderes Lebenszeichen von sich gegeben hätte, als daß sie unaufhörlich die Lippen nagte und mit den Augen zwinkerte.

Im Schlosse angelangt, fand der Gutsherr den Amtsschreiber, der schon am vorigen Abend heimgekommen war und behauptete, die ganze Geschichte verschlafen zu haben, da der gnädige Herr nicht nach ihm geschickt. – »Sie kommen immer zu spät«, sagte Herr von S. verdrießlich. »War denn nicht irgendein altes Weib im Dorfe, das Ihrer Magd die Sache erzählte? Und warum weckte man Sie dann nicht?« – »Gnädiger Herr«, versetzte Kapp, »allerdings hat meine Anne-Marie den Handel um eine Stunde früher erfahren als ich; aber sie wußte, daß Ihre Gnaden die Sache selbst leiteten, und dann«, fügte er mit klagender Miene hinzu, »daß ich so todmüde war!« – »Schöne Polizei!« murmelte der Gutsherr, »jede alte Schachtel im Dorf weiß Bescheid, wenn es recht geheim zugehen soll.« Dann fuhr er heftig fort: »Das müßte wahrhaftig ein dummer Teufel von Delinquenten sein, der sich packen ließe!«

Beide schwiegen eine Weile. – »Mein Fuhrmann hatte sich in der Nacht verirrt«, hob der Amtsschreiber wieder an; »über eine Stunde lang hielten wir im Walde; es war ein Mordwetter; ich dachte, der Wind werde den Wagen umreißen. Endlich, als der Regen nachließ, fuhren wir in Gottes Namen darauf los, immer in das Zellerfeld hinein, ohne eine Hand vor den Augen zu sehen. Da sagte der Kutscher: ›Wenn wir nur nicht den Steinbrüchen zu nahe kommen!‹ Mir war selbst bange; ich ließ halten und schlug Feuer, um wenigstens etwas Unterhaltung an meiner Pfeife zu haben. Mit einem Male hörten wir ganz nah, perpendikulär unter uns, die Glocke schlagen. Euer Gnaden mögen glauben, daß mir fatal zumute wurde. Ich sprang aus dem Wagen, denn seinen eigenen Beinen kann man trauen, aber denen der

Pferde nicht. So stand ich, in Kot und Regen, ohne mich zu rühren, bis es gottlob sehr bald anfing zu dämmern. Und wo hielten wir? Dicht an der Heerser Tiefe und den Turm von Heerse gerade unter uns. Wären wir noch zwanzig Schritt weitergefahren, wir wären alle Kinder des Todes gewesen.« – »Das war in der Tat kein Spaß«, versetzte der Gutsherr, halb versöhnt.

Er hatte unterdessen die mitgenommenen Papiere durchgesehen. Es waren Mahnbriefe um geliehene Gelder, die meisten von Wucherern. – »Ich hätte nicht gedacht«, murmelte er, »daß die Mergels so tief drinsteckten.« – »Ja, und daß es so an den Tag kommen muß«, versetzte Kapp, »das wird kein kleiner Ärger für Frau Margret sein.« – »Ach Gott, die denkt jetzt daran nicht!« Mit diesen Worten stand der Gutsherr auf und verließ das Zimmer, um mit Herrn Kapp die gerichtliche Leichenschau vorzunehmen. – Die Untersuchung war kurz, gewaltsamer Tod erwiesen, der vermutliche Täter entflohen, die Anzeigen gegen ihn zwar gravierend, doch ohne persönliches Geständnis nicht beweisend, seine Flucht allerdings sehr verdächtig. So mußte die gerichtliche Verhandlung ohne genügenden Erfolg geschlossen werden.

Die Juden der Umgegend hatten großen Anteil gezeigt. Das Haus der Witwe ward nie leer von Jammernden und Ratenden. Seit Menschengedenken waren nicht so viel Juden beisammen in L. gesehen worden. Durch den Mord ihres Glaubensgenossen aufs äußerste erbittert, hatten sie weder Mühe noch Geld gespart, dem Täter auf die Spur zu kommen. Man weiß sogar, daß einer derselben, gemeinhin der Wucherjoel genannt, einem seiner Kunden, der ihm mehrere Hunderte schuldete und den er für einen besonders listigen Kerl hielt, Erlaß der ganzen Summe angeboten hatte, falls er ihm zur Verhaftung des Mergel verhelfen wolle;

denn der Glaube war allgemein unter den Juden, daß der Täter nur mit guter Beihülfe entwischt und wahrscheinlich noch in der Umgegend sei. Als dennoch alles nichts half und die gerichtliche Verhandlung für beendet erklärt worden war, erschien am nächsten Morgen eine Anzahl der angesehensten Israeliten im Schlosse, um dem gnädigen Herrn einen Handel anzutragen. Der Gegenstand war die Buche, unter der Aarons Stab gefunden und wo der Mord wahrscheinlich verübt worden war. – »Wollt ihr sie fällen? So mitten im vollen Laube?« fragte der Gutsherr. – »Nein, Ihro Gnaden, sie muß stehenbleiben im Winter und Sommer, solange ein Span daran ist.« – »Aber, wenn ich nun den Wald hauen lasse, so schadet es dem jungen Aufschlag.« – »Wollen wir sie doch nicht um gewöhnlichen Preis.« Sie boten zweihundert Taler. Der Handel ward geschlossen und allen Förstern streng eingeschärft, die Judenbuche auf keine Weise zu schädigen. Darauf sah man an einem Abende wohl gegen sechzig Juden, ihren Rabbiner an der Spitze, in das Brederholz ziehen, alle schweigend und mit gesenkten Augen. Sie blieben über eine Stunde im Walde und kehrten dann ebenso ernst und feierlich zurück, durch das Dorf B. bis in das Zellerfeld, wo sie sich zerstreuten und jeder seines Weges ging. Am nächsten Morgen stand an der Buche mit einem Beil eingehauen:

אִם תַּעֲבוֹר בַּמָּקוֹם הַזֶּה יִפְגַּע בָּךְ כַּאֲשֶׁר אַתָּה עָשִׂיתָ לִי׃

Und wo war Friedrich? Ohne Zweifel fort, weit genug, um die kurzen Arme einer so schwachen Polizei nicht mehr fürchten zu dürfen. Er war bald verschollen, vergessen. Ohm Simon redete selten von ihm, und dann schlecht; die Judenfrau tröstete sich am Ende und nahm einen andern Mann. Nur die arme Margret blieb ungetröstet.

Etwa ein halbes Jahr nachher las der Gutsherr einige eben

erhaltene Briefe in Gegenwart des Amtsschreibers. »Sonderbar, sonderbar!« sagte er. »Denken Sie sich, Kapp, der Mergel ist vielleicht unschuldig an dem Morde. Soeben schreibt mir der Präsident des Gerichtes zu P.: ›Le vrai n'est pas toujours vraisemblable; das erfahre ich oft in meinem Berufe und jetzt neuerdings. Wissen Sie wohl, daß Ihr lieber Getreuer, Friedrich Mergel, den Juden mag ebensowenig erschlagen haben als ich oder Sie? Leider fehlen die Beweise, aber die Wahrscheinlichkeit ist groß. Ein Mitglied der Schlemmingschen Bande (die wir jetzt, nebenbei gesagt, größtenteils unter Schloß und Riegel haben), Lumpenmoises genannt, hat im letzten Verhöre ausgesagt, daß ihn nichts so sehr gereue als der Mord eines Glaubensgenossen, Aaron, den er im Walde erschlagen und doch nur sechs Groschen bei ihm gefunden habe. Leider ward das Verhör durch die Mittagsstunde unterbrochen, und während wir tafelten, hat sich der Hund von einem Juden an seinem Strumpfband erhängt. Was sagen Sie dazu? Aaron ist zwar ein verbreiteter Name usw.‹ – Was sagen Sie dazu?« wiederholte der Gutsherr, »und weshalb wäre der Esel von einem Burschen denn gelaufen?« Der Amtsschreiber dachte nach. – »Nun, vielleicht der Holzfrevel wegen, mit denen wir ja gerade in Untersuchung waren. Heißt es nicht: Der Böse läuft vor seinem eigenen Schatten? Mergels Gewissen war schmutzig genug auch ohne diesen Flecken.«

Dabei beruhigte man sich. Friedrich war hin, verschwunden und – Johannes Niemand, der arme, unbeachtete Johannes, am gleichen Tage mit ihm. –

*

Eine schöne lange Zeit war verflossen, achtundzwanzig Jahre, fast die Hälfte eines Menschenlebens; der Gutsherr war sehr alt und grau geworden, sein gutmütiger Gehülfe

Kapp längst begraben. Menschen, Tiere und Pflanzen waren entstanden, gereift, vergangen, nur Schloß B. sah immer gleich grau und vornehm auf die Hütten herab, die wie alte hektische Leute immer fallen zu wollen schienen und immer standen. Es war am Vorabende des Weihnachtsfestes, den 24. Dezember 1788. Tiefer Schnee lag in den Hohlwegen, wohl an zwölf Fuß hoch, und eine durchdringende Frostluft machte die Fensterscheiben in der geheizten Stube gefrieren. Mitternacht war nahe, dennoch flimmerten überall matte Lichtchen aus den Schneehügeln, und in jedem Hause lagen die Einwohner auf den Knien, um den Eintritt des heiligen Christfestes mit Gebet zu erwarten, wie dies in katholischen Ländern Sitte ist oder wenigstens damals allgemein war. Da bewegte sich von der Breder Höhe herab eine Gestalt langsam gegen das Dorf; der Wanderer schien sehr matt oder krank; er stöhnte schwer und schleppte sich äußerst mühsam durch den Schnee.

An der Mitte des Hanges stand er still, lehnte sich auf seinen Krückenstab und starrte unverwandt auf die Lichtpunkte. Es war so still überall, so tot und kalt; man mußte an Irrlichter auf Kirchhöfen denken. Nun schlug es zwölf im Turm; der letzte Schlag verdröhnte langsam, und im nächsten Hause erhob sich ein leiser Gesang, der, von Haus zu Haus schwellend, sich über das ganze Dorf zog:

Ein Kindelein so löbelich
Ist uns geboren heute,
Von einer Jungfrau säuberlich,
Des freun sich alle Leute;
Und wär das Kindlein nicht geborn,
So wären wir alle zusammen verlorn:
Das Heil ist unser aller.
O du mein liebster Jesu Christ,

Der du als Mensch geboren bist,
Erlös uns von der Hölle!

Der Mann am Hange war in die Knie gesunken und versuchte mit zitternder Stimme einzufallen: es ward nur ein lautes Schluchzen daraus, und schwere, heiße Tropfen fielen in den Schnee. Die zweite Strophe begann; er betete leise mit; dann die dritte und vierte. Das Lied war geendigt, und die Lichter in den Häusern begannen sich zu bewegen. Da richtete der Mann sich mühselig auf und schlich langsam hinab in das Dorf. An mehreren Häusern keuchte er vorüber, dann stand er vor einem still und pochte leise an.

»Was ist denn das?« sagte drinnen eine Frauenstimme; »die Türe klappert, und der Wind geht doch nicht.« – Er pochte stärker. – »Um Gottes willen, laßt einen halberfrorenen Menschen ein, der aus der türkischen Sklaverei kommt!« Geflüster in der Küche. – »Geht ins Wirtshaus«, antwortete eine andere Stimme; »das fünfte Haus von hier!« – »Um Gottes Barmherzigkeit willen, laßt mich ein! Ich habe kein Geld.« Nach einigem Zögern ward die Tür geöffnet, und ein Mann leuchtete mit der Lampe hinaus. – »Kommt nur herein«, sagte er dann, »Ihr werdet uns den Hals nicht abschneiden.«

In der Küche befanden sich außer dem Manne eine Frau in den mittleren Jahren, eine alte Mutter und fünf Kinder. Alle drängten sich um den Eintretenden her und musterten ihn mit scheuer Neugier. Eine armselige Figur! mit schiefem Halse, gekrümmtem Rücken, die ganze Gestalt gebrochen und kraftlos; langes, schneeweißes Haar hing um sein Gesicht, das den verzogenen Ausdruck langen Leidens trug. Die Frau ging schweigend an den Herd und legte frisches Reisig zu. – »Ein Bett können wir Euch nicht geben«, sagte sie; »aber ich will hier eine gute Streu machen; Ihr müßt

Euch schon so behelfen.« – »Gotts Lohn!« versetzte der Fremde; »ich bin's wohl schlechter gewohnt.« Der Heimgekehrte ward als Johannes Niemand erkannt, und er selbst bestätigte, daß er derselbe sei, der einst mit Friedrich Mergel entflohen.

Das Dorf war am folgenden Tage voll von den Abenteuern des so lange Verschollenen. Jeder wollte den Mann aus der Türkei sehen, und man wunderte sich beinahe, daß er noch aussehe wie andere Menschen. Das junge Volk hatte zwar keine Erinnerungen von ihm, aber die Alten fanden seine Züge noch ganz wohl heraus, so erbärmlich entstellt er auch war.

»Johannes, Johannes, was seid Ihr grau geworden!« sagte eine alte Frau. »Und woher habt Ihr den schiefen Hals?« – »Vom Holz- und Wassertragen in der Sklaverei«, versetzte er. – »Und was ist aus Mergel geworden? Ihr seid doch zusammen fortgelaufen?« – »Freilich wohl; aber ich weiß nicht, wo er ist, wir sind voneinandergekommen. Wenn Ihr an ihn denkt, betet für ihn«, fügte er hinzu, »er wird es wohl nötig haben.«

Man fragte ihn, warum Friedrich sich denn aus dem Staube gemacht, da er den Juden doch nicht erschlagen? »Nicht?« sagte Johannes und horchte gespannt auf, als man ihm erzählte, was der Gutsherr geflissentlich verbreitet hatte, um den Fleck von Mergels Namen zu löschen. – »Also ganz umsonst«, sagte er nachdenkend, »ganz umsonst so viel ausgestanden!« Er seufzte tief und fragte nun seinerseits nach manchem. Simon war lange tot, aber zuvor noch ganz verarmt durch Prozesse und böse Schuldner, die er nicht gerichtlich belangen durfte, weil es, wie man sagte, zwischen ihnen keine reine Sache war. Er hatte zuletzt Bettelbrot gegessen und war in einem fremden Schuppen auf dem Stroh gestorben. Margret hatte länger gelebt, aber in völliger Geistesstumpfheit. Die Leute im Dorf waren es bald müde geworden, ihr beizustehen, da sie alles verkommen ließ, was man ihr gab, wie es denn die Art der Menschen ist, gerade die Hülflosesten zu verlassen, solche, bei denen der Beistand nicht nachhaltig wirkt und die der Hülfe immer gleich bedürftig bleiben. Dennoch hatte sie nicht eigentlich Not gelitten; die Gutsherrschaft sorgte sehr für sie, schickte ihr täglich das Essen und ließ ihr auch ärztliche Behandlung zukommen, als ihr kümmerlicher Zustand in völlige Abzehrung übergegangen war. In ihrem Hause wohnte jetzt der Sohn des ehemaligen Schweinehirten, der an jenem unglücklichen Abende Friedrichs Uhr so sehr bewundert hatte. – »Alles hin, alles tot!« seufzte Johannes.

Am Abend, als es dunkel geworden war und der Mond schien, sah man ihn im Schnee auf dem Kirchhofe umherhumpeln; er betete bei keinem Grabe, ging auch an keines dicht hinan, aber auf einige schien er aus der Ferne starre Blicke zu heften. So fand ihn der Förster Brandes, der Sohn des Erschlagenen, den die Gutsherrschaft abgeschickt hatte, ihn ins Schloß zu holen.

Beim Eintritt in das Wohnzimmer sah er scheu umher, wie vom Licht geblendet, und dann auf den Baron, der sehr zusammengefallen in seinem Lehnstuhl saß, aber noch immer mit den hellen Augen und dem roten Käppchen auf dem Kopfe wie vor achtundzwanzig Jahren; neben ihm die gnädige Frau, auch alt, sehr alt geworden.

»Nun, Johannes«, sagte der Gutsherr, »erzähl mir einmal recht ordentlich von deinen Abenteuern. Aber«, er musterte ihn durch die Brille, »du bist ja erbärmlich mitgenommen in der Türkei!« – Johannes begann: wie Mergel ihn nachts von der Herde abgerufen und gesagt, er müsse mit ihm fort. »Aber warum lief der dumme Junge denn? Du weißt doch, daß er unschuldig war?« Johannes sah vor sich nieder: »Ich weiß nicht recht, mich dünkt, es war wegen Holzgeschichten. Simon hatte so allerlei Geschäfte; mir sagte man nichts davon, aber ich glaube nicht, daß alles war, wie es sein sollte.« – »Was hat denn Friedrich dir gesagt?« – »Nichts, als daß wir laufen müßten, sie wären hinter uns her. So liefen wir bis Heerse; da war es noch dunkel, und wir versteckten uns hinter das große Kreuz am Kirchhofe, bis es etwas heller würde, weil wir uns vor den Steinbrüchen am Zellerfelde fürchteten, und wie wir eine Weile gesessen hatten, hörten wir mit einem Male über uns schnauben und stampfen und sahen lange Feuerstrahlen in der Luft gerade über dem Heerser Kirchturm. Wir sprangen auf und liefen, was wir konnten, in Gottes Namen geradeaus, und wie es dämmerte, waren wir wirklich auf dem rechten Wege nach P.«

Johannes schien noch vor der Erinnerung zu schaudern, und der Gutsherr dachte an seinen seligen Kapp und dessen Abenteuer am Heerser Hange. – »Sonderbar!« lachte er, »so nah wart ihr einander! Aber fahr fort.« – Johannes erzählte nun, wie sie glücklich durch P. und über die Grenze gekommen. Von da an hatten sie sich als wandernde Handwerksbursche durchgebettelt bis Freiburg im Breisgau. »Ich hatte meinen Brotsack bei mir«, sagte er, »und Friedrich ein Bündelchen; so glaubte man uns.« – In Freiburg hatten sie sich von den Österreichern anwerben lassen; ihn hatte man nicht gewollt, aber Friedrich bestand darauf. So kam er unter den Train. »Den Winter über blieben wir in Freiburg«, fuhr er fort, »und es ging uns ziemlich gut; mir auch, weil Friedrich mich oft erinnerte und mir half, wenn ich etwas verkehrt machte. Im Frühling mußten wir marschieren, nach Ungarn, und im Herbst ging der Krieg mit den Türken los. Ich kann nicht viel davon nachsagen, denn ich wurde gleich in der ersten Affäre gefangen und bin seitdem sechsundzwanzig Jahre in der türkischen Sklaverei gewesen!« –

»Gott im Himmel! das ist doch schrecklich!« sagte Frau von S. – »Schlimm genug, die Türken halten uns Christen nicht besser als Hunde; das schlimmste war, daß meine Kräfte unter der harten Arbeit vergingen; ich ward auch älter und sollte noch immer tun wie vor Jahren.«

Er schwieg eine Weile. »Ja«, sagte der dann, »es ging über Menschenkräfte und Menschengeduld; ich hielt es auch nicht aus. – Von da kam ich auf ein holländisches Schiff.« – »Wie kamst du denn dahin?« fragte der Gutsherr. – »Sie fischten mich auf, aus dem Bosporus«, versetzte Johannes. Der Baron sah ihn befremdet an und hob den Finger warnend auf; aber Johannes erzählte weiter. Auf dem Schiffe war es ihm nicht viel besser gegangen. »Der Skorbut riß ein; wer nicht ganz elend war, mußte über Macht arbeiten, und das Schiffstau regierte ebensostreng wie die türkische Peitsche. Endlich«, schloß er, »als wir nach Holland kamen, nach Amsterdam, ließ man mich frei, weil ich unbrauchbar war, und der Kaufmann, dem das Schiff gehörte, hatte auch Mitleiden mit mir und wollte mich zu seinem Pförtner machen. Aber« – er schüttelte den Kopf – »ich bettelte mich lieber durch bis hieher.« – »Das war dumm genug«, sagte der Gutsherr. Johannes seufzte tief: »O Herr, ich habe mein Leben zwischen Türken und Ketzern zubringen müssen, soll ich nicht wenigstens auf einem katholischen Kirchhofe liegen?« Der Gutsherr hatte seine Börse gezogen: »Da, Johannes, nun geh und komm bald wieder. Du mußt mir das alles noch ausführlicher erzählen; heute ging es etwas konfus durcheinander. Du bist wohl noch sehr müde?« – »Sehr müde«, versetzte Johannes, »und«, er deutete auf seine Stirn, »meine Gedanken sind zuweilen so kurios, ich kann nicht recht sagen, wie es so ist.« – »Ich weiß schon«, sagte der Baron, »von alter Zeit her. Jetzt geh. Hülsmeyers behalten dich wohl noch die Nacht über, morgen komm wieder.«

Herr von S. hatte das innigste Mitleiden mit dem armen Schelm; bis zum folgenden Tage war überlegt worden, wo man ihn einmieten könne; essen sollte er täglich im Schlosse, und für Kleidung fand sich auch wohl Rat. – »Herr«, sagte Johannes, »ich kann auch noch wohl etwas tun; ich kann hölzerne Löffel machen, und Ihr könnt mich wohl auch als Boten schicken.« Herr von S. schüttelte mitleidig den Kopf: »Das würde doch nicht sonderlich ausfallen.« – »O doch, Herr, wenn ich erst im Gange bin – es geht nicht schnell, aber hin komme ich doch, und es wird mir auch nicht so sauer, wie man denken sollte.« – »Nun«, sagte der Baron zweifelnd, »willst du's versuchen? Hier ist ein Brief nach P. Es hat keine sonderliche Eile.«

Am folgenden Tage bezog Johannes sein Kämmerchen bei einer Witwe im Dorfe. Er schnitzelte Löffel, aß auf dem Schlosse und machte Botengänge für den gnädigen Herrn. Im ganzen ging's ihm leidlich; die Herrschaft war sehr gütig, und Herr von S. unterhielt sich oft lange mit ihm über die Türkei, den österreichischen Dienst und die See. – »Der Johannes könnte viel erzählen«, sagte er zu seiner Frau, »wenn er nicht so grundeinfältig wäre.« – »Mehr tiefsinnig als einfältig«, versetzte sie; »ich fürchte immer, er schnappt noch über.« – »Ei bewahre!« antwortete der Baron, »er war sein Leben lang ein Simpel; simple Leute werden nie verrückt.«

Nach einiger Zeit blieb Johannes auf einem Botengange über Gebühr lange aus. Die gute Frau von S. war sehr besorgt um ihn und wollte schon Leute aussenden, als man ihn die Treppe heraufstelzen hörte. »Du bist lange ausgeblieben, Johannes«, sagte sie; »ich dachte schon, du hättest dich im Brederholz verirrt.« – »Ich bin durch den Föhrengrund gegangen.« – »Das ist ja ein weiter Umweg; warum gingst du nicht durchs Brederholz?« – Er sah trübe zu ihr auf: »Die

Leute sagten mir, der Wald sei gefällt und jetzt seien so viele Kreuz- und Querwege darin, da fürchtete ich, nicht wieder hinauszukommen. Ich werde alt und duselig«, fügte er langsam hinzu. – »Sahst du wohl«, sagte Frau von S. nachher zu ihrem Manne, »wie wunderlich und quer er aus den Augen sah? Ich sage dir, Ernst, das nimmt noch ein schlimmes Ende.«

Indessen nahte der September heran. Die Felder waren leer, das Laub begann abzufallen, und mancher Hektische fühlte die Schere an seinem Lebensfaden. Auch Johannes schien unter dem Einflusse des nahen Äquinoktiums zu leiden; die ihn in diesen Tagen sahen, sagen, er habe auffallend verstört ausgesehen und unaufhörlich leise mit sich selber geredet, was er auch sonst mitunter tat, aber selten. Endlich kam er eines Abends nicht nach Hause. Man dachte, die Herrschaft habe ihn verschickt; am zweiten auch nicht; am dritten ward seine Hausfrau ängstlich. Sie ging ins Schloß und fragte nach. – »Gott bewahre«, sagte der Gutsherr, »ich weiß nichts von ihm, aber geschwind den Jäger gerufen und Försters Wilhelm! Wenn der armselige Krüppel«, setzte er bewegt hinzu, »auch nur in einen trockenen Graben gefallen ist, so kann er nicht wieder heraus. Wer weiß, ob er nicht gar eines von seinen schiefen Beinen gebrochen hat! – Nehmt die Hunde mit«, rief er den abziehenden Jägern nach, »und sucht vor allem in den Gräben; seht in die Steinbrüche!« rief er lauter.

Die Jäger kehrten nach einigen Stunden heim; sie hatten keine Spur gefunden. Herr von S. war in großer Unruhe: »Wenn ich mir denke, daß einer so liegen muß wie ein Stein und kann sich nicht helfen! Aber er kann noch leben; drei Tage hält's ein Mensch wohl ohne Nahrung aus.« Er machte sich selbst auf den Weg; in allen Häusern wurde nachgefragt, überall in die Hörner geblasen, gerufen, die Hunde zum Suchen angehetzt – umsonst! – Ein Kind hatte ihn gesehen, wie er am Rande des Brederholzes saß und an einem Löffel schnitzelte. »Er schnitt ihn aber ganz entzwei«, sagte das kleine Mädchen. Das war vor zwei Tagen gewesen. Nachmittags fand sich wieder eine Spur: abermals ein Kind, das ihn an der andern Seite des Waldes bemerkt hatte, wo er im Gebüsch gesessen, das Gesicht auf den Knien, als ob er schliefe. Das war noch am vorigen Tage. Es schien, er hatte sich immer um das Brederholz herumgetrieben. »Wenn nur das verdammte Buschwerk nicht so dicht wäre! da kann keine Seele hindurch«, sagte der Gutsherr. Man trieb die Hunde in den jungen Schlag; man blies und hallote und kehrte endlich mißvergnügt heim, als man sich überzeugt, daß die Tiere den ganzen Wald abgesucht hatten. – »Laßt nicht nach! laßt nicht nach!« bat Frau von S.; »besser ein paar Schritte umsonst, als daß etwas versäumt wird.« – Der Baron war fast ebenso beängstigt wie sie. Seine Unruhe trieb ihn sogar nach Johannes' Wohnung, obwohl er sicher war, ihn dort nicht zu finden. Er ließ sich die Kammer des Verschollenen aufschließen. Da stand sein Bett noch ungemacht, wie er es verlassen hatte, dort hing sein guter Rock, den ihm die gnädige Frau aus dem alten Jagdkleide des Herrn hatte machen lassen; auf dem Tische ein Napf, sechs neue hölzerne Löffel und eine Schachtel. Der Gutsherr öffnete sie; fünf Groschen lagen darin, sauber in Papier gewikkelt, und vier silberne Westenknöpfe; der Gutsherr betrachtete sie aufmerksam. »Ein Andenken von Mergel«, murmelte er und trat hinaus, denn ihm ward ganz beengt in dem dumpfen, engen Kämmerchen. Die Nachsuchungen wurden fortgesetzt, bis man sich überzeugt hatte, Johannes sei nicht mehr in der Gegend, wenigstens nicht lebendig. So war er denn zum zweitenmal verschwunden; ob man ihn wiederfinden würde – vielleicht einmal nach Jahren seine

Knochen in einem trockenen Graben? Ihn lebend wiederzusehen, dazu war wenig Hoffnung, und jedenfalls nach achtundzwanzig Jahren gewiß nicht.

Vierzehn Tage später kehrte der junge Brandes morgens von einer Besichtigung seines Reviers durch das Brederholz heim. Es war ein für die Jahreszeit ungewöhnlich heißer Tag; die Luft zitterte, kein Vogel sang, nur die Raben krächzten langweilig aus den Ästen und hielten ihre offenen Schnäbel der Luft entgegen. Brandes war sehr ermüdet. Bald nahm er seine von der Sonne durchglühte Kappe ab, bald setzte er sie wieder auf. Es war alles gleich unerträglich, das Arbeiten durch den kniehohen Schlag sehr beschwerlich. Ringsumher kein Baum außer der Judenbuche. Dahin strebte er denn auch aus allen Kräften und ließ sich todmatt auf das beschattete Moos darunter nieder. Die Kühle zog so angenehm durch seine Glieder, daß er die Augen schloß. »Schändliche Pilze!« murmelte er halb im Schlaf. Es gibt nämlich in jener Gegend eine Art sehr saftiger Pilze, die nur ein paar Tage stehen, dann einfallen und einen unerträglichen Geruch verbreiten. Brandes glaubte, solche unangenehmen Nachbarn zu spüren, er wandte sich ein paarmal hin und her, mochte aber doch nicht aufstehen; sein Hund sprang unterdessen umher, kratzte am Stamm der Buche und bellte hinauf. – »Was hast du da, Bello? Eine Katze?« murmelte Brandes. Er öffnete die Wimper halb, und die Judenschrift fiel ihm ins Auge, sehr ausgewachsen, aber doch noch ganz kenntlich. Er schloß die Augen wieder; der Hund fuhr fort zu bellen und legte endlich seinem Herrn die kalte Schnauze ans Gesicht. – »Laß mich in Ruh! Was hast du denn?« Hierbei sah Brandes, wie er so auf dem Rücken lag, in die Höhe, sprang dann mit einem Satze auf und wie besessen ins Gestrüpp hinein. Totenbleich kam er auf dem Schlosse an: in der Judenbuche hänge ein Mensch; er habe die Beine gerade über seinem Gesichte hängen sehen. – »Und du hast ihn nicht abgeschnitten, Esel?« rief der Baron. – »Herr«, keuchte Brandes, »wenn Euer Gnaden dagewesen wären, so wüßten Sie wohl, daß der Mensch nicht mehr lebt. Ich glaubte anfangs, es seien die Pilze!« Dennoch trieb der Gutsherr zur größten Eile und zog selbst mit hinaus.

Sie waren unter der Buche angelangt. »Ich sehe nichts«, sagte Herr von S. – »Hierher müssen Sie treten, hierher, an diese Stelle!« Wirklich, dem war so: der Gutsherr erkannte seine eigenen abgetragenen Schuhe. – »Gott, es ist Johannes! – Setzt die Leiter an! – so – nun herunter! sacht, sacht! Laßt ihn nicht fallen! – Lieber Himmel, die Würmer sind schon daran! Macht dennoch die Schlinge auf und die Halsbinde.« Eine breite Narbe ward sichtbar, der Gutsherr fuhr zurück. – »Mein Gott!« sagte er; er beugte sich wieder über die Leiche, betrachtete die Narbe mit großer Aufmerksamkeit und schwieg eine Weile in tiefer Erschütterung. Dann wandte er sich zu den Förstern: »Es ist nicht recht, daß der Unschuldige für den Schuldigen leide; sagt es nur allen Leuten: der da«, er deutete auf den Toten, – »war Friedrich Mergel.« – Die Leiche ward auf dem Schindanger verscharrt.

Dies hat sich nach allen Hauptumständen wirklich so begeben im September des Jahres 1788. Die hebräische Schrift an dem Baume heißt:

›Wenn du dich diesem Orte nahest, so wird es dir ergehen, wie du mir getan hast.‹

Bei uns zu Lande auf dem Lande

Nach der Handschrift eines Edelmannes
aus der Lausitz

Erster Band
Einleitung des Herausgebers

Ich bin ein Westfale, und zwar ein Stockwestfale, nämlich ein Münsterländer – Gott sei Dank! füge ich hinzu –, und denke gut genug von jedem Fremden, wer er auch sei, um ihm zuzutrauen, daß er, gleich mir, den Boden, wo ›seine Lebenden wandeln und seine Toten ruhen‹, mit keinem andern auf Erden vertauschen würde, obwohl seit etwa zwei Jahrzehnten, das heißt, seit der Dampf sein Bestes tut, das Landeskind in einen Weltbürger umzublasen, die Furcht, beschränkt und eingerostet zu erscheinen, es fast zur Sitte gemacht hat, die Schwächen der Alma mater, welche man sonst Vaterland nannte und bald nur als den zufälligen Ort der Geburt bezeichnen wird, mit möglichst schonungsloser Hand aufzudecken und so einen glänzenden Beweis seiner Vielseitigkeit zu geben – es ist bekanntlich ja unendlich trostloser, für albern als für schlimm zu gelten. – Möge die zivilisierte Welt also getröstet sein, denn ihre Fortschritte zu der alles nivellierenden Unbefangenheit der wandernden Schauspieler, Scherenschleifer und vagierenden Musikanten sind schnell und unwidersprechlich – dennoch bleiben Erbübel immer schwer auszurotten, und ich glaube bemerkt zu haben, daß sobald man auf die Redeweisen dieser grandiosen Parteilosen fein kräftig eingeht und etwa hier und dort noch den rechten Drücker aufsetzt, sie gerade so vergnügt lächeln als ein Bauer, der Zahnweh hat. Gott besser's!

sage ich und überlasse die beliebige Auslegung jedem. – Was mich anbelangt, so bin ich, wie gesagt, ein Mensch nullius judicii, nämlich ein Münsterländer, sonst guter Leute Kind, habe studiert, in Bonn, in Heidelberg, auch auf einer Ferienreise vom Rigi geschaut und die Welt nicht nur weitläufig, sondern sogar überaus schön gefunden – ein in der Tat wunderbar köstlicher Moment, und für den armen Studenten, der um jeden zu diesem Zwecke heimgelegten Groschen irgendeine andere Freude hat totschlagen müssen, ein tief, fast heilig bewegender Moment –, dennoch nichts gegen das erste Knistern des Heidekrauts unter den Rädern, nichts gegen das mutwillige Andringen der ersten Blütenstaubwolke, die die erste Nußhecke uns in den Wagen wirbelte, nach drei langen auswärts verlebten Jahren. Da habe ich mich mal weit aus dem Schlage gelehnt und mich gelb einpudern lassen wie ein Römer aus den Zeiten Augusts und so wie berauscht die erstickenden Küsse meiner Heimat eingesogen – dann kamen meine klaren, stillen Weiher mit den gelben Wasserlilien, meine Schwärme von Libellen, die wie glänzende Zäpfchen sich überall anhängen, meine blauen, goldenen, getigerten Schmetterlinge, welche bei jedem Hufschlag wie flatternde Miniaturen aufstiegen. Wie gern wäre ich ausgestiegen und ein Weilchen nebenhergetrabt; aber es kam mir vor, als müßte ich mich schämen vor den Leuten im Schnellwagen, und vor allen machte mir ein bleicher, winddürrer Herr not, der ganz aussah wie ein Genie, was auf Menschenkenntnis reist; denn ich bin ehrlicher Leute Kind und möchte nicht gern als empfindsame Heidschnucke in einem Journale figurieren – deshalb will ich denn auch hier abbrechen und nur noch sagen, daß ich seit zwölf Jahren wieder bei uns zu Lande bin und mein friedliches Brot habe, als Rentmeister meines guten gnädigen Herrn, der keine Schwalbe an seinem Dache belästigen mag, wieviel weniger seine Leute überladet, so daß ich meine Arbeit in der Tat ganz wohl zwingen kann und um vieles an gutem, ich meine gesundem Aussehen gewonnen habe, sonderlich in den letzten fünf Jahren, seit ich das obere Turmzimmer bewohne, was das gesundeste im Hause ist und mir noch allerlei kleine Ergötzlichkeiten, als aus dem Fenster zu angeln und die Reiher über dem Schloßweiher wegzuschießen, bietet. Die Zeitungen werden mir auch gebracht, wenn der Herr sie gelesen, und die Bücher aus der Leihbibliothek; so füllt sich mein Überschuß an Zeit ganz behaglich aus, und ich bleibe hinlänglich im Rapport mit der politischen und belletristischen Außenwelt. – Sehr wunderlich war mir zumute, als mir vor etwa zehn Jahren zum ersten Mal mein gutes Ländchen in van der Veldens Roman unverhofft begegnete; es war mir fast, als sei ich nun ein Lion geworden und könne fortan nicht mehr in meinem ordinären Rocke ausgehen. In den letzten Jahren habe ich mich indessen dagegen verhärtet, seit wir Westfalen in der Literatur wie Ameisen umherwimmeln. – Ich will nichts gegen diese Schriften sagen, da ich wohl weiß, wie es mir ergehen würde, wenn ich zum Beispiel einen Russen oder Kalmücken in die Szene setzen sollte, aber soviel ist gewiß, daß ich in den Figuren, die dort unsere Straßen durchwandeln, höchstens meine Nebenmenschen erkannt habe; mir fiel dabei ein, wie ich in den Gymnasialjahren bei einer stillen honetten Familie wohnte, wo jeden Abend Walter Scotts Romane, einer nach dem andern, andächtig vorgenommen wurden – mein Wirt war Forstmann, sein Bruder Militär und seiner Frauen Bruder, der sich pünktlich um sieben mit der langen Pfeife und einem starken Salbenduft einstellte, Wundarzt. Gott! wie haben wir uns an dem Schottländer ergötzt, aber nur ich ganz rein, weil ich von allem, was er verhandelte, eben kaum oberflächliche Kenntnisse hatte, die andern hingegen fanden alles unübertrefflich, bis auf die greulichen Schnitzer in jedes eigenem Fach, und lagen sich oft in den Haaren, daß sie im Eifer das Licht ausdampften und mir in Rauch und Angst der Atem ausging; denn mein Held lag derweil hart verwundet am Boden, und mir war, als müsse er sich verbluten, oder er hing über einem schaudernden Abgrund, und mir war, als sähe ich ein Steinchen nach dem andern unter seinen Füßen wegbröckeln; daraus habe ich mir denn den Schluß gezogen, nicht damals, sondern nachträglich, daß man, sowohl aus Billigkeit als um sich nicht unnötig zu verstimmen, zuweilen eine Krähe für einen Raben muß gelten lassen und es nicht zu genau zu nehmen mit Leuten, die vielleicht aus Not, als gute Familienväter, sich mit Gegenständen befaßt haben, zu deren Durchdringung ihnen nun einmal die Gelegenheit nicht ist gegeben worden – dennoch war es mir, sooft ich las, als rufe alles Totgeschlagene um Hülfe und fordere sein Leben von mir – ich hatte seitdem keine Ruhe, weniger vor dem, was besteht, als vor dem, was für immer hin ist – alte, nebelhafte Erinnerungen aus meinen frühesten Jahren, die ich gar nicht mehr in meinem Gedächtnisse geborgen glaubte, tauchten auf, glitten mir tages über die Rechnungen und kamen nachts in einer lebendigen Verkörperung wieder. Ich war wieder ein Kind und kniete neugierig und andächtig auf dem grünen Stiftsanger, während die Prozession an mir vorüberzog, die Kirchenfahnen, die breite Sodalitätsfahne, ich sah genau die seit dreißig Jahren vergessenen Zieraten des Reliquienkastens, und Fräulein, die ich schon so lange als alt und verkümmert kannte, daß es mir war, als könnten sie nie jung und selbständig gewesen sein, traten in ihrer weißen Ordenstracht so stattlich und sittsam hinter dem hochwürdigen Gute her, wie es christlichen Herrschaften geziemt. Seltsam genug war in diesen Träumen auch alle Scheu und Beschränktheit eines Kindes wieder über mich gekommen; ich fürchtete mich etwas Weniges vor den Bärten der Kapuziner, nahm nur zögernd und doch begierig das Heiligenbild, was sie mir mit resoluten Reden aus ihrem Ärmel hervorsuchten, sah verstört hinter mich, wenn meine Tritte in den Kreuzgängen widerhallten, und horchte mit offenem Munde auf die eintönigen Responsorien der Domherren, die aus dem geschlossenen Chore mir wie eine Wirkung ohne Ursache hervorzudröhnen schienen. Wachte ich dann auf, so war mir zumute wie einem Geplünderten, verarmt und tief betrübt, daß alles dieses und auch soviel anderes Landesgetreue, was so reich und wahrhaftig gelebt, fortan kein anderes Dasein haben sollte als in dem Gedächtnisse weniger Alternder, die auch nach und nach abfallen wie das Laub vom Baum, bis der kalte Zugwind der Ereignisse auch kein Blatt mehr zu verwehen findet.

Träumen macht närrisch, pflegt man zu sagen; mich hat es närrisch genug gemacht. Soll ich es gestehen? Warum nicht? Irren ist keine Schande, und non omnia possumus omnes. An einem schönen Tage, wo gerade ein blöder, mutwilliger Sonnenschein mir gute Courage machte, schnitt ich entschlossen ein Dutzend Federn, nahm mich gewissermaßen selber bei den Ohren und dachte: Schreib auf, was du weißt, wäre es auch nur für die Kinder des Herrn, Karl und Klärchen! Besser ein halbes Ei als eine leere Schale. Angefangen habe ich denn auch; aber wenn ich sagte, es sei gut geworden, so hätte ich mich selber zum Narren. Solange ich schrieb, kam es mir schon leidlich vor, und ich hatte mitunter Freude an einem netten Einfalle und, wie mich dünkte, ganz poetischen Gedanken. Aber wenn ich es mir nun vor anderer Augen oder gar gedruckt dachte, dann schoß es mit einem Male zum Herzen, als sei ich doch ganz und gar kein Genie, und obwohl gleichsam mit der Feder hinterm Ohr geboren, doch wohl nur, um Register zu führen und Rechnungen auszuschreiben. In meinem Leben habe ich mich nicht so geschämt, als wenn ich dann, wie dies ein paarmal geschah, die Tischglocke überhörte und der Bediente mich überraschte, der gottlob kein Geschriebenes lesen kann. Aller Augen sahen auf mich, ich schluckte meine Suppe nachträglich hinunter wie ein Reiher, und es war mir, als ob alle mit dem Finger auf mich wiesen, die doch nichts von meiner Heimlichkeit wußten, sonderlich die beiden Kinder. Bei Gott! es muß ein angstvolles Metier sein, das Schriftstellern, und ich gönne es keinem Hunde. Darum bin ich auch so herzlich froh, daß ich dieses Manuskript gefunden, was alles und weit mehr enthält, als ich zu sagen gewußt hätte, dabei in einem netten Stile, wie er mir schwerlich würde gelungen sein. Das Heft lag im Archive unter dem Lagerbuche, und ich habe dies wohl hundertmal daran hinein- und hinausgeschoben, ohne es je zu beachten; aber an jenem Tage (morgen werden es drei Wochen her sein) polterte es einem Bündel Papiere nach auf den Boden, und eine glückliche Neugier trieb mich an, hineinzusehen. Der Verfasser ist ein Edelmann aus der Lausitz, Lehnsvetter einer angesehenen, seit zwanzig Jahren erloschenen Familie, deren Güter meinem Herrn zugekommen sind – das Hauptgut als Allodium durch Erbschaft, da des Herrn Mutter eine Tochter jenes Hauses war, die geringeren Besitzungen durch Kauf vom Bruder dieses Lausitzers im Zeitpunkt der Aufhebung des Lehnsrechts durch Napoleon. Wie das Manuskript hierhergekommen, weiß ich nicht, und der Herr, dem ich es vorgelegt, wußte ebenfalls nichts darüber. Vielleicht hat es mein Vorgänger im Amte, der aufgeweckten, wißbegierigen Geistes gewesen sein soll, von einer seiner Inspektionsreisen mitgebracht. – Es lagen noch zwei vergilbte Briefe darin, woraus erhellt, daß jener Edelmann unerwartet abreisen mußte, weil sein Bruder am Nervenfieber schwer erkrankt war, daß er, in der Heimat angekommen, über der Pflege desselben gleichfalls erkrankte und starb, während der andere aufkam. So mag er wohl sein Manuskript in der Angst und Eil vergessen haben. Er scheint ein munterer und wohlmeinender Mann gewesen zu sein, billig genug für einen Ausländer, mit der so seltenen Gabe, eine fremde Nationalität rein aufzufassen. Freilich nur halb fremd, denn das westfälische Blut dringt noch ins hundertste Glied, und ich würde bedauern, daß er so früh sterben mußte, wenn ich nicht bedächte, daß er jetzt doch schwerlich noch im Leben sein könnte; sechsundfünfzig Jahre sind eine lange Zeit, wenn man schon vorher in den Dreißigern war. – Die angesehene und fromme Familie, bei der er einen Sommer zugebracht, hat auch früh, man möchte sagen unzeitig, erlöschen müssen: zuerst der alte Herr, der sich beim Botanisieren erkältete und, so glatt und wohlerhalten für seine Jahre er aussah, sich doch als sehr schwach erwies; denn er schwand hin an der leichten Erkältung wie ein Hauch; dann der junge Herr Baron, den man bis zu seiner Majorennität auf Reisen schickte und der in Wien ein trauriges, vorzeitiges Ende fand im Duell, um einer eingebildeten Beleidigung willen, die das freundliche Gemüt des jungen Mannes nicht beabsichtigte – Fräulein Sophie starb ihnen bald nach, sie war nie recht gesund gewesen und diese beiden Stöße zu hart für sie; meines Herrn Mutter mußte die Geburt ihres Kindes mit dem Leben bezahlen – aber wer sie alle überlebte, war die Frau Großmutter, die nach dem Verluste der Ihrigen hierher zog und sich mit großer Elastizität an dem Gedeihen ihres Enkels wieder aufrichtete – ich habe sie noch gekannt als eine steinalte Frau, aber lebendig, heftig und aller ihrer Geisteskräfte mächtig bis zum letzten Atemzuge; man hätte fast denken sollen, sie werde nimmer sterben, und doch war es am Ende ein leichtes Magenübel, was sie hinnahm – ihr Andenken ist in Ehren und Segen und der gnädige Herr noch immer still und nachdenklich an ihrem Todestage. Als ich ihm das Manuskript gab, war er sehr bewegt, und ich glaubte nicht, daß er dessen Veröffentlichung zugeben werde; – nachdem es aber vierzehn Tage auf seinem Nachttische gelegen und er in dieser Zeit kein Wort zu mir darüber geredet hatte, gab er es mir am verwichenen Sonnabend, den 29. Mai, zurück, mit dem Zusatze: von einem Westfalen geschrieben, würde es weniger bedeutend sein, aus dem Munde eines Fremden sei es ein klares und starkes Zeugnis, was im Familienarchive nicht unterdrückt werden dürfe.

So mag es denn sein! Und ich gebe es dem Publikum zum Gefallen oder Mißfallen; es ist kein Roman, es ist unser Land, unser Volk, unser Glaube, und was diese trifft an Lob oder Tadel, was die Lebenden tragen müssen, das möge auch über diese toten Blätter kommen.

Erstes Kapitel
Der Edelmann aus der Lausitz und das Land seiner Vorfahren

Soeben hat die Schloßglocke halb zehn geschlagen – es ist eigentlich noch gar nicht Nacht – ein schmaler Luftstreifen steht im Westen, und zuweilen fährt noch ein Vogel im Gebüsche drüben aus seinem Halbschlafe auf und träumt halbe Kadenzen seines Gesanges nach – dennoch ist's hier fast schon Nacht – soeben hat man mir eine schöne neue Talgkerze gebracht – Holz in den Kamin gelegt, um einen Ochsen zu braten, und nun soll ich ohne Gnade in die Daunen. – Unmöglich, ich emanzipiere mich, heimlich, aber desto sicherer, und niemand sieht es mir morgens an, daß ich allnächtlich den stillen Wohltäter des Hauses mache und auf Wasser und Feuer zwar nicht achte, aber doch achten würde, wenn dergleichen Dinge hierzulande nicht unschädlich wären, wie ich wohl schließen muß, wenn ich jeden Abend Knecht und Magd mit flackernden Lampen in Heuböden und Ställen umherkriechen sehe. Diese alten Mauern, die doch wenigstens ihre drei Jahrhunderte auf dem Rücken zu tragen scheinen! seltsames schlummerndes Land! so sachte Elemente! so leise seufzender Strichwind, so träumende Gewässer, so kleine friedliche Donnerwetterchen ohne Widerhall! und so stille, blonde Leutchen, die niemals fluchen, selten singen oder pfeifen, aber denen der Mund immer zu einem behaglichen Lächeln steht, wenn sie unter der Arbeit nach jeder fünften Minute die Wolken studieren und aus ihrem kurzen Stummelchen gen Himmel schmöken, mit dem sie sich im besten Einverständnisse fühlen. Vor einer Viertelstunde hörte ich die Zugbrücke aufknarren, ein Zeichen, daß alles ab und tot ist und das Haus fortan unter dem Schutze Gottes und des breiten Schloßteiches steht, der, nebenbei gesagt, an einigen Stellen nur knietiefe Furten hat; das macht aber nichts, es ist doch blankes Wasser, was darüber steht, und man könnte nicht durchwaten, ohne bedeutend naß zu werden: Schutz genug gegen Diebe und Gespenster! – Die Nacht wird sehr sternhell werden, ich sehe zahllose milchichte Punkte allmählich hervordämmern – drei Hühnerhunde und zwei Dachse lagern auf dem Estrich unter meinem Fenster und schnappen nach den Mücken, die die dekretierte Nacht noch nicht wollen gelten lassen. Aus den Ställen dröhnt zuweilen das leise Murren einer schlaftrunkenen Kuh oder der Hufschlag eines Pferdes, das mit Fliegen kämpft – im Zimmer meines guten Vetters von Noahs Arche her brennt das einzige Nachtlicht;

was soll ein ehrlicher Lausitzer machen, der um elf seine letzte Pikettpartie anzufangen gewohnt ist? Um mich liegen zwar die Schätze der Bibliothek: Hochbergs ›Adeliges Landleben‹, Kerssenbrocks ›Geschichte der Wiedertäufer‹, Werner Rolevinks ›De moribus Westphalorum‹ und meines Wirtes nicht genug zu preisendes Liber mirabilis – aber mir geht es wie den Israeliten, die sich bei dem blanken Manna nach den Fleischtöpfen Ägyptens sehnten; o Dresdener Staatszeitung, o Frankfurter Postreiter, die ihr mich so manches Mal in den Schlaf gewiegt habt, wann werden meine Augen euch wiedersehen? Können die Heringe und Schellfische des Münsterschen Intelligenzblattes meine politischen Stockfische ersetzen?

Aber warum schreibe ich nicht, oder vielmehr, warum habe ich nicht geschrieben diese zwei Monate lang? Bin ich nicht im Lande meiner Vorfahren? Das Land, was mein Ahn, Hans Everwin, so betrübten Herzens verließ und in sauberm Mönchslatein besang wie eine Nachtigall in der Perücke? O Angulus ridens! o prata fontesque susurro etc. etc.

Ich weiß es, wie mich einst freuen wird, diese Blätter zu lesen, wenn dieses fremdartige Intermezzo meines Lebens weit hinter mir liegt; vielleicht mehr, als ich jetzt noch glaube, denn es ist mir zuweilen, als wolle das zwanzigfach verdünnte westfälische Blut sich noch geltend in mir machen. Gott bewahre! ich bin ein echter Lausitzer – vive la Lusace! und nun – das hat Mühe gekostet, bis ich an diesen Kamin gelangt bin –, schlechte, schlechte Wege habe ich durchackert und Gefahren ausgestanden zu Wasser und Lande. Dreimal hab ich den Wagen gebrochen und einmal dabei auf dem Kopfe gestanden, was weder angenehm noch malerisch war. Mit einem Spitzspann (so nennt man hier ein Dreigespann) von langhaarigen Bauernpferden habe ich mich durch den Sand gewühlt und mit einem Mal den vordern Renner in einer sogenannten Welle versinken sehen, einer tückischen wandernden Rasse von Quellen, die ich sonst nirgends angetroffen und die hier so manchen Fahrwegen annex ist, sich das ganze Jahr stille hält, um im Frühlinge irgendeine gute münsterische Seele zu packen, zur Strafe der Sünde, die sie nicht begangen hat. Ich bin aus dem Wagen gesprungen wie ein Pfeil; denn – bei Gott – mir war so konfus, daß ich an die Nordsee und Unterspülen dachte – von meinem Pferdchen war nur noch ein Stück Nase und die Ohren sichtbar, mit denen es erbärmlich zwinkerte. Zum Glück waren Bauern in der Nähe, die Heidrasen stachen und geschickt genug Hand anlegten: »He, Hans! up! up!« Ja, Hans konnte nicht auf und spartelte sich immer tiefer hinein; endlich ward er doch herausgegabelt und zog niedergeschlagen und kläglich triefend weiter voran, wie der bei der Serenade übel begossene Philister. Ich fand vorläufig den Boden unter meinen Füßen sicherer und stapfte nebenher durch das feuchte Heidekraut, immer an unsern Ahn denkend und sein horazisches: O Angulus ridens ... und was denn hier wohl lachen möge? der Sand? oder das kotige Pferd? oder mein Fuhrmann in seinem bespritzten Kittel, der das Ave Maria pfiff, daß die Heidschnucken davon melancholisch werden sollten? oder vollends ich, der wie ein Storch von einem Maulwurfshügel zum andern stelzte? – Doch – ich war es, der am Ende lachend in den Wagen stieg, dreimal selig, schon vor Jahrhunderten im kleinsten Keime diesem glückseligen Arabien entflohen zu sein, was sich mir in diesem Augenblicke von dem klassischen durch nichts zu unterscheiden schien als nur durch den Mangel an Straußen und Überfluß an Pfützen. O Gott! dachte ich, wie mag die Halle deiner Väter beschaffen sein, du guter Everwin!

Eine halbe Tagereise weiter, und die Gegend klärte sich allmählich auf; die Heiden wurden kleiner, blumicht und beinahe frisch und fingen an, sich mit ihren auffallend bunten Viehherden und unter Baumgruppen zerstreuten Wohnungen fast idyllisch auszunehmen; rechts und links Gehölz und, soweit ich es unterscheiden konnte, frischer kräftiger Baumschlag; aber überall traten dem Blick mannshohe Erdwälle entgegen, die, von Gebüsch und Stauden überschattet, jeden Fahrweg unerläßlich einengten – wozu? wahrscheinlich, um den Kot desto länger zu konservieren; ich befragte meinen Fuhrmann, einen gereisten Mann, der sogar einmal Düsseldorf gesehen hatte und mich mindestens immer um mein drittes Wort verstand. »O Herr«, sagte er, »wenn wir keine Wallhecken hätten, was würden wir dann für schelmhaftige Wege haben!« Vivat Westphalia, dachte ich! – Wir ackerten voran – aus allen Häusern belferten uns Kläffer an, die ich allemal, die langhaarigen ›Rüden‹, die glatten ohne Ausnahme ›Teckel‹ locken hörte; vor den Eingängen einzelner größerer Höfe zerwüteten sich greuliche Zerberusse an ihrer Kette, und es schien mir unmöglich, unzerrissen hinein- oder herauszukommen. – Was man nicht alles bemerkt auf einer Tagfahrt zwischen Wallhecken, den Himmel über, die Pfütze unter sich! Der Wagen hielt einen Augenblick an, vier kleine Buben, sämtlich in Troddelmützen und drei Kamisöler übereinander, rot wie Äpfelchen, stolperten eilig herzu und langten mit der Hand nach dem Schlage; ich suchte nach ein paar Stübern und Matieren, die man mir auf der letzten Station zugewechselt, und rief, indem ich sie aus dem Schlage warf: »Habt acht, ihr Buben!« Da aber nahmen sie Reißaus, und wie verscheuchte Hasen krabbelten sie den Erdwall hinan. »Gotts Wunder, was mochte das für ein Krabat oder Slowak sein, der kein Deutsch konnte und sein Geld in den Dreck warf?« Ich sah sie noch lange aus ihrem Hafen meinem Wagen nachstarren wie, sans comparaison, einem abziehenden Kamele. Einem war beim Ansatz zur Flucht sein Holzschuh abhanden gekommen, und ich hörte ihn unter dem Rade ein unzeitiges Ende nehmen; mein Trost waren die herrenlosen Stüber und Matiere, mit denen sich das dicke Henrichjännchen oder Jannberndchen (so heißt hier nämlich immer der dritte Mann) bezahlt machen konnte, wenn dieses nicht außer seinem Gedankenkreise lag. Jetzt weiß ich, daß die armen Dinger mir nur eine Kußhand geben, und schon damals begriff ich, daß sie mindestens nicht betteln wollten. Überhaupt sah ich keine Straßenbettler am Wege, und das Land meiner Vorfahren fing an, mir mindestens ganz nährend und behaglich vorzukommen, obwohl meine Augen noch immer vergeblich nach dem ›Fette der Erde‹ ausschauten, bei dem die Leute so vollständig runde Köpfe und stämmige Schultern ansetzen konnten, bis ich durch die Lücken der Wallhekken über die schweren Schlagbäume weg in das Geheimnis der Kämpe und Wiesengründe drang, wo ich die eigentliche Elite der Ställe erblickte: schönes, schweres Vieh ostfriesischer Rasse, was übersatt und schnaubend in dem wie von einem Goldregen überzitterten Graswalde lag. – Schau mir einer die pfiffigen Münsterländer! die ihr eure dicken Taler auf vier Beinen hinter Erdhaufen und Dornen versteckt, damit kein reisender Diplomat in der Seele seines gnädigsten Herrn etwa Appetit dazu bekomme. – Ich bin zu sehr Landwirt, als daß dieser Anblick mich unbewegt gelassen hätte; ich dachte an mein liebes Dobbritz und meine krauslockigen Lämmerchen und fühlte das Blut meines Ahns den Urenkeln seiner Ställe entgegenrollen – seltsam! ich kann dies niederschreiben, als dächte ich noch heute so, und doch ist mir so gar anders zumute.

Nun weiter – zum Ziele! Wenn die Lehmchausseen meiner so müde sind als ich ihrer, so werden sie sich freuen, daß wir auseinanderkommen, und ich fühle mich noch innerlich zerschlagen von der Erinnerung und schmachte dem Ziele entgegen; doch zuvor noch ein Reiseabenteuer, kein kleines für meinen Fuhrmann – und was mir den ersten dämmernden Begriff von dem Charakter dieses Volkes gab. Wir hatten einen derben Schock überstanden – unsere Pferde verschnauften in der Heide und dampften aus Nüstern und Flanken – mein Bauer schlug Feuer an einer Art Lunte in messingener Scheide, die er seinen ›perfekt guten Tüntelpott‹ nannte; in der Ferne bewegte sich etwas Grellrotes zwischen den Kühen und kam näher – es war ein Mensch in Scharlachlivree, von sehr dunkler Gesichtsfarbe – ich sagte nichts und beobachtete meinen Bauer; der nahm langsam die Pfeife aus dem Munde, zog langsam einen Rosenkranz aus seiner Tasche, griff nach seinem Hute, zweimal, ohne ihn zu lüften, und sah noch nicht auf, als das Unding ihm fast parallel war – es stand – es redete ihn an in fremdartigem Dialekt: »Wo führt der Weg nach Lasbeck?« Mein Bauer winkte mit der Hand einen breidünnen Fahrweg entlang; der Schwarze schüttelte den Kopf und sah auf seine Stiefeln, die schon Schlimmeres überstanden hatten. »Kann ich denn nicht dort herunter?« sagte er, auf einen Fußweg deutend, der dieselbe Richtung direkter nahm. »Das möchte nicht gut sein«, sagte der Fuhrmann bedächtig. »Warum nicht?« mein Schwarzer, kurz angebunden, cholerischen Temperaments. Nie werde ich den Ausdruck von, ich möchte sagen, ruhigem Schauder und tiefem Mitleid vergessen, mit dem mein Bauer erwiderte: »O Herr! das soll der Herr wohl nicht wagen, da steht ein Kruzifix!« Der Mohr stieß ein paar Sacredieus und Coquins hervor, und fort trabte er mit seinem Briefbündel unterm Arm. Ist das nun lächerlich oder rührend? Es kommt darauf an, wie man es auffaßt – ich gestehe, daß ich meinem Weißkittel gern irgendeine Güte angetan hätte in diesem Augenblick, und seine religiöse Scheu ohne

Furcht und Haß, seine tiefe, überschwengliche Gutmütigkeit, die selbst den Teufel nicht ins Labyrinth führen mochte, lag so rührend vor mir, daß ich seinem breiten Rükken, wie er so langsam, den Rosenkranz abzählend, neben den Pferden herschritt, die ersten Liebesblicke in diesem Lande zugewendet habe. Möge Gott dich behüten, du gutes patriarchalisches Ländchen, Land meiner Vorfahren, wie ich dich gerne nenne, wenn man mir mein Anteil Lausitzer Blut ungekränkt läßt, mit der Ironie ist's ab und tot.

Ich fahre durch die lange, weite Eichenhalle, wo die Stämme, schlank wie aufgerichtete Anakonden, ihre noch schwachbelaubten Wipfel über mich breiten; ich sehe zwischen den Lücken der Bäume einen weiten Wasserspiegel, graue Türme vortreten; bei Gott! es war mir doch seltsam zumute, als ich über die Zugbrücke rollte und über dem Tore den steinernen Kreuzritter mit seinem Hunde sah, dessen der alte Everwin so wohlredend gedenkt: ›Eques vexillum crucis sublevans, cum molosso ad aquam hiante‹ – alter Hans Heinrich! schwenkst du deine Fahne auch schützend über deinen verarteten Zweig, dem dein Glaube und dein Land fremd geworden sind? Im Schlosse war ich so halbwege erwartet, das heißt so im Bausch und Bogen, wo es auf eine Handvoll Wochen nicht ankommt; ein schlau aussehender, schwärzlicher Bursche in himmelblau und gelber Livree, streng nach dem Wappenbuch, öffnete den Schlag und erkannte mich sofort für den fremden Vetter, als ich vom ›Schlosse‹ redete und nach dem ›Baron‹ fragte. »Der Herr sind auf dem Vogelfang, aber die gnädige Frau sind zu Hause!« Zugleich hörte ich drinnen: »Ihro Gnaden, he is do, he is do, de Herr ut de Lauswick!« und sah beim Eintritt noch zwei dicke, passablement schiefe himmelblaue Beine.

Das war also der Eintritt in die Halle meiner Väter; ja, hört, wie es erging, ihr Wände! meine ich, und du, jammernder Scheit im Kamin! – denn auf die drei Spione und zwei Dachse kann ich nicht rechnen, da das Fenster geschlossen ist: die gnädige Frau empfing mich stattlich, aber verlegen, das Bäschen stumm verlegen, der junge Vetter neugierig verlegen, der eigentliche Herr, der fast mit mir zugleich eintrat und bei unserer ersten Bewillkommnung einen piependen und flatternden Vogel in der Hand hielt, war auch verlegen, aber auf eine überaus teilnehmende Weise. Verlegen waren alle, und so blieb mir nichts übrig, als es am Ende mit zu werden; man sah, wie in allen eine unterdrückte Herzlichkeit kämpfte, mit einem Etwas, das ich nicht ergründen konnte, bis ich mich verstohlen vom Kopfe bis zu den Füßen musterte. – War ich denn nicht ein galant homme? eine Blume des Adels, um die zwei Damen am Dresdener Hofe seufzten? Meine Augen hatten den rechten Weg eingeschlagen – der galonierte Rock – die Ringe an den Fingern, so tragen sich hierzulande die Windbeutel, und womit ich, unter uns gesagt, diesen Leuten an der Welt Ende zu imponieren glaubte und auf der letzten Station wenigstens eine gute Stunde verwendet hatte, das gab mir hier das Ansehen eines, der nächstens zum Bankerott umkippen will und Kredit auf seine Tressen sucht. Hier ist alles so feststehend, man weiß so genau, was jeder gilt, daß dergleichen Nachhülfe und Augenverblendung immer nur wie Notschüsse herauskommen, und ich bin jetzt überzeugt, daß mein guter Vetter unter seinen Grüßen und Verbeugungen alle seine Gefälle und Zehnten überzählte, und wieviel davon wohl zur Aushülfe eines verlorenen Sohnes im zwanzigsten Gliede möchte ritterlich, christlich und doch ohne Unverstand zu verwenden sein. Jetzt weiß ich dieses, und es demütigt mich nicht; hätte ich es damals gewußt, so würde es mich allerdings in einen kläglichen, innern Zustand von Scham und Zorn versetzt haben. Dennoch ging der erste Tag mühsam hin, obwohl der Vetter mich in alle seine Freuden und Schätze einweihte: seine nie gesehenen Blumenarten eigener Fabrik, seine Rüstkammer, seine landwirtschaftlichen Reichtümer, sogar den Augapfel seines Geistes, sein unschätzbares Liber mirabilis – ich dachte zu meiner Unterhaltung – jetzt weiß ich aber, daß es ein schlauer Streich vom alten Herrn war, der mir so heimlich auf den Zahn fühlte, wie es mit adeligen Künsten bei mir beschaffen sei – nämlich mit Latein, Ökonomie und Ritterschaftsverhältnissen. Mir ging's wie dem Nachtwandler, und ich trat um so blinder, desto sicherer auf. Acht Tage kann ich auf mein Noviziat rechnen, wo täglich eine neue Schleuse des Wohlwollens sich zögernd öffnete, das ganz eigentümliche milde Lächeln des Herrn täglich milder, die scharfen Augen seiner Frau täglich strahlender und offener wurden, und als mich am achten Tage der junge Herr Everwin auf seine Stube geführt und Fräulein Sophie abends aus freien Stücken ein schönes, etwas altmodisches Lied zum Klaviere gesungen hatte, da war ich absolviert und fortan ein Kind und Bruder des Hauses. Ich fühlte dieses, als ich am nächsten Morgen von Abreise sprach, um meinem Bleiben einen festen Boden zu geben, der auch sogleich unter mir aufstieg. »Mich dünkt«, sagte der alte Herr (der ›Herr‹ sagt man hier kurzweg, ›Baron‹ ist ausländisch und windbeutelig) mit einem triumphierenden Lächeln, »mich dünkt, Sie bleiben nett hier in Numero Sicher, bis Sie Ihr Recht in der Tasche haben. Der Hund des alten Hans Heinrich hat uns so manchen Prozeß weggebellt, der wird Ihnen auch keinen durchs Tor lassen.« Ich dachte an meine Gedanken, als ich unter dem Steinbilde einfuhr, und der alte Herr mußte mir etwas dergleichen ansehen, denn er schüttelte meine Hand und sagte: »Lieber Herr Vetter!« So bin ich denn nun seit zwei Monaten hier, Boten gehen und kommen, und meine

Geschäfte ziehen sich in die Länge; ich helfe dem Herrn botanisieren, Vögel fangen und sein Liber mirabilis auslegen, wobei ich schlecht genug bestehe und manche Eselsbrücke schlage, die der Vetter gütig unbemerkt läßt; besser komme ich fort in den gelegentlichen Gesprächen über ernste Gegenstände und klassische Wissenschaften, in denen der alte Herr vortrefflich beschlagen ist und ich eben auch kein Hund bin – was mich aber zumeist ergötzt, ist die lebendige, frische Teilnahme, die kräftige Phantasie, mit der alles meinen Erzählungen von Städten, Ländern und vor allem den Wundern des Grünen Gewölbes horcht. Diese stillen Leute sitzen unbewußt auf dem Pegasus, ich will sagen, sie leben in einer innern Poesie, die ihnen im Traume mehr von dem gibt, was ihre leiblichen Augen nie sehen werden, als wir anderen übersättigten Menschen mit unseren Händen davon ergreifen können. Ich bin gern hier, es wäre Fadheit, es zu leugnen, und Undank zugleich; auch langweile ich mich keineswegs, man treibt hier allerlei Gutes, etwas altfränkisch und beengt, aber gründlich. Auch gibt es hier von den seltsamsten Originalen, und zwar rein naturwüchsigen, sich völlig unbewußten; wenn ich bedenke, was ich noch alles nachzuholen und zu erläutern habe, ehe ich wieder bis zu diesem Abende, diesem Kamin und diesen Mükken gelange, die mich unbarmherzig molestieren, so scheinen mir alle Gänseflügel auf dem Hofe in Gefahr – aber jetzt ist's spät – meine Kerze hat sich mehr schön als dauerhaft erwiesen; sie ist mehr verlaufen als verbrannt, und auf dem Tische schwimmt's von Talge, den ich noch vor Schlafengehen mit eigenen Händen reinigen muß, um nicht morgen von meinem Freunde Dirk als der schmierige Herr aus der Lauswick bezeichnet zu werden. Das Licht im Zimmer des Vetters brennt dämmerig wie ein Traum – die Sterne sind desto klarer, welch schöne Nacht!

Zweites Kapitel
Der Herr und seine Familie

Honneur aux dames! Ich fange an mit der *gnädigen Frau*, einem fremden Gewächs auf diesem Boden, wo sie sich mit ihrer südlichen Färbung, dunkeln Haaren, dunkeln Augen ausnimmt wie eine Burgundertraube, die in einen Pfirsichkorb geraten ist; sie stammt aus einer der wenigen rheinländischen Familien, die man hier für ebenbürtig gelten läßt, und der Vetter, der vor zwanzig Jahren nach Düsseldorf landtagen ging und von einer plötzlichen Lust, die Welt zu sehen, befallen wurde, lernte sie in Köln vor dem Schreine der Heiligen Drei Könige kennen und fühlte dort zuerst den vorläufig noch äußerst embryonischen Wunsch, sie zur Königin seines Hauses zu machen. Das ist sie denn auch im vollen Sinne des Wortes: eine kluge, rasche, tüchtige Hausregentin, die dem Kühnsten wohl zu imponieren versteht und, was ihr zur Ehre gereicht, eine so warme, bis zur Begeisterung anerkennende Freundin des Mannes, der eigentlich keinen Willen hat als den ihrigen, daß alle Frauen, die Hosen tragen, sich wohl daran spiegeln möchten. – Es ist höchst angenehm, dieses Verhältnis zu beobachten; ohne Frage steht diese Frau geistig höher als ihr Mann, aber selten ist das Gemüt so vom Verstande hochgeachtet worden; sie verbirgt ihre Obergewalt nicht, wie schlaue Frauen wohl tun, sondern sie ehrt den Herrn wirklich aus Herzensgrunde, weiß jede klarere Seite seines Verstandes, jede festere seines Charakters mit dem Scharfsinn der Liebe aufzufassen und hält die Zügel nur, weil der Herr eben zu gut sei, um mit der schlimmen Welt auszukommen.

Nie habe ich bemerkt, daß ein Mangel an Welterfahrung seinerseits sie verlegen gemacht hätte, dagegen strahlen ihre schwarzen Augen wie Sterne, wenn er seine guten Kenntnisse entwickelt, Latein spricht wie Deutsch und sich in alten Tröstern bewandert zeigt wie ein Cicerone. – Die gnädige Frau hat Blut wie ihre Reben, sie ist heftig, ich habe sie sogar schon sehr heftig gesehen, wenn sie bösen Willen voraussetzt, aber sie faßt sich schnell und trägt nie nach. Sehr stattlich und vornehm sieht sie aus, muß sehr schön gewesen sein und wäre dies vielleicht noch, wenn ihre bewegten Gefühle sie etwas mehr Embonpoint ansetzen ließen, denn das innere Feuer verzehrt alles sonst Überfließende; so sieht sie aus wie ein edles arabisches Pferd; ihr neues Vaterland hat sie liebgewonnen und macht gern dessen Vorzüge geltend, nur mit der Art Überschätzung, die oft gescheiten Leuten von starker Phantasie eigen ist, die von dem ihrer eigenen Natur Fremden zumeist am lebhaftesten ergriffen reden: so schont sie mit einer Art Pietät, was das Ärugo der Verjährung trägt, so hat sie alle alten, mitunter verwunderlichen Gewohnheiten und Rechte des Hauses bestehen lassen und wacht nur über Ordnung und ein billiges Gleichgewicht; ich werde noch auf die respektablen Müßiggänger kommen, über die man hier bei jedem Schritte fällt und die ich bei mir zu Hause würde mit dem Ochsenziemer bedienen lassen; hier möchte ich sie selbst nicht gekränkt sehen. Bettler in dem Sinne wie anderwärts gibt es hier keine, aber arme Leute, alte oder schwache Personen, denen wöchentlich und öfter eine Kost so gut wie den Dienstboten gereicht wird; ich sehe sie täglich zu dreien oder mehreren auf der Stufe der steinernen Flurtreppe gelagert, ärmlich, aber ehrbar, und keinen vorübergehen, ohne sie zu grüßen. Die gnädige Frau tut mehr, sie geht hinunter und macht die schönste Konversation mit ihnen über Welthändel, Witterung, die ehrbare Verwandtschaft und wovon man sich sonst nachbarlich unterhält; darum gilt sie denn auch für eine brave, ›gemeine‹ Frau, was soviel gilt als populär, und sie ist immer mit gutem Rat zur Hand, wo sie denn auch, wie billig, der Ausführung nachhilft. Sehr habe ich ihre Geduld bewundern müssen mit einem Verrückten, dem Sohne des Müllerhauses, dessen Licht ich eben durch die Mauerluke herüberscheinen sehe. Der arme Mensch ist irre geworden über eine Heiratsgeschichte, obwohl nicht eben aus Liebe.

Er war einziger Sohn, sie einzige Tochter und beider Eltern am Leben; so zog die Aussicht sich ins Blaue, da jedes die Seinigen mitbringen mußte und für vier alte Leute in keinem der Häuser Raum war. Dennoch hatten die Eltern sie unterderhand verlobt mit dem ruhigen Zusatze, daß, wenn zweie von ihnen gestorben seien, was bei ihrem Alter wohl nicht lange ausbleiben werde, die Heirat vor sich gehen könne. – So lebten alle friedlich ohne Ungeduld voran, bis der Braut Vater, ein Tischler, einen Schlaganfall bekam und dadurch schwach im Kopfe wurde und anfing, sich lebhaft nach einem Gehülfen zu sehnen. Zum Unglück war sein Geselle ein durchtriebener, schlimmer Bursche aus dem Sauerlande, der sich dies alles zu Nutzen machte, bei jeder kleinen Bestellung, die ihm entfiel, so viel von Verfall der Kundschaft und dem übermäßigen Wohlbefinden des Müllerpaares zu reden wußte, denen er wenigstens Methusalems Alter prophezeite. Dabei ließ er schlau die Verpflichtung gegen Kind und Gutsherrn auf das geängstigte Gemüt des alten Mannes wirken, bis er diesen ganz konfus über Recht und Unrecht gemacht hatte. – Die Folge war eine zweite und dieses Mal rechtskräftige Verlobung mit Stempelpapier und Siegel zwischen dem betrübten, eingeschüchterten Mädchen und dem Sauerländer. Zwei Tage später, und der alte Mann lag tot am Schlagflusse im Bett, und fast zugleich mit ihm starb der Vater des Bräutigams an einer leichten Erkältung, was wahrlich kein zähes Leben bewies. Die erste Trauerzeit hielt jedes sich still zu Hause, dann aber trieb die

Müllerin ihren Sohn an, mit der Braut jetzt das Nähere zu bereden. Als er hinkam, stand sie im Garten. Er sah sie schon von weitem die Schürze vors Gesicht schlagen und ins Haus gehen. Darauf kam die Witwe heraus und erzählte ihm mit vielem Klagen und Stottern die ganze Bescherung, worauf er ganz still wurde und nach Hause ging. Seitdem konnte er aber den Schimpf nicht verwinden. Zugleich drängte ihn die Mutter, deren Kräfte nach des Mannes Tode schnell abnahmen, sachte wieder zum Heiraten. – Zwei neue Pläne, die übereilt angelegt waren, schlugen fehl. Franz hatte einen tiefen heimlichen Hochmut auf seine ehrenwerte Familie, die seit vielen Generationen des Herrn Mühle mit Lob versehen hatte, und noch mehr, weil er als älterer Spielkamerad und halber Aufseher der Herrschaft aufgewachsen war und noch jetzt zu den Auserwählten gehörte, die auf Hochzeiten mit den Fräuleins einen Tanz machten. Die Scham quälte ihn; das Drängen seiner Mutter und die Furcht, eine schlimme Wahl zu treffen oder gar mit einem neuen Korbe aufzuziehen, ließen ihm Tag und Nacht keine Ruhe; seine Augen bekamen nach und nach etwas Stieres im Blick, und mit einem Male fing er über dem Behauen der Mühlsteine an, allerlei irres Zeug zu reden: Alle Splitter, die sie abpickten, seien lauter Heiratensteine, die sie gut aufbewahren müßten und von denen er auch wirklich ein Versteck anlegte. Jetzt ist er ganz irre, obwohl voll Höflichkeit und, wenn man ihn auf ganz fremde Gegenstände lenkt, von recht verständigem Urteile; aber dazu kommt es selten, seine fixen Ideen halten ihn wie mit eisernen Klammern und fahren in jedes beruhigende Gespräch wie Sporenstiche hinein. – Jetzt ist seine größte Not eine Prinzessin von England, die man ihm zufreien will, was ihn als guten Katholiken ängstigt; er hält sich ihr ganz ebenbürtig, doch hat er ein halbes Bewußtsein von ihrer hohen Stellung und daß sie ihn, wenn er sich sperrt, könnte wohl einstecken oder auf die Tortur bringen lassen, und er bereitet sich durch Lesen in der Bibel auf sein einstiges Martyrtum vor, dem er doch womöglich noch entschlüpfen möchte; darüber hält er denn täglich mit der gnädigen Frau lange Beratungen, die mit himmlischer Geduld ihm schlaue Ausflüchte erfinden hilft und wirklich, wie ich glaube, allein bis dahin ihn vor völliger Raserei gerettet hat. Mich durchrieselt jedesmal ein Schauder, wenn ich dieses Angstbild sehe; hier erregt es nur tiefe, ruhige Teilnahme. Wenn man die Geduld und Höflichkeit des Herzens sieht, mit denen diese Frau auf die endlosesten Langweiligkeiten eingeht, so kann man nicht umhin, ihre tiefe Güte zu bewundern, die so hoch über bloßem Almosengeben steht wie Ehre über Bequemlichkeit. Darum heißt sie denn auch eine brave, gemeine Frau (will sagen populär). Ich begegne häufig im Korridor reinlichen Armen mit frischgewaschenem Fürtuch und blanken Zinnschnallen, die so frei und mit honetter Haltung zu ihr aus und ein gehen wie anständige und geehrte Besucher, und in der Tat gilt's auch öfter einer zutraulichen Bitte um Rat als um Hülfe. Unangenehm ist's mir aber allemal, wenn ich dem Klemens begegne.

Aber ich bin von meinem Thema abgekommen, also der *junge Herr – Everwin* heißt er, in getreuer Reihenfolge wie die Heinriche von Reuß – steckt noch ein wenig in der Schale. Neunzehn Jahre ist er alt und lang aufgeschossen wie eine Erle, blond, mit hellblauen Augen, durch die man glaubt bis ins Gehirn sehen zu können. Ich höre ihn oft im Nebenzimmer gefährlich stöhnen und räuspern über den Klassikern und alten Geschichtswerken, an denen er eine Mühe hat, daß ihm mittags zuweilen die Haare davon zu Berge stehen. Ich profitiere auch zur vollen Genüge von seinem Geigenspiel, zuweilen, wenn ich gerade gut gelaunt und recht im dolce far niente bin, nicht ohne Vergnügen; er streicht seinen Viotti so sanft und reinlich ab und an manchen Stellen mit so kindlich mildem Ausdruck, daß ich oft denke: er ist doch der Papa en herbe, der nur noch nicht zum Durchbruch kommen kann – dieses geringe, leider täglich an Wert verlierende Vergnügen wird mir aber reichlich versalzen durch die Übungsstunden, wo absichtlich zu Schwieriges vorgenommen wird; von all dem Wasser, was mir diese Doppelpassagen, bei denen immer ein falscher Ton nebenher läuft, schon um die Zähne getrieben haben, könnten wenigstens zwei Mühlen gehen; zuweilen gibt Karo, des Vetters sehr geliebter Spion, noch die dritte Stimme dazu, und dann ist der Moment da, wo ein spleeniger Engländer sich ohne Gnade erhängen würde. Mein Zimmer ist indessen der Ehrenplatz im Hause, und Hoffart will Not leiden; zudem kann mir nicht entgehen, daß Everwin, wo es ohrengefährlich wird, den Bogen so leise ansetzt wie ein menschlicher Wundarzt die Sonde und sogar zuweilen mir zuliebe seinem Karo einen Fußtritt gibt, der ihm gewiß selber wie ein Pfahl durchs Herz geht; er ist überhaupt ein bescheidener jüngferlicher Nachbar, der morgens auf den Zehen umherschleicht und sich abends gleichsam ins Bett stiehlt, daß ich kaum die Decken rispeln höre! Sein Freund und Gefährte in allem ist der Neffe des Rentmeisters, Wilhelm *Friese*, ein wunderlich begabter junger Mann, an dem Everwin sich festgesogen hat wie die Auster an der Koralle. Ich sehe sie beide oft morgens um sechs Uhr nach dem Dohnenstrich ziehen, in knappen Jagdröckchen und Lederkäppchen fröhlich und mädchenhaft, wie ein paar Klosternovizen in den Freistunden.

Vor Frauen hat er noch eine wahre Josephsscheu und würde einen unchristlichen Haß auf die Unglückliche werfen, mit der man ihn neckte; zwei münstersche Schillinge gäbe ich drum, ihn dereinst auf Freiersfüßen zu sehen. Ohne

Zweifel muß auch da sein Wilhelm voran, und der wird sich ebenfalls alle zehn Nägel abkauen vor Angst, obgleich er gegen ihn gerechnet immer für einen Schalk gelten kann. Neulich frühe saß ich am Ausgange der neuen Anlagen, die diesen Landsitz umgeben wie Nester mit jungen Vögeln eine graue Warte. Everwin kam über Feld, Wilhelm hinterdrein, ich hörte, daß sie sprachen, aber Everwin sah nicht zurück. »Ich sage es dir nochmals«, rief Wilhelm, »wenn du dir keinen bessern Rock anschaffst, so bekommst du dein Lebtag keine Frau.« – »Ach, bah!« brummte Everwin und rannte wie ein Kurier und war bereits dicht neben mir, ohne mich zu sehen. »Lauf doch nicht so! Herr! laß uns das Ding überlegen; du kommst ja doch nicht vorbei. Was scheint dir, Blau mit Tressen? Das steht gut zu blonden Haaren.« – »Wilhelm!« drohte Everwin zurück und trat bis über die Knöchel in eine Lache. – »Guten Morgen, Vetter!« sagte ich. – »Sieh! Sind Sie da? Ich habe ins Wasser getreten!« – »Das sehe ich!« und fort trabten beide wie begossene Pudel, Wilhelm am betroffensten, daß ich seine gottlosen Reden gehört.

Fräulein *Sophie* gleicht ihrem Bruder aufs Haar, ist aber mit ihren achtzehn Jahren bedeutend ausgebildeter und könnte interessant sein, wenn sie den Entschluß dazu faßte. – Ob ich sie hübsch nenne? Sie ist es zwanzigmal im Tage und ebensooft wieder fast das Gegenteil; ihre schlanke, immer etwas gebückte Gestalt gleicht einer überschossenen Pflanze, die im Winde schwankt; ihre nicht regelmäßigen, aber scharf geschnittenen Züge haben allerdings etwas höchst Adliges und können sich, wenn sie meinen Erzählungen von blauen Wundern lauscht, bis zum Ausdruck einer Seherin steigern, aber das geht vorüber, und dann bleibt nur etwas Gutmütiges und fast peinlich Sittsames zurück; einen eigenen Reiz und gelegentlichen Nichtreiz gibt ihr die Art ihres Teints, was, für gewöhnlich bleich bis zur Entfärbung der Lippen, ganz vergessen macht, daß man ein junges Mädchen vor sich hat – aber bei der kleinsten Erregung, geistiger sowie körperlicher, fliegt eine leichte Röte über ihr ganzes Gesicht, die unglaublich schnell kommt, geht und wiederkehrt, wie das Aufzucken eines Nordlichtes über den Winterhimmel; dies ist vorzüglich der Fall, wenn sie singt, was jeden Nachmittag während des Verdauungspfeifchens zur Ergötzung des Papas geschieht. Ich bin kein natürlicher Verehrer der Musik, sondern ein künstlicher – mein Geschmack ist, ich gestehe es, ein im Opernhause mühsam eingelernter, dennoch meine ich, das Fräulein singt schön – über ihre Stimme bin ich sicher, daß sie voll, biegsam und von nicht geringem Umfange ist, da läßt sich ein Maßstab anlegen, – aber dieses seltsame Modulieren, diese kleinen, nach der Schule verbotenen Vorschläge, dieser tieftraurige Ton, der, eher heiser als klar, eher matt als kräftig, schwerlich Gnade auswärts fände, können vielleicht nur einem gebornen Laien wie mir den Eindruck von gewaltsam Bewegendem machen; die Stimme ist schwach, aber schwach wie ein fernes Gewitter, dessen verhaltene Kraft man fühlt – tief, zitternd wie eine sterbende Löwin: es liegt etwas Außernatürliches in diesem Ton, sonderlich im Verhältnis zu dem zarten Körper. Ich bin kein Arzt, aber wäre ich der Vetter, ich ließe das Fräulein nicht singen; unter jeder Pause stößt ein leiser Husten sie an, und ihre Farbe wechselt, bis sie sich in roten, kleinen Fleckchen festsetzt, die bis in die Halskrause laufen – mir wird todangst dabei, und ich suche dem Gesange oft vorzubeugen, indem ich vorgebe, ein Lied von Fräulein Anna hören zu wollen, in die man mich deshalb etwas verliebt glaubt.

Fräulein *Anna* darf sich auch gar wohl sehen lassen; sie ist ein schönes braunes Rheinkind mit brennenden Augen, blitzenden Zähnen, Elfenfüßchen, zitternd von verhaltenem Mutwillen wie eine Granate, über der die Lunte brennt. Sie möchte gern immer reden und schweigt doch zumeist, weil sie den rechten Ton auf der hiesigen Skala nicht finden kann. Wenn wir abends unsere stillen ehrbaren Gespräche führen, sitzt sie gewöhnlich am Fenster und seufzt ungeduldig Wolken und Winde an, die nach den Rebhügeln ziehn, wo ihre jungen Gefährten sich's wohl und lustig sein lassen, während sie hier bei der Tante die Klosterjungfer spielen muß. Wozu? Sie begreift es nicht und klagt den Himmel und das Geschick an. Ich denke, man hat einen Dämpfer für diese üppige Wasserorgel nötig gefunden. – Den Onkel ehrt sie, weiß ihn aber nicht zu schätzen; der Tante wendet sie eine zornige Liebe zu, da sie das verwandte Element fühlt und vor Ungeduld überschäumt, es so beengt zu sehen. Dabei hat sie eine Regung von Empfindsamkeit, liebt den Wald und schält alle Bäume an, um ihre Klagen darauf auszuhauchen. Mir ist eine dergleichen formlose Ergießung neulich zu Händen gekommen, wo in sechzehn Zeilen dreimal ›Sehnsucht‹, zweimal ›unverstanden‹ und viermal ›der Friede‹ vorkam. – Sophie ist ihr fast fatal, und Everwin, den sie ›unsre Mamsell‹ oder Langewin (lang, schmal) oder Gradewein nennt, ist der ewige unfreiwillige Tröster ihrer Langeweile. Sie gibt ihm Salz mit auf die Jagd, sorgt, daß seine Leintücher eingeschlagen werden, so daß er nachts wie in einem kurzen Sacke steckt, oder läßt seine Dohnen ausnehmen und Maulwürfe oder schwarze Hadern hineinhängen, was ihm allemal wirklich nachgeht und empfindlicher ist als die schlaflose Nacht. Da ihm zur Revanche Geschick und Kühnheit fehlen, ist's ein einseitiger Spaß, der in Everwins Herzen allmählich einen Sauerteig von verkniffener Schadenfreude ansetzt. Ich sehe allemal etwas wie einen falschen Sonnenstrahl über sein Gesicht zucken, wenn sie mit ihrer halbbewußten Koketterie bei einem Kameraden abfährt oder Karo nach einem Wasserbade sich zunächst bei ihr abschüttelt, und ich habe ihn im Verdacht, ihn vorzugsweise auf ihrer Seite apportieren zu lassen. Dem Wilhelm scheint sie gewogener, nennt ihn einen gebildeten jungen Mann, und es kommt mir vor, als ob sie seinetwegen zuweilen ein Schleifchen mehr ansteckte, was er aber leider nicht zu bemerken scheint. Ich glaube überhaupt, daß zwei Drittel ihrer Seufzer dem Verkanntsein gelten. Ist's zum Beispiel nicht hart, daß sie, die Französisch spricht wie Deutsch und den Gellert zitieren kann, hier noch Rechenstunde nehmen muß bei einem invaliden Unteroffizier, der am Ausgange des Parks wohnt? Wäre seine fuchsige Perücke nicht und sein schönes Französisch, indem er sich nach ihrem ›ton père‹ erkundigt, sie führe aus ihrer Sammethaut; nun aber hat sie an ihm wenigstens einen Souffre-douleur, ein schlechtes Äpfelchen gegen den Durst, und macht ihn Zeug sagen und tun, daß der Onkel den Kopf schüttelt und doch lachen muß.

Fräulein Anna ist pikant, aber es ist unerquicklich, hier jemanden zu sehen, der die Landesweise nicht aufzufassen versteht; der Spott ärgert einen, und doch wird man sich dadurch des Entbehrten bewußt und fühlt die Einförmigkeit wie einen schläfernden Hauch an sich streifen. –

Ich bemerke eben, daß ich den Fehler habe, mich in Stimmungen hinein- und hinauszuschreiben; so hat mich der Paragraph Anna fast rebellisch gemacht gegen das Haus meines guten *Vetters*, den ich mir als einen Bissen pour la bonne bouche in diesem Abschnitt zuletzt aufgehoben habe. Gott segne ihn alle Stunden seines Lebens – ein Unglück kann ihn nur zur Läuterung treffen, verdient hat er es nie und nimmer – ich halte es für unmöglich, diesen Mann nicht liebzuhaben – seine Schwächen selbst sind liebenswürdig. Schon sein

Äußeres. Denkt euch einen großen, stattlichen Mann, gegen dessen breite Schultern und Brust fast weibliche Hände und der kleinste Fuß seltsam abstechen, ferner eine sehr hohe, freie Stirn, überaus lichte Augen, eine starke Adlernase und darunter Mund und Kinn eines Kindes, die weißeste Haut, die je ein Männergesicht entstellte, und der ganze Kopf voll Kinderlöckchen, aber grauen, und das Ganze von einem Strome von Milde und gutem Glauben überwallt, daß es schon einen Viertelschelm reißen müßte, ihn zu betrügen, und doch einem doppelten es fast unmöglich macht; gar adlig sieht der Herr dabei aus, gnädig und lehnsherrlich, trotz seines grauen Landrocks, von dem er sich selten trennt, und hat Mut für drei: ich habe ihn bei einem Spaziergange, wo man auf verbotene Wege geraten war, fast fünf Minuten lang einen wütenden Stier mit seinem Bambusrohr parieren sehen, bis alle sich hinter Wall und Graben gesichert hatten, und da sah, wie Wilhelm, der Neffe des Rentmeisters sagt, der mit seinem Spazierstöckchen zur Hülfe herbeirannte, was er vermochte, der Herr aus wie ein Leonidas bei Thermopylae. Er ist ein leidenschaftlicher Zeitungsleser und Geschichtsfreund und liebt das gedruckte Blutvergießen. Eugen und Marlborough sind Namen, die seine Augen wie Laternen leuchten lassen; dennoch bin ich zweifelhaft, ob im vorkommenden Falle der Herr den Feind tapferlich erschlagen oder sich lieber gefangengeben würde, um keinen Mord auf seine Seele zu laden. Von Räubern und Mordbrennern träumt er gern, und wenn die Hofhunde nachts ungewöhnlich anschlagen und gegen irgendeinen dunkeln Winkel vor- und rückwärts fahren, hat man ihn wohl schon unbegleitet im Schlafrock mit blankem Degen in das verdächtige Verlies dringen sehen mit wahrhaft acharnierter Wut, den Schelm zu packen und einzuspunden, den er dann freilich am andern Morgen hätte laufen lassen. Den Verstand des Herrn habe ich anfangs zu gering angeschlagen, er hat sein reichliches Anteil an der still nährenden Poesie dieses Landes, der den Mangel an eigentlichem Geiste fast ersetzt, dabei ein klares Judizium und jenes haarfeine Ahnen des Verdächtigen, was aus eigener Reinheit entspringt: sein erstes Urteil ist immer überraschend richtig, sein zweites schon bedeutend vom Mantel der christlichen Liebe verdunkelt, und wer ihn heute als erklärter Filou anschauert, ist morgen vielleicht ein gewandter Mann, den man etwas weniger schlau wünschen möchte. Der Herr liest viel, täglich mehrere Stunden, und immer Belehrendes, Sprachliches, Geschichtliches, zur Abwechslung Reisebeschreibungen, wo seine naive Phantasie immer den Autor überflügelt und er heimlich auf jedem Blatte ein neues Eldorado oder die Entdeckung des Paradiesgartens erwartet; überhaupt kommt mir diese Familie vor wie die Scholastiker des Mittelalters mit ihrem rastlosen, gründlichen Fleiße und bodenlosen Dämmerungen. – Alles bildet an sich und lernt zu bis in die grauen Haare hinein, und alles glaubt an Hexen, Gespenster und den Ewigen Juden.

Ich habe schon gesagt, wie stark die Musik hier getrieben wird – die Anregung geht zumeist von der gnädigen Frau aus, die gern aus den Leuten alles holen möchte, was irgend darin steckt, das Talent aber vom Herrn, und es ist nichts lieblicher, als ihn abends in der Dämmerung auf dem Klaviere phantasieren zu hören: ein wahres adliges Idyll; denn eine gewisse Grandezza fährt immer in diese unschuldige, reizende Musik hinein und Stöße ritterlicher Courage im Marschtempo. Es wird mir nie zu lang zuzuhören, und allerlei Bilder steigen in mir auf aus Thomsons ›Jahreszeiten‹, aus den Kreuzzügen. Sonst hat der Herr noch viele Liebhabereien, alle von der kindlichsten Originalität; zuerst eine lebende Ornithologie (denn der Herr greift alles wissenschaftlich an). Neben seiner Studierstube ist ein Zimmer mit fußhohem Sand und grünen Tannenbäumchen, die von Zeit zu Zeit erneuert werden. Die immer offenen Fenster sind mit Draht verwahrt, und darin piept und schwirrt das ganze Sängervolk des Landes, von jeder Art ein Exemplar, von der Nachtigall bis zur Meise; es ist dem Herrn eine Sache von Wichtigkeit, die Reihe vollständig zu erhalten; der Tod eines Hänflings ist ihm wie der Verlust eines Blattes aus einem naturhistorischen Werke. Er treibt ein wahres Spionieren nach jedem seltenen Durchzügler: früh um fünf sehe ich ihn schon über die Brücken schreiten nach seinen Weidenklippen und Leimstangen, und wieder in der brennenden Mittagshitze, sieben- bis achtmal in einem Tage; möchte ich ihm zuweilen die Mühe abnehmen und verspreche, die Klippe wohlgeschlossen zu lassen oder den Vogel mitsamt der Leimstange in mein Schnupftuch gewickelt fein sauber herzutragen, so gibt er mir wohl nach, um mir keine Schmach anzutun, aber er trabt nebenher, und es ist, als ob er meinte, meine profane Gegenwart allein könne schon den erwischten Vogel echappieren machen. Dann ist der Herr ein gründlicher Botanikus und hat manche schöne Tulpe und Schwertlilie in seinem Garten; das ist ihm aber nicht genug, seine reiche, innere Poesie verlangt nach dem Wunderbaren, Unerhörten – er möchte gern eine Art unschuldigen Hexenmeister spielen und ist auf die seltsamsten Einfälle geraten, die sich mitunter glücklich genug bewähren und für die Wissenschaft nicht ohne Wert sein möchten: so trägt er mit einem feinen Sammetbürstchen den Blumenstaub sauber von der blauen Lilie zu der gelben, von der braunen zur rötlichen, und die hieraus entspringenden Spielarten sind sein höchster Stolz, die er mit einem wahren Prometheus-Ansehen zeigt; die wilden Blumen, seine geliebten Landsleute, deren Verkanntsein er bejammert, pflegt er nach allen Verschiedenheiten in netten Beetchen wie Reihen kleiner Grenadiere. Manchen Schweißtropfen hat der gute Herr vergossen, wenn er mit seinem kleinen Spaten halbe Tage lang nach einer seltenen Orchis suchte, und manches in seiner Domäne ist ihm dabei sichtbar geworden, was er sonst nie weder gesucht noch gefunden hätte; darum lieben die Bauern auch nichts weniger als des Herrn botanische Exkursionen, bei denen er immer heimlich auf Unerhörtes hofft, zum Beispiel ein scharlachrotes Vergißmeinnicht oder blaues Maßliebchen, obwohl er als ein verständiger Mann dies nicht eigentlich glaubt, aber, man kann nicht wissen! – die Natur ist wunderbar! Nichts zeigt die reiche, kindlich frische Phantasie des Herrn deutlicher als sein schon oft genanntes Liber mirabilis, eine mühsam zusammengetragene Sammlung alter, prophetischer Träume und Gesichte, von denen dieses Land wie mit einem Flor überzogen ist: fast der zehnte Mann ist hier ein Prophet – ein Vorkieker (Vorschauer), wie man es nennt – und, wie ich fürchte, einer oder der andere dem Herrn zulieb! – Seltsam ist's, daß diese Menschen alle eine körperliche Ähnlichkeit haben: ein lichtblaues, geisterhaftes Auge, was fast ängstlich zu ertragen ist; ich meine, so müsse Swedenborg ausgesehen haben; sonst sind sie einfach, häufig beschränkt, des Betrugs unfähig, in keiner Weise von andern Bauern unterschieden. Ich habe mit manchen von ihnen geredet, und sie gaben mir verständigen Bescheid über Wirtschaft und Witterung; aber sobald meine Fragen übers Alltägliche hinausgingen, waren sie ihnen unverständlich, und doch verraten manche dieser sogenannten Prophezeiungen und Gesichte eine großartige Einbildungskraft, streifen an die Allegorie und gehen überall weit über das Gewöhnliche, so daß ich gezwungen bin, eine momentane geistige Steigerung anzunehmen – wie Mesmer sie jetzt in seiner neuen

Theorie aufstellt. Der Vetter nun hat alle diese in der Tat merkwürdigen Träumereien gesammelt und teils aus scholastischem Triebe, teils um sie für alle Zeiten verständlich zu erhalten, in sehr fließendes Latein übersetzt und sauber in einer buchförmigen Kapsel verwahrt, und Liber mirabilis steht breit auf dem Rücken mit goldenen Lettern; dies ist sein Schatz und Orakel, bei dem er anfragt, wenn es in den Welthändeln konfus aussieht, und was nicht damit übereinstimmt, wird vorläufig mit Kopfschütteln abgefertigt. Guter Vetter, du hast mir deinen Schatz anvertraut, obwohl ich weiß, daß du lieber ein Mal auf deinem Gesicht als einen Flecken auf den Blättern erträgst; da liegt er, rot, golden und stattlich, wie ein englischer Stabsoffizier, und ich sitze hier wie ein schlechter Spion und nehme eine geheime Karte von deiner Person – gute Nacht! würde ich sagen, aber du hast immer gute Nächte, denn du bist gesund und reinen Herzens. – Ich muß morgen früh auf – wir haben sieben Meisenkasten abzusuchen.

Drittes Kapitel
In Hof und Garten

Der Morgen war so schön! Nachtigallen rechts und links antworteten sich so schmetternd aus dem blühenden Gesträuch und Hagen, daß ich um fünf Uhr im engsten Sinne des Wortes davon geweckt worden bin und es mir unmöglich war, wieder einzuschlafen; so habe ich denn bis zum Frühstück mich in den Anlagen umhergetrieben und die erste Blüte an des Herrn neuster Iris mit einem profanen Auge eher erblickt als der gute Prometheus selbst. Es war in diesen Tagen viel Rede und Erwartung wegen dieser Blume aus des Herrn Fabrik, die mir nur etwas tiefer blau scheint als die gewöhnliche Schwertlilie; ich denke aber, er wird sie atropurpurea oder mirabilissima taufen; jedenfalls sah die Blume in ihrem Tauperlenschleier reizend genug aus, und überall hatten die Anlagen in ihrem jungen, von der Sonne vergoldeten Grün, ihrem Tau und Blütenstaat eine solche Beauté du diable, daß ich glaubte, nie etwas Lieblicheres gesehen zu haben. Der feuchte Boden ist dem Blumenwuchs und den Singvögeln so zuträglich, daß man in der schönen Jahreszeit, von Düften, Farbe und Gesang berauscht, vergißt, daß alles fehlt, was man sonst von schöner Gegend zu fordern pflegt – Gebirg, Strom, Felsen. Ich muß der Seltsamkeit wegen anmerken, daß mir ganz poetisch zumute ward und ich mich beinah auf den nassen Rasen gesetzt hätte und mich wirklich auf eine Bank hingoß und ein paar Gedichte von Wilhelm hervorzog, die Fräulein Anna mir gestern abend mit verschmitztem Lächeln und ein wenig errötend zugesteckt hatte. Irre ich nicht, so ruhen ihre dunkeln Augen zuweilen mit einer Teilnahme auf dem jungen Dichter, wie Langeweile und etwas Empfindsamkeit sie leicht auf dem Lande erzeugen. Das schüchterne Huhn scheint indessen davon kein Körnchen zu ahnen, und ich bin ungewiß, ob eine etwaige Entdeckung dem Fräulein zum Schaden oder Vorteil gereichen würde, da seine tiefblauen jungfräulichen Augen ganz anderes zu suchen scheinen als so rheinisches Blut. – Also ein Dichter ist der Wilhelm!

Ich hätte es mir denken können nach seinen verklärten Blicken, wenn wir am Weiher stehen und die Schwäne durch den glitzernden Sonnenspiegel segeln, wo er dann wirklich schön aussieht, die übrige Zeit aber unbehülflich und verschüchtert, wie es einem jungen Schreiber zukommt, den die Güte des Herrn höchst überflüssig seinem Onkel zugesellt hat, nur um das arme Blut in freie Kost und Wohnung zu bringen.

Die Verse sind auf schlechtes Konzeptpapier geschrieben, häufig durchstrichen und gewiß nicht für das Auge des Fräuleins bestimmt. Das eine schien sie mir mit einiger Ziererei vorenthalten zu wollen. Dieses wird zuerst gelesen.

(Hier folgt ›Das Mädchen am Bach‹)

Ei, ei, Wilhelmus, was sind das für gefährliche Gedanken! Paßt sich dergleichen für einen armen Studenten, der erst in zehn Jahren *vielleicht* lieben darf? Und nun zum zweiten!

(›Der Knabe im Rohr‹)

Der junge Mensch hat wirklich Talent! In einer günstigern Umgebung – doch nein, bleib in deiner Heide, laß deine Phantasie ihre Fasern tief in deine Weiher senken und wie eine geheimnisvolle Wasserlilie darüber schaukeln. Sei ein Ganzes – ob es ein Traum, ein halbverstandenes Märchen, es ist immer mehr wert als die nüchterne Frucht vom Baum der Erkenntnis ...

Beim Heimgange fand ich seinen Onkel, den Rentmeister Friese, in Hemdärmeln am Brunnen vor dem Nebengebäude, eifrig bemüht, seine Stubenfenster mit Hülfe eines Strohwisches und endloser Wassergüsse zu säubern; seine Glatze glänzte wie frischer Speck, und ich hörte ihn schon auf dreißig Schritt stöhnen wie ein dämpfiges Pferd. Er sah mich nicht, und so konnte ich den wunderlichen Mann mit Muße in seinem Negligé betrachten, das an allen Stellen, die der Rock sonst in Verborgenheit bringt, mit den vielfarbigsten Lappen verziert war und ihm das Ansehen einer wandernden Musterkarte gab. Es ist mir selten ein harpagonähnlicheres Gesicht vorgekommen! spitz wie ein Schermesser, mit Lippen wie Zwirnfaden, die fast immer geschlossen sind, als fürchteten sie, etwas Brauchbares entwischen zu lassen, und nur, wenn er gereizt wird, Witzfunken sprühen, wie ein Kater, den man gegen den Strich streichelt; dennoch ist Friese ein redlicher Mann, dem jeder Groschen aus seines Herrn Tasche wie ein Blutstropfen vom Herzen fällt, aber ein Spekulant sondergleichen, der mit allem, was als unbrauchbar verdammt ist: Lumpen, Knochen, verlöschten Kohlen, rostigen Nägeln, den weißen Blättern an verworfenen Briefen, Handel treibt und sich im Verlauf von dreißig Jahren ein hübsches rundes Sümmchen aus dem Kehricht gewühlt haben soll. Seine Kammer ist niemandem zugänglich als seinen Handelsfreunden und Wilhelm; er fegt sie selber, macht sein Bett selber, die reine Wäsche muß ihm ans Türschloß gehängt werden. Nitimur in vetitum, ich wagte einen Sturm, nahte mich höflich und bat um ein paar geschnittene Federn; er wurde doch blutrot und zog sich wie ein Krebs der Tür zu, um seine Hinterseite zu verbergen; ich ihm nach und ließ ihm nur so weit den Vortritt, daß ihm gelingen konnte, in seinen grauen Flaus zu fahren; dann stand ich vor ihm, er sah mich an mit einem Blick des Entsetzens, wie weiland der Hohepriester ihn auf den Tempelschänder, der ins Allerheiligste drang, mag geschleudert haben, deckte hastig eine baumwollene Schlafmütze über ein Etwas in der babylonischen Verwirrung seines Tisches, suchte nach einem Federbunde, dann, in verdrießlicher Eile, nach einem Federmesser – es war nicht da – er mußte sich entschließen, in einen Alkoven zu treten, ich warf schnell meine Augen umher – das ganze weite Zimmer war wie mit Maulwurfshügeln bedeckt, durch die ein Labyrinth von Pfaden führte, saubere Knöchelchen für die Drechsler, Lumpen für die Papiermühle, altes Eisen, auf dem Tische leere Nadelbriefe, schon zur Hälfte wieder gefüllt mit Stecknadeln, denen man es ansah, daß sie geradegebogen und neu angeschliffen waren; ich hörte ihn einen Schrank öffnen und hob leise den Zipfel der blauen Mütze – beschriebene Hefte in den verschiedensten Formaten, offenbar Memoiren: ›Heute hat der lutherische Herr wieder eine ganze Flasche Franzwein getrunken, das Faß à 48 Taler ist fast leer‹ – ich stand steif wie eine Schildwacht; denn Herr Friese trat herein, und ich machte mich dann bald davon, so triumphierend wie ein begossener Hund; guter Vetter, wird dir deine Freundlichkeit so schändlich kontrolliert!

Ich habe den Friese nie leiden können; obendrein ist er ein alter Narr, der sich von der Zofe Katharina, einem schlauen lustigen Mädchen und der gnädigen Frauen Liebling, aufs albernste hänseln läßt. Diese junge Rheinländerin stiftet überhaupt einen greulichen Brand im Schlosse an: drei westfälische Herzen seufzen ihretwegen wie Öfen. Zuerst des Herrn geliebter Johann (von ihr nur Jan Fiedel genannt), der mit ihm eigens zu seinem Kammerdiener erzogen worden ist, recht artig die Geige mit dem Herrn Everwin streicht und in seinen graumelierten, mit Talg hintenüber gestrichenen Haarresten, die in einem ausgemergelten Zöpfchen enden, genau einem geschundenen Hasen gleichsieht. – Dann ein paderbornscher Schlingel, derselbe, der mich zuerst am Wagen begrüßte, ein schlauer, nichtsnutziger Bursch, der sich durch tausend Foppereien an seinen Gesellen für die Langeweile, die sie ihm machen, schadlos hält – den Herrn beschwätzt er zu allem, wie er will, und ist ihm erst vor kurzem etwas fatal geworden, seit er der Köchin, einer armen gichtischen Person, drei bunte Seidenfäden als sympathetisches Mittel gab, mit dem Zusatze – es wirke nur, wenn sie täglich einen Korb voll Holz vor des Herrn Zimmer trage (bis dahin sein Amt!). Der Spaß kam aus, und der Herr war sehr ungehalten über diese Grausamkeit seines Johanns; doch meine ich, daß er ihn seitdem auch sonst mit mißtrauischen Blicken betrachtet; denn, wie der Herr sagt, »dergleichen Dinge sind nicht ganz zu lachen, man trifft im Paderbornschen seltsame Beispiele an«.

Bilder aus Westfalen

Erstes Kapitel
Die Physiognomie des Landes Paderborn, Münster, der Grafschaft Mark und des Herzogtums Westfalen

Wenn wir von Westfalen reden, so begreifen wir darunter einen großen, sehr verschiedenen Landstrich, verschieden nicht nur den weit auseinanderliegenden Stammwurzeln seiner Bevölkerung nach, sondern auch in allem, was die Physiognomie des Landes bildet oder wesentlich darauf zurückwirkt, in Klima, Naturform, Erwerbsquellen und, als Folge dessen, in Kultur, Sitten, Charakter und selbst Körperbildung seiner Bewohner: daher möchten wohl wenige Teile unsers Deutschlands einer so vielseitigen Beleuchtung bedürfen.

Zwar gibt es ein Element, das dem Ganzen, mit Ausnahme einiger kleinen Grenzprovinzen, für den oberflächlichen Beobachter einen Anhauch von Gleichförmigkeit verleiht, ich meine das des gleichen (katholischen) Religionskultus und des gleichen früheren Lebens unter den Krummstäben, was in seiner festen Form und gänzlicher Beschränkung auf die nächsten Zustände immer dem Volkscharakter und selbst der Natur einen Charakter von bald beschaulicher, bald in sich selbst arbeitender Abgeschlossenheit gibt, den wohl erst eine lange Reihe von Jahren und die Folge mehrerer, unter fremden Einflüssen herangebildeter Generationen völlig verwischen dürften. Das schärfere Auge wird indessen sehr bald von Abstufungen angezogen, die in ihren Endpunkten sich fast zum Kontraste steigern und bei der noch großenteils erhaltenen Volkstümlichkeit dem Lande ein Interesse zuwenden, was ein vielleicht besserer, aber zerflossener Zustand nicht erregen könnte. – Gebirg und Fläche scheinen auch hier, wie überall, die schärferen Grenzlinien bezeichnen zu wollen; doch haben, was das Volk betrifft, Umstände die gewöhnliche Folgenreihe gestört, und statt aus dem flachen, heidigen Münsterlande durch die hügelige Grafschaft Mark und das Bistum Paderborn bis in die dem Hochgebirge nahestehenden Bergkegel des Sauerlandes (Herzogtum Westfalen) sich der Natur nachzumetamorphosieren, bildet hier vielmehr der Sauerländer den Übergang vom friedlichen Heidebewohner zum wilden, fast südlich durchglühten Insassen des Teutoburger Waldes. – Doch lassen wir dieses beiläufig beiseite und fassen die Landschaft ins Auge, unabhängig von ihren Bewohnern, insofern die Einwirkung derselben (durch Kultur usw.) auf deren äußere Form dieses erlaubt.

Wir haben bei Wesel die Ufer des Niederrheins verlassen und nähern uns durch das, auf der Karte mit Unrecht Westfalen zugezählte, noch echt rheinische Herzogtum Kleve den Grenzen jenes Landes. Das allmähliche Verlöschen des Grüns und der Betriebsamkeit, das Zunehmen der glänzenden Sanddünen und einer gewissen lauen, träumerischen Atmosphäre sowie die aus den seltenen Hütten immer blonder und weicher hervorschauenden Kindergesichter sagen uns, daß wir sie überschritten haben – wir sind in den Grenzstrichen des Bistums Münster. Eine trostlose Gegend! unabsehbare Sandflächen, nur am Horizonte hier und dort von kleinen Waldungen und einzelnen Baumgruppen unterbrochen. Die von Seewinden geschwängerte Luft scheint nur im Schlafe aufzuzucken. Bei jedem Hauche geht ein zartes, dem Rauschen der Fichten ähnliches Geriesel über die Fläche und säet den Sandkies in glühenden Streifen bis an die nächste Düne, wo der Hirt in halb somnambüler Beschaulichkeit seine Socken strickt und sich so wenig um uns kümmert als sein gleichfalls somnambüler Hund und seine Heidschnucken. Schwärme badender Krähen liegen quer über den Pfad und flattern erst auf, wenn wir sie fast greifen könnten, um einige Schritte seitwärts wieder niederzufallen und uns im Vorübergehen mit einem weissagenden Auge ›oculo torvo sinistroque‹ zu betrachten. Aus den einzelnen Wacholderbüschen dringt das klagende, möwenartige Geschrill der jungen Kiebitze, die wie Tauchervögel im Schilf in ihrem stachlichten Asyle umschlüpfen und bald hier, bald drüben ihre Federbüschel hervorstrecken. Dann noch etwa jede Meile eine Hütte, vor deren Tür ein paar Kinder sich im Sande wälzen und Käfer fangen, und allenfalls ein wandernder Naturforscher, der neben seinem überfüllten Tornister kniet und lächelnd die zierlich versteinerten Muscheln und Seeigel betrachtet, die wie Modelle einer frühern Schöpfung hier überall verstreut liegen – und wir haben alles genannt, was eine lange Tagereise hindurch eine Gegend belebt, die keine andre Poesie aufzuweisen hat als die einer fast jungfräulichen Einsamkeit und einer weichen, traumhaften Beleuchtung, in der sich die Flügel der Phantasie unwillkürlich entfalten. Allmählich bereiten sich indessen freundlichere Bilder vor, zerstreute Grasflächen in den Niederungen, häufigere und frischere Baumgruppen begrüßen uns als Vorposten nahender Fruchtbarkeit, und bald befinden wir uns in dem Herzen des Münsterlandes, in einer Gegend, die so anmutig ist, wie der gänzliche Mangel an Gebirgen, Felsen und belebten Strömen dieses nur immer gestattet, und die wie eine große Oase in dem sie von allen Seiten, nach Holland, Oldenburg, Kleve zu, umstäubenden Sandmeer liegt. In hohem Grade friedlich, hat sie doch nichts von dem Charakter der Einöde; vielmehr mögen wenige Landschaften so voll Grün, Nachtigallenschlag und Blumenflor angetroffen werden, und der aus minder feuchten Gegenden Einwandernde wird fast betäubt vom Geschmetter der zahllosen Singvögel, die ihre Nahrung in dem weichen Kleiboden finden. Die wüsten Steppen haben sich in mäßige, mit einer Heideblumendecke farbig überhauchte Weidestrecken zusammengezogen, aus denen jeder Schritt Schwärme blauer, gelber und milchweißer Schmetterlinge aufstäuben läßt. Fast jeder dieser Weidegründe enthält einen Wasserspiegel, von Schwertlilien umkränzt, an denen Tausende kleiner Libellen wie bunte Stäbchen hängen, während die der größeren Art bis auf die Mitte des Weihers schnurren, wo sie in die Blätter der gelben Nymphäen wie goldene Schmucknadeln in emaillierte Schalen niederfallen und dort auf die Wasserinsekten lauern, von denen sie sich nähren. Das Ganze umgrenzen kleine, aber zahlreiche Waldungen. Alles Laubholz, und namentlich ein Eichenbestand von tadelloser Schönheit, der die holländische Marine mit Masten versieht – in jedem Baume ein Nest, auf jedem Aste ein lustiger Vogel und überall eine Frische des Grüns und ein Blätterduft, wie dieses anderwärts nur nach einem Frühlingsregen der Fall ist. Unter den Zweigen lauschen die Wohnungen hervor, die, langgestreckt, mit tief niederragendem Dache, im Schatten Mittagsruhe zu halten und mit halbgeschlossenem Auge nach den Rindern zu schauen scheinen, welche, hellfarbig und gescheckt, wie eine Damwildherde sich gegen das Grün des Waldbodens oder den blassen Horizont abzeichnen und in wechselnden Gruppen durcheinanderschieben, da diese Heiden immer Allmenden sind und jede wenigsten sechzig Stück Hornvieh und darüber enthält. Was nicht Wald und Heide ist, ist Kamp, das heißt Privateigentum, zu Acker und Wiesengrund benützt und, um die Beschwerde des Hütens zu vermeiden, je nach dem Umfange des Besitzes oder der Bestimmung mit einem hohen, von Laubholz überflatterten Erdwalle umhegt. Dieses begreift die fruchtbarsten Grundstrecken der Gemeinde, und man trifft gewöhnlich lange Reihen solcher Kämpe nach- und nebeneinander, durch Stege und Pförtchen verbunden, die man mit jener angenehmen Neugier betritt, mit der man die Zimmer eines dachlosen Hauses durchwandelt. Wirklich geben auch vorzüglich die Wiesen einen äußerst heiteren Anblick durch die Fülle und Mannigfaltigkeit der Blumen und Kräuter, in denen die Elite der Viehzucht, schwerer ostfriesischer Rasse, übersättigt wiederkaut und den Vorübergehenden so träge und hochmütig anschnaubt, wie es nur der Wohlhäbigkeit auf vier Beinen erlaubt ist. Gräben und Teiche durchschneiden auch hier, wie überall, das Terrain und würden, wie alles stehende Gewässer, widrig sein, wenn nicht eine weiße, von Vergißmeinnicht umwucherte Blütendecke und der aromatische Duft des Minzkrautes dem überwiegend entgegenwirkten; auch die Ufer der träg schleichenden Flüsse sind mit dieser Zierde versehen und mildern so das Unbehagen, das ein schläfriger Fluß immer erzeugt. – Kurz, diese Gegend bietet eine lebhafte Einsamkeit, ein fröhliches Alleinsein mit der Natur, wie wir es anderwärts noch nicht angetroffen. Dörfer trifft man alle Stunden Weges höchstens eines, und die zerstreuten Pachthöfe liegen so versteckt hinter Wallhecken und Bäumen, daß nur ein ferner Hahnenschrei oder ein aus seiner Laubperücke winkender Heiligenschein sie dir andeutet und du dich allein glaubst mit Gras und Vögeln, wie am vierten Tage der Schöpfung, bis ein langsames »Hott« oder »Haar« hinter der nächsten Hecke dich aus dem Traume weckt oder ein grell anschlagender Hofhund dich auf den Dachstreifen aufmerksam macht, der sich gerade neben dir wie ein liegender Balken durch das Gestrüpp des Erdwalls zeichnet. – So war die Physiognomie des Landes bis heute, und so wird es nach vierzig Jahren nimmer sein. Bevölkerung und Luxus wachsen sichtlich, mit ihnen Bedürfnisse und Industrie. Die kleinern malerischen Heiden werden geteilt; die Kultur des langsam wachsenden Laubwaldes wird vernachlässigt, um sich im Nadelholze einen schnellern Ertrag zu sichern, und bald werden auch hier Fichtenwälder und endlose Getreideseen den Charakter der Landschaft teilweise umgestaltet haben, wie auch ihre Bewohner von den uralten Sitten und Gebräuchen mehr und mehr ablassen; fassen wir deshalb das Vorhandene noch zuletzt in seiner Eigentümlichkeit auf, ehe die schlüpferige Decke, die allmählich Europa überfließt, auch diesen stillen Erdwinkel überleimt hat!

Wir haben diesen Raum des Münsterlandes eine Oase genannt, so sind es auch wieder Steppen, Sand- und Fichtenöden, die uns durch Paderborn, die ehemalige Residenz- und Grenzstadt, in das Bistum gleichen Namens führen, wo die Ebene allmählich zu Hügeln anschwillt, von denen jedoch die höchsten – der jenseitigen Grenze zu – die Höhe eines mäßigen Berges nicht übersteigen. Hier ist die Physiognomie des Landes bei weitem nicht so anziehend wie die seiner Bewohner, sondern ein ziemlich reizloser Übergang von der Fläche zum Gebirge, ohne die Milde der ersten oder die Großartigkeit des letzteren – unabsehbare Getreidefelder, sich über Tal und Höhe ziehend, welche die Fruchtbarkeit des Bodens bezeugen, aber das Auge ermüden – Quellen und kleine Flüsse, die recht munter laufen, aber gänzlich ohne Geräusch und die phantastischen Sprünge der Bergwässer – steinichter Grund, der, wo man nur den Spaten einstößt, treffliches Baumaterial liefert, aber nirgends eine Klippenwand vorstreckt, außer der künstlichen des Steinbruchs – niedere Berge von gewöhnlicher Form, unter denen nur die bewaldeten auf einige Anmut Anspruch machen können, bilden zusammen ein wenig hervorstechendes Ganze. Selbst der klassische Teutoburger Wald, das einzige, zwar nicht durch Höhe, aber durch seine Ausdehnung und mitunter malerischen Formen imposante Waldgebirge, ist in neueren Zeiten so durchlichtet und nach der Schnur beforstet worden, daß wir nur mit Hülfe der roten (eisenhaltigen) Erde, die fortwährend unter unsern Tritten knistert, sowie der unzähligen fliegenden Leuchtwürmchen, die hier in Sommernächten an jeden Zweig ihr Laternchen hängen, und einer regen Phantasie von ›Stein, Gras und Grein‹ träumen können. Doch fehlt es dem Lande nicht an einzelnen Punkten, wo das Zusammentreffen vieler kleiner Schönheiten wirklich reizende Partien hervorbringt, an hübschen grünen Talschluchten zum Beispiel, von Quellen durchrieselt, wo es sich recht anmutig und sogar ein wenig schwindelnd durch die schlanken Stämme bergauf schauen läßt; liegt nun etwa noch ein Schlößchen droben und gegenüber ein Steinbruch, der fürs Auge so ziemlich die Klippen ersetzt, so wird der wandernde Maler gewiß sein Album hervorlangen, und der benachbarte Flachländer kehrt von seiner Ferienreise mit Stoff zu langen Erzählungen und Nachentzückungen heim; ein Dorf am Fuße des Berges kann übrigens das Bild nur verderben, da das Bistum Paderborn hiervon ausgemacht die elendesten und rauchigsten Exemplare Westfalens aufzuweisen hat, ein Umstand, zu dem Übervölkerung und Leichtsinn der Einwohner zu gleichen Teilen beitragen.

Haben wir die paderbornsche Grenze – gleichviel ob zur Rechten oder zur Linken – überschritten, so beginnt der hochromantische Teil Westfalens, rechts das geistliche Fürstentum Corvey, links die Grafschaft Mark; ersteres die mit Recht berühmten Weserlandschaften, das andere die gleich schönen Ruhr- und Lenne-Ufer umschließend. Diese beiden Provinzen zeigen, obwohl der Lage nach getrennt, eine große Verwandtschaft der Natur, nur daß die eine durch segelnde Fahrzeuge, die andere durch das Pochen der Hämmer und Gewerke belebt wird; beide sind gleich lachend und fruchtbar, mit gleich wellenförmigen, üppig belaubten Bergrücken geschmückt, in die sich nach und nach kühnere Formen und Klippenwände drängen, bis die Weserlandschaft, wie eine Schönheit, die ihren Scheitelpunkt erreicht hat, allmählich wieder einsinkt und gleichsam abwelkt, während von der Ruhr aus immer kühnere Gebirgsformen in das Herz des Sauerlandes dringen und sich durch die höchste romantische Wildheit bis zur Öde steigern. Daß die vielbesprochene Porta Westfalica nur einen geringen Beitrag zu jener Bilderreihe steuert und nur den letzten zweifelhaften beau jour der bereits verblichenen Weserschönheit ausmacht, ist schon öfters gesagt worden; desto reizender ist der Strombord in seinem Knospen, Erblühen und Reifen, das Corveyer Ländchen und die anschließenden Striche entlang bis zur kurhessischen Grenze: so sanfte Berghänge und verschwimmende Gründe, wo Wasser und Land sich zu haschen und einander mit ihrer Frische anzuhauchen scheinen; so angenehme Kornfluren im Wechsel mit Wiese und Wald; so kokette Windungen des Stroms, daß wir in einem Garten zu wandeln glauben. Immer mannigfaltiger wird die Landschaft, immer reicher schattiert von Laub- und Nadelholz, scharfen und wellenschlagenden Linien. Hinter dem alten Schlosse Wehern und der Türkenruine hebt der Wildberg aus luftigen Hügeln, die ihn wie vom Spiel ermüdete Kinder umlagern, seinen stachlichten Sargrücken und scheint nur den Katthagenberg gegenüber, der ihn wie das Knochengebäude eines vorweltlichen Ungeheuers aus roten Augenhöhlen anstarrt, seiner Beachtung wert zu halten. Von hier an beginnen die Ufer steil zu werden, mit jeder Viertelstunde steiler, hohler und felsiger, und bald sehen wir von einer stundenlangen, mit Mauern und Geländern eingehegten

Klippe die Schiffe unter uns gleiten, klein wie Kinderspielzeug, und hören den Ruf der Schiffer, dünn wie Möwenschrei, während hoch über uns von der Felsterrasse junge Laubzweige niederwinken wie die Hände schöner Frauen von Burgzinnen. – Bei dem neuantiken Schlosse Herstelle hat die Landschaft ihren Höhepunkt erreicht und geht, nach einer reichen Aussicht die Weser entlang und einem schwindelnden Niederblicke auf das hessische Grenzstädtchen Karlshafen, der Verflachung und überall dem Verfall entgegen.

Diesen ähnliche Bilder bietet die Grafschaft Mark, von gleicher teils sanfter, teils kräftiger auftretenden Romantik, und durch die gleichen Mittel. Doch ist die Landschaft hier belebter, reicher an Quellengeräusch und Echo, die Flüsse kleiner und rascher, und statt Segel bei uns vorbeigleiten zu lassen, schreiten wir selbst an schäumenden Wehren und Mühlrädern vorüber und hören schon weither das Pochen der Gewerke, denn wir sind in einem Fabriklande. – Auch ist die Gegend anfangs, von der Nähe des Münsterlandes angehaucht, noch milder, die Täler träumerischer, und tritt dagegen, wo sie sich dem eigentlichen Sauerlande nähert, schon kühner auf als die der Weser. Das *Felsenmeer* unweit Menden zum Beispiel – ein Tal, wo Riesen mit wüsten Felswürfeln gespielt zu haben scheinen – und die Bergschlucht unter der Schloßruine und der bekannten Tropfsteinhöhle Klusenstein dürfen unbezweifelt einen ehrenvollen Platz im Gebiete des Wildromantischen ansprechen; sonderlich das letzte und ebendiese starr gegeneinanderrückenden Felswände, an denen sich der kaum fußbreite Ziegenpfad windet – oben das alte Gemäuer, in der Mitte der schwarze Höllenschlund, unten im Kessel das Getöse und Geschäum der Mühle, zu der man nur vermittelst Planken und Stege gelangt und wo es immer dämmert –, sollen dem weiland vielgelesenen Spieß den Rahmen zu einem seiner schlimmsten Schauerromane (ich glaube ›Die Teufelsmühle im Höllental‹) geliefert haben. – Doch sind dieses Ausnahmen, die Landschaften durchgängig sanft und würden, ohne die industrielle Regsamkeit ihrer Bewohner, entschieden träumerisch sein. Sobald wir die Fläche überschritten, verliert sich indessen das Milde mehr und mehr, und bald begegnet es uns nur noch in einzelnen, gleichsam verirrten Partien, die uns jetzt durch ihre Seltenheit so überraschend anregen wie früher die kühneren Formen, von denen wir fortan durch tagelange Wanderungen fast übersättigt werden. – Der Sauerländer rühmt sich eines glorreichen Ursprungs seiner Benennung – dieses ist mir ein saures Land geworden, soll Karl der Große gesagt haben –, und wirklich, wenn wir uns durch die mit Felsblöcken halb verrammelten Schluchten des Binnenlandes winden, unter Wänden her, deren Unersteiglichkeit wir mit schwindelndem Auge messen und aus denen sich kolossale Balkone strecken, breit und fest genug, eine wilde Berghorde zu tragen, so zweifeln wir nicht an der Wahrheit dieses Worts, mag es nun gesagt sein oder nicht. Das Gebirge ist wasserreich und in den Talschlünden das Getöse der niederrauschenden und brodelnden Quellen fast betäubend, wogegen der Vogelgesang in den überhandnehmenden Fichtenwaldungen mehr und mehr erstirbt, bis wir zuletzt nur Geier und Habichte die Felszacken umkreisen sehen und ihre grellen Diebspfeifen sich hoch in der Luft antworten hören. Überall starren uns die schwarzen Eingänge der Stollen, Spalten und Stalaktitenhöhlen entgegen, deren Senkungen noch zum Teil nicht ergründet sind und an die sich Sagen von Wegelagerern, Berggeistern und verhungerten Verirrten knüpfen. – Das Ganze steht den wildesten Gegenden des Schwarzwaldes nicht nach; sonderlich wenn es zu dunkeln beginnt, gehört viel kaltes Blut dazu, um sich eines mindestens poetischen Schauers zu erwehren, wenn das Volk der Eulen und Schuhue in den Spalten lebendig wird und das Echo ihr Gewimmer von Wand zu Wand laufen läßt und wenn die hohen Öfen wie glühende Rachen aus den Schluchten gähnen, wirre Funkensäulen über sich aufblasen und Baum und Gestein umher mit rotem Brandscheine überzittern. – In diesem Stile nimmt die Landschaft immer an Wildheit zu, zuletzt Klippen bietend – auf denen man schon verirrte Ziegen hat tagelang umherschwanken sehen –, bis die Zackenform der Berge allmählich kahlen Kegeln weicht, an denen noch wohl im hohen Mai Schneeflecke lagern, der Baumwuchs fast gänzlich eingeht und endlich bei Winterberg die Gegend nur noch das Bild trostloser Öde beut, – kahle Zuckerhutformen, an denen hier und dort ein Fleckchen magerer Hafersaat mehr gilbt als grünt.

Zweites Kapitel

Handelsgeist im Sauerlande – Wilde Poesie in Paderborn – Die Barackenbewohner – Ihre Ehen – Die Branntweinpest – Sittenverderbnis – Alte Gebräuche – Aberglauben – Besprechungen – Rauflust – Eine Gerichtsszene

Wir haben im vorhergehenden den Charakter der Eingebornen bereits flüchtig angedeutet und gesagt, daß, dem gewöhnlichen Einflusse der Natur auf ihre Zöglinge entgegen, am verhältnismäßig in einem zahmen Lande aufgenährten Paderbörner der Stempel des Bergbewohners, sowohl moralisch als körperlich, weit entschiedener hervortritt als an dem durch seine Umgebungen weit mehr dazu berechtigten Sauerländer. Der Grund liegt nahe: in den Handelsverhältnissen des letzteren, die seine Heimat den Fremden öffnen und ihn selbst der Fremde zutreiben, wo unter kaufmännischer Kultur die Sitten, durch auswärtige Heiraten das Blut seines Stammes sich täglich mehr verdünnen, und wir müssen uns eher über die Kraft einer Ader wundern, die, von so vielen Quellen verwässert, doch noch durchgängig einen scharfen festen Strich zeichnet wie der Rhein durch den Bodensee. Der Sauerländer ist ungemein groß und wohlgebaut, vielleicht der größte Menschenschlag in Deutschland, aber von wenig geschmeidigen Formen; kolossale Körperkraft ist bei ihm gewöhnlicher als Behendigkeit anzutreffen. Seine Züge, obwohl etwas breit und verflacht, sind sehr angenehm, und bei vorherrschend lichtbraunem oder blondem Haare haben doch seine langbewimperten blauen Augen alle den Glanz und den dunklen Blick der schwarzen. Seine Physiognomie ist kühn und offen, sein Anstand ungezwungen, so daß man geneigt ist, ihn für ein argloseres Naturkind zu halten als irgendeinen seiner Mitwestfalen; dennoch ist nicht leicht ein Sauerländer ohne einen starken Zusatz von Schlauheit, Verschlossenheit und praktischer Verstandesschärfe, und selbst der sonst Beschränkteste unter ihnen wird gegen den gescheitesten Münsterländer fast immer praktisch im Vorteil stehen. Er ist sehr entschlossen, stößt sich dann nicht an Kleinigkeiten und scheint eher zum Handel und guten Fortkommen geboren als dadurch und dazu herangebildet. Seine Neigungen sind heftig, aber wechselnd, und so wenig er sie jemands Wunsch zuliebe aufgibt, so leicht entschließt er sich aus eigener Einsicht oder Grille hierzu. Er ist ein rastloser und zumeist glücklicher Spekulant, vom reichen Fabrikherrn, der mit vieren fährt, bis zum abgerissenen Herumstreifer, der ›Kirschen für Lumpen‹ ausbietet; und hier findet sich der einzige Adel Westfalens, der sich durch Eisenhämmer, Papiermühlen und Salzwerke dem Kaufmannsstande anschließt. Obwohl der Konfession nach katholisch, ist das Fabrikvolk doch an vielen Orten bis zur Gleichgültigkeit lau und lacht nur zu oft über die Scharen frommer Wallfahrter, die vor seinen Gnadenbildern bestäubt und keuchend ihre Litaneien absingen und an denen ihm der Klang des Geldes, das sie einführen, bei weitem die verdienstvollste Musik scheint. Übrigens besitzt der Sauerländer manche anziehende Seite; er ist mutig, besonnen, von scharfem, aber kühlem Verstande; obwohl im allgemeinen berechnend, doch aus Ehrgefühl bedeutender Aufopferungen fähig; und selbst der Geringste besitzt einen Anflug ritterlicher Galanterie und einen naiven Humor, der seine Unterhaltung äußerst angenehm für denjenigen macht, dessen Ohren nicht allzu zart sind. Daß in einem Lande, wo drei Viertel der Bevölkerung, Mann, Weib und Kind, ihren Tag unter fremdem Dache (in den Fabrikstuben) zubringen oder auf Handelsfüßen das Land durchziehen, die häuslichen Verhältnisse sehr locker, gewissermaßen unbedeutend sind, begreift sich wohl; so wie aus dem Gesagten hervorgeht, daß nicht hier der Hort der Träume und Märchen, der charakteristischen Sitten und Gebräuche zu suchen ist; denn obwohl die Sage manche Kluft und unheimliche Höhle mit Berggeistern und den Gespenstern Ermordeter oder in den Irrgängen Verschmachteter bevölkert hat, so lacht doch jedes Kind darüber, und nur der minder beherzte oder phantasiereichere Reisende fährt zusammen, wenn ihm in dem schwarzen Schlunde etwa eine Eule entgegenwimmert oder ein kalter Tropfen von den Steinzapfen in seinen Nacken rieselt. Kurz, der Sohn der Industrie besitzt vom Bergbewohner nur die eiserne Gesundheit, Körperkraft und Entschlossenheit, aber ohne den romantischen Anflug und die Phantasie, welche sich an großartigen Umgebungen zu entwickeln pflegen, – er liebt sein Land, ohne dessen Charakter herauszufühlen; er liebt seine Berge, weil sie Eisen und freien Atemzug, seine Felsen, weil sie vortreffliches Material und Fernsichten, seine rauschenden Wasserfälle, weil sie den Fabrikrädern rascheren Umschwung geben, und das Ganze endlich, weil es eben seine Heimat und in dessen Luft ihm am wohlsten ist. Seine Festlichkeiten sind nach den Umständen des Gastgebers den städtischen möglichst nachgebildet; seine Trachten desgleichen. Alles wie anderwärts, staubende Chausseen mit Frachtwagen und Einspännern bedeckt, Wirtshäuser mit Kellnern und gedruckten Speisezetteln; einzelne Dörfer im tiefsten Gebirge sind noch strohdachig und verfallen genug; die meisten jedoch, nett wie alle Fabrikorte, erhalten allein durch die schwarze Schieferbekleidung und die mit Steinplatten beschwerten Dächer, die man hier der Rauhigkeit des Klimas entgegensetzen muß, einen schwachen Anstrich von Ländlichkeit, und nur die Kohlenbrenner in den Waldungen, die bleichen Hammerschmiede vor ihren Höllenfeuern und die an den Stollen mit Lederschurz und blitzendem Bleierz auf ihrem Kärrchen aus- und einfahrenden Bergknappen geben der Landschaft hier und dort eine passende Staffage.

Anders ist es im Hochstifte Paderborn, wo der Mensch eine Art wilder Poesie in die sonst ziemlich nüchterne Umgebung bringt und uns in die Abruzzen versetzen würde, wenn wir Phantasie genug hätten, jene Gewitterwolke für ein mächtiges Gebirge, jenen Steinbruch für eine Klippe zu halten. Nicht groß von Gestalt, hager und sehnig, mit scharfen, schlauen, tiefgebräunten und vor der Zeit von Mühsal und Leidenschaft durchfurchten Zügen, fehlt dem Paderbörner nur das brandschwarze Haar zu einem entschieden südlichen Aussehen. Die Männer sind oft hübsch und immer malerisch, die Frauen haben das Schicksal der Südländerinnen, eine frühe, üppige Blüte und ein frühes, zigeunerhaftes Alter. Nirgends gibt es so rauchige Dörfer, so dachlückige

Hüttchen als hier, wo ein ungestümes Temperament einen starken Teil der Bevölkerung übereilten Heiraten zuführt, ohne ein anderes Kapital als vier Arme und ein Dutzend zusammengebettelter und zusammengesuchter Balken, aus denen dann eine Art von Koben zusammengesetzt wird, eben groß genug für die Herdstelle, das Ehebett und allenfalls einen Verschlag, der den stolzen Namen Stube führt, in der Tat aber nur ein ungewöhnlich breiter und hoher Kasten mit einem oder zwei Fensterlöchern ist. Besitzt das junge Paar Fleiß und Ausdauer, so mögen nach und nach einige Verschläge angezimmert werden; hat es ungewöhnlichen Fleiß und Glück zugleich, so dürfte endlich eine bescheidene Menschenwohnung entstehen, häufig aber lassen Armut und Nachlässigkeit es nicht hierzu kommen, und wir selbst sahen einen bejahrten Mann, dessen Gelaß zu kurz war, um ausgestreckt darin zu schlafen, seine Beine ein gutes Ende weit in die Straße recken. Selbst der Roheste ist schlau und zu allen Dingen geschickt, weiß jedoch selten nachhaltigen Vorteil daraus zu ziehen, da er sein Talent zumeist in kleinen Pfiffigkeiten, deren Ertrag er sofort vergeudet, erschöpft und sich dem Einflusse von Winkeladvokaten hingibt, die ihm über jeden Zaunpfahl einen Prozeß einfädeln, der ihn völlig aussaugt, fast immer zur Auspfändung und häufig von Haus und Hof bringt. Große Not treibt ihn zu großen Anstrengungen, aber nur bis das dringendste Bedürfnis gestillt ist, – jeder erübrigte Groschen, den der Münsterländer sorglich zurücklegen, der Sauerländer in irgendein Geschäft stecken würde, wird hier am liebsten von dem Kind der Armut sofort dem Wirte und Kleinhändler zugetragen, und die Schenken sind meist gefüllt mit Glückseligen, die sich einen oder ein paar blaue Montage machen, um nachher wieder auf die alte Weise fortzuhungern und zu taglöhnern. So verleben leider viele, obwohl in einem fruchtbaren Lande und mit allen Naturgaben ausgerüstet, die sonst in der Welt voranbringen, ihre Jugend in Armut und gehen einem elenden Alter am Bettelstabe entgegen. In seiner Verwahrlosung dem Aberglauben zugeneigt, glaubt der Unglückliche sehr fromm zu sein, während er seinem Gewissen die ungebührlichsten Ausdehnungen zumutet. Wirklich stehen auch manche Pflichten seinen mit der Muttermilch eingesogenen Ansichten vom eigenen Rechte zu sehr entgegen, als daß er sie je begreifen sollte – jene gegen den Gutsherrn zum Beispiel, den er nach seinem Naturrecht gern als einen Erbfeind oder Usurpator des eigentlich *ihm* zuständigen Bodens betrachtet, dem ein echtes Landeskind nur aus List, um der guten Sache willen, schmeichle und übrigens Abbruch tun müsse, wo es immer könne. – Noch empörender scheinen ihm die Forst- und Jagdgesetze, da ja ›unser Herrgott das Holz von selbst wachsen läßt und das Wild aus einem Lande in das andere wechselt‹. Mit diesem Spruche im Munde glaubt der Frevelnde sich völlig berechtigt, jeden Förster, der ihn in flagranti überrascht, mit Schnupftabak zu blenden und, wie er kann, mit ihm fertig zu werden. Die Gutsbesitzer sind deshalb zu einem erschöpfenden Aufwande an Forstbeamten gezwungen, die den ganzen Tag und manche Nacht durchpatrouillieren und doch die massivsten Forstfrevel, zum Beispiel das Niederschlagen ganzer Waldstrecken in einer Nacht, nicht immer verhindern können. Hier scheitern alle Anstrengungen der sehr ehrenwerten Geistlichkeit, und selbst die Versagung der Absolution im Beichtstuhle verliert ihre Kraft, wie bei dem Korsen, wenn es eine Vendetta gilt. Noch vor dreißig Jahren war es etwas sehr Gewöhnliches, beim Mondscheine langen Wagenreihen zu begegnen, neben denen dreißig bis vierzig Männer hertrabten, das Beil auf der Schulter, den Ausdruck lauernder Entschlossenheit in den gebräunten

Zügen, und der nächste Morgen brachte dann gewiß – je nachdem sie mit den Förstern zusammengetroffen oder ihnen glücklich ausgewichen waren – die Geschichte eines blutigen Kampfes oder eines grandiosen Waldfrevels. Die Überwachung der preußischen Regierung hat allerdings dieser Öffentlichkeit ein Ziel gesetzt, jedoch ohne bedeutende Resultate in der Sache selbst, da die Frevler jetzt durch List ersetzen, was sie an Macht einbüßen, und es ist leider eine Tatsache, daß die Holzbedürftigen, sogar Beamte, von Leuten, denen doch, wie sie ganz wohl wissen, kein rechtlicher Splitter eigen ist, ihren Bedarf so ruhig nehmen, wie allerorts Strandbewohner ihren Kaffee und Zucker von den Schmugglern zu nehmen pflegen. Daß auch dieser letztere Erwerbszweig hier dem Charakter des Besitzlosen zu sehr zusagt, als daß er ihn vernachlässigen sollte, selbst wenn die mehrstündige Entfernung der Grenze ihn mühsam, gefahrvoll und wenig einträglich zugleich macht, läßt sich wohl voraussetzen, und fast bis im Herzen des Landes sehen wir bei abendlichen Spaziergängen kleine Truppen von fünfen oder sechsen hastig und ohne Gruß an uns vorüber der Wesergegend zustapfen und können sie in der Morgendämmerung mit kleinen Bündeln, schweißtriefend und nicht selten mit verbundenem Kopfe oder Arme, wieder in ihre Baracken schlüpfen sehen. Zuweilen folgen die Zollbeamten ihnen stundenweit; die Dörfer des Binnenlandes werden durch nächtliche Schüsse und wüstes Geschrei aufgeschreckt – am nächsten Morgen zeigen Gänge durchs Kornfeld, in welcher Richtung die Schmuggler geflohen; zerstampfte Flächen, wo sie sich mit den Zöllnern gepackt haben, und ein halbes Dutzend Taglöhner läßt sich bei seinem Dienstherrn krank melden. – Die Ehen, meist aus Leidenschaft und mit gänzlicher Rücksichtslosigkeit auf äußere Vorteile geschlossen, würden anderwärts für höchst unglücklich gelten, da kaum eine Barackenbewohnerin ihr Leben beschließt, ohne Bekanntschaft mit dem sogenannten ›braunen Heinrich‹ oder ungebrannter Asche gemacht zu haben. Sie aber finden es ›ländlich, sittlich‹ und leben der Überzeugung, daß eine gute Ehe wie ein gutes Gewebe zuerst des Einschlags bedarf, um nachher ein tüchtiges Hausleinen zu liefern. Wollten wir eine Zusammenstellung der untern Volksklassen nach den drei Hauptrassen Westfalens machen, so würden wir sagen: der Sauerländer freit wie ein Kaufmann, nämlich nach Geld oder Geschicklichkeit, und führt auch seine Ehe so – kühl und auf gemeinschaftlichen Erwerb gerichtet. Der Münsterländer freit wie ein Herrnhuter, gutem Rufe und dem Willen seiner Eltern gemäß, und liebt und trägt seine Ehe, wie ein aus Gottes Hand gefallenes Los, in friedlicher Pflichterfüllung. Der Paderbörner Wildling aber, hat Erziehung und Zucht nichts an ihm getan, wirbt wie ein derbes Naturkind mit allem Ungestüm seines heftigen Blutes. Mit seinen und den Eltern seiner Frau muß es daher auch oft zu heftigen Auftritten kommen. Er geht unter die Soldaten, oder er läuft Gefahr, zu verkommen, wenn seine Neigung unerwidert bleibt. Die Ehe wird in diesen dürftigen Hütten den Frauen zum wahren Fegfeuer, bis sie sich zurechtgefunden; Fluch- und Schimpfreden haben, wie bei den Matrosen, einen großen Teil ihrer Bedeutung verloren und lassen eine rohe Art aufopfernder Liebe wohl neben sich bestehen. Über das Verderbnis der dienenden Klassen wird sehr geklagt; jedes noch so flüchtige Verhältnis zwischen den zwei Geschlechtern müsse streng überwacht werden von denen, die ihr Haus rein von Skandal und ihre weiblichen Dienstboten in dienstfähigem Zustande zu erhalten wünschen; selbst die Unteraufseher, Leute von gesetzten Jahren und sonst streng genug, schienen taub und blind, sobald nicht ein Verlöbnis, sondern nur der Glaube an eine ernstliche Absicht vorhanden sei – ›die beiden freien sich‹ –, und damit seien alle Schranken gefallen, obwohl aus zwanzig solcher Freiereien kaum eine Ehe hervorgehe und die Folgen davon den Gemeinden zur Last fielen. Auch die Branntweinpest fordert hier nicht wenige Opfer, und bei diesem heftigen Blut wirkt das Übermaß um so wilder und gefährlicher. Diese Verwahrlosung ist um so mehr zu beklagen, da es auch dem letzten nicht leicht an Talenten und geistigen Mitteln gebricht und seine schlaue Gewandtheit, sein Mut, seine tiefen unbändigen Leidenschaften und vor allem seine reine Nationalität, verbunden mit dem markierten Äußern, ihn zu einem allerdings würdigen Gegenstand der Aufmerksamkeit machen. – Alter Gebräuche bei Festlichkeiten gibt es wenige und in seltner Anwendung, da der Paderbörner jedem Zwange zu abgeneigt ist, als daß er sich eine Lust durch etwas, das nach Zeremoniell schmeckt, verderben sollte. Bei den Hochzeiten zum Beispiel fällt wenig Besonderes vor, das allerwärts bekannte Schlüssel- und Brotüberreichen findet auch hier statt, das heißt, wo es, außer einer alten Truhe, etwas gibt, was des Schlüssels bedürfte – nachher geht jeder seinem Jubel bei Tanz und Flasche nach, bis sich alles zum ›Papen von Istrup‹ stellt, einem beliebten Nationaltanz, einem Durcheinanderwirbeln und Verschlingen, was erst nach dem Lichtanzünden beginnt und dem ›Reisenden für Völker- und Länderkunde‹ den Zeitpunkt angibt, wo es für ihn geratener sein möchte, sich zu entfernen, da fortan die Aufregung der Gäste bis zu einer Höhe steigt, deren Kulminationspunkt nicht vorauszuberechnen ist. Ist die Braut eine echte ›Flüggebraut‹, eine Braut in Kranz und fliegenden Haaren, so tritt sie gewiß stolz wie eine Fürstin auf, und dieses glorreiche Familienereignis wird noch der Stolz ihrer Nachkommen, die sich dessen wohl zu rühmen wissen, wie stattlich sie mit Spiegeln und Flittergold in den Haaren einhergestrahlt sei. – Lieber als eine Hochzeit ist dem Paderbörner noch die Fastnacht, an deren erstem Tage (Sonntag Estomihi) der Bursche dahersteigt, in der Hand, auf goldenem Apfel, einen befiederten Hahn aus Brotteig, den er seiner Liebsten verehrt oder auch der Edelfrau, nämlich wenn es ihm an Geld für die kommenden nassen Tage fehlt. Am Montag ist der Jubel im tollsten Gange; selbst Bettler, die nichts anderes haben, hängen ihr geflicktes Bettuch über den Kopf und binden einen durchlöcherten Papierbogen vors Gesicht, und diese machen, wie sie mit ihren aus der weißen Umrandung blitzenden Augen und langen Nasenschnäbeln die Mauern entlang taumeln, einen noch grausigeren Eindruck wie die eigentlichen Maskenzüge, die in scheußlichen Verkleidungen mit Geheul und Hurra auf Ackergäulen durch die Felder galoppieren, alle hundert Schritte einen Sandreiter zurücklassend, der ihnen wüst nachjohlt oder als ein hinkendes Ungetüm ins Dorf zurückächzt. Sehr beliebt ist auch das Schützenfest, zum Teil der Ironie wegen, da an diesem Tage der ›Wildschütz‹ vor dem Auge der sein Gewerb ignorierenden Herrschaft mit seinem sichern Blick und seiner festen Hand paradieren darf und oft der schlimmste Schelm, dem die Förster schon wochenlang nachstellten, dem gnädigen Fräulein Strauß und Ehrenschärpe als seiner Königin überreicht und mit ihr die Zeremonie des ersten Tanzes durchmacht. Ihm folgt am nächsten Tage das Frauenschießen, eine galante Sitte, die man hier am wenigsten suchen sollte und die sich anmutig genug ausnimmt. Morgens in aller Frühe ziehen alle Ehefrauen der Gemeinde, unter ihnen manche blutjunge und hübsche, vor dem Edelhofe auf, in ihren goldenen Häubchen und Stirnbinden, bebändert und bestraußt, jede mit dem Gewehr ihres Mannes über der Schulter. Voran die Frau des Schützenkönigs, mit den Abzeichen ihrer Würde, den Säbel an der Seite, wie weiland Maria Theresia auf den Kremnitzer Dukaten; ihr zunächst die Fähnderichin mit der weißen Schützenfahne; – auf dem Hofe wird haltgemacht, die Königin zieht den Säbel, kommandiert – rechts! links! – kurz, alle militärischen Evolutionen; dann wird die Fahne geschwenkt, und das blanke Regiment zieht mit einem hellen Hurra dem Schießplatze zu, wo jede – manche mit der zierlichsten Koketterie – ihr Gewehr ein paarmal abfeuert und unter klingendem Spiele der Schenke zu marschiert, wo es heute keinen König gibt, sondern nur eine Königin und ihren Hof, die alles anordnen und von denen sich die Männer heute alles gefallen lassen. – Einen gleich starken Gegensatz zu den derben Sitten des Landes gibt der Beginn des Erntefestes. Dieses wird nur auf Edelhöfen und großen Pachtungen im altherkömmlichen Stile gefeiert. Der voranschreitenden Musik folgt der Erntewagen mit dem letzten Fuder, auf dessen Garben die Großmagd thront, über sich auf einer Stange den funkelnden Erntekranz; – dann folgen sämtliche Dienstleute, paarweise mit gefalteten Händen, die Männer barhaupt, so ziehen sie langsam über das Feld dem Edelhofe zu, das Tedeum nach der schönen alten Melodie des katholischen Ritus absingend, ohne Begleitung, aber bei jedem dritten Verse von den Blasinstrumenten abgelöst, was sich überaus feierlich macht und gerade bei diesen Menschen und unter freiem Himmel etwas wahrhaft Ergreifendes hat. Im Hofe angelangt, steigt die Großmagd ab und trägt ihren Kranz mit einem artigen Spruche zu jedem Mitgliede der Familie, vom Hausherrn an bis zum kleinsten Jünkerchen auf dem Schaukelpferde, dann wird er über das Scheuertor an die Stelle des vorjährigen gehängt, und die Lustbarkeit beginnt. Obwohl sich keiner ausgezeichneten Singorgane erfreuend, sind die Paderbörner doch überaus gesangliebend; überall – in den Spinnstuben – auf dem Felde

– hört man sie quinkelieren und pfeifen; sie haben ihre eigenen Spinn-, ihre Acker-, Flachsbrech- und Rauflieder – das letzte ist ein schlimmes Spottlied, was sie nach dem Takte des Raufens jedem Vorübergehenden aus dem Stegreif zusingen. Sonderlich junge Herren, die sich, den Verhältnissen nach, zu Freiern ihrer Fräulein qualifizieren, können darauf rechnen, nicht ungeneckt vorbeizukommen und sich von zwanzig bis dreißig Stimmen nachkrähen zu hören: »He! he! he! er ist ihr zu dick, er hat kein Geschick« – oder: »Er ist ihr zu arm, daß Gott erbarm! Den Kuinkel, den Kuank, der Vogel, der sang, das Jahr ist lang, oh! oh! oh! laßt ihn gehn!« – Überhaupt rühmen sie sich gern, wo es ihnen Anlaß zum Streit verspricht, ihrer Herrschaft, als ob sie aus Gold wäre; stehen auch in ernstern Fällen aus demselben Grunde bisweilen zu ihr gleich dem Besten, und es ist hier, wie bei der Pariser Polizei, nichts Ungewöhnliches, die schlimmsten ›Wildschützen‹ nach einigen Jahren als Forstgehilfen wiederzufinden, denen es alsdann ein Herzensgaudium ist, sich mit ihren alten Kameraden zu raufen und den bekannten Listen neue entgegenzusetzen; und noch vor kurzem packten ein Dutzend solcher Praktiker ihren Herzensfreund, den Dorfschulmeister, der sie früher in der Taktik des ›Holzsuchens‹ unterrichtet hatte, wie er eben daran war, die dritte oder vierte Auflage der Rekruten einzuüben, etwa achtzig barfüßige Schlingel nämlich, die, wie junge Wölfe zuerst mit dem Blutaussaugen anfangen, mit ihren krummen Messern kunstfertig in dem jungen Schlag wüteten, während der Pädagog, von einer breiten Buche herab, das Kommando führte.

Wir haben bereits den Volksaberglauben erwähnt; dieser äußert sich, neben der Gespensterfurcht und dem Hexenglauben, vorzugsweise in sympathetischen Mitteln und dem sogenannten Besprechen, einem Akt, der manches zu denken gibt und dessen wirklich seltsame Erfolge sich durch bloßes Hinwegleugnen keineswegs beseitigen lassen. Wir selbst müssen gestehen, Zeugen unerwarteter Resultate gewesen zu sein. Auf die Felder, die der Besprecher mit seinem weißen Stäbchen umschritten und worauf er die Scholle eines verpfändeten Ackers geworfen hat, wagt sich in der Tat kein Sperling, kein Wurm, fällt kein Mehltau, und es ist überraschend, diese Strecken mit schweren, niederhangenden Ähren zwischen weiten Flächen leeren Strohes zu sehen. Ferner, ein prächtiger Schimmel, arabischer Rasse und überaus feurig, war, zu einem übermäßigen Sprunge gespornt, gestürzt und hatte sich die Zunge dicht an der Wurzel durchgebissen. Da das Schlagen des wütenden Tieres es in den ersten Tagen unmöglich machte, der Wunde beizukommen, war der Brand hinzugetreten, und ein sehr geschickter Arzt erklärte das schöne Pferd für rettungslos verloren. Jetzt ward zur ›Waffensalbe‹ geschritten – keinem Arzneimittel, wie man wahrscheinlich glauben wird, sondern einem geheimnisvollen, mir unbekannt gebliebenen Gebrauch, zu dessen Behuf dem mehrere Stunden entfernten Besprecher nur ein von dem Blut des Tieres beflecktes Tuch gesandt wurde. Man kann sich denken, welches Vertrauen ich in dieses Mittel setzte! Am nächsten Tage wurde das Tier jedoch so ruhig, daß ich dieses als ein Zeichen seiner nahenden Auflösung ansah; am folgenden richtete es sich auf, zerbiß und verschluckte, obwohl etwas mühsam, einige Brotscheiben ohne Rinde; am dritten Morgen sahen wir zu unserm Erstaunen, daß es sich über das in der Raufe befindliche Futter hergemacht und einen Teil desselben bereits verzehrt hatte, während nur ein behutsames Auswählen der weicheren Halme und ein leises Zucken um Lippen und Nüstern die Empfindlichkeit der, wie wir uns durch den Augenschein überzeugen mußten, völlig geschlossenen Wundstelle andeuteten; und seitdem habe ich den schönen Araber manches Mal, frisch und feurig wie zuvor, mit seinem Reiter durchs Feld stolzieren sehen. – Dergleichen und ähnliches fällt täglich vor, und hiebei ist die Annäherung des Besprechers oder seines Mittels an den zu besprechenden Gegenstand immer so gering (in manchen Fällen, wie dem eben genannten, fällt sie gänzlich fort), daß eine Erklärung durch natürlich wirkende Essenzen hier keine Statt haben kann, so wie die vielbesprochene Macht der Phantasie bei Tieren, Kräutern und selbst Gestein wegfallen muß und dem Erklärer wohl nur die Kraft des menschlichen Glaubens, die magnetische Gewalt eines festen Willens über die Natur als letztes Auskunftsmittel bleiben dürfte. – Folgenden Vorfall haben wir aus dem Munde eines glaubwürdigen Augenzeugen: In dem Garten eines Edelhofes hatte die grüne Kohlraupe dermaßen überhandgenommen, daß der Besitzer, obwohl Protestant, in seinem Überdrusse endlich zum Besprecher schickte. Dieser fand sich alsbald ein, umschritt die Gemüsefelder, leise vor sich hin murmelnd, wobei er mit seinem Stäbchen hier und dort einen Kohlkopf berührte. Nun stand unmittelbar am Garten ein Stallgebäude, an dessen schadhaftem Dache einige Arbeiter flickten, die sich den Spaß machten, den Zauberer durch Spottreden, hinabgeworfene Kalkstückchen usw. zu stören. Nachdem dieser sie wiederholt gebeten hatte, ihn nicht zu irren, sagte er endlich: »Wenn ihr nicht Ruhe haltet, so treibe ich euch die Raupen auf das Dach«, und als die Neckereien dennoch nicht aufhörten, ging er an die nächste Hecke, schnitt eine Menge fingerlanger Stäbchen, stellte sie horizontal an die Stallmauer und entfernte sich. Alsbald verließen sämtliche Raupen ihre Pflanzen, krochen in breiten grünen Kolonnen über die Sandwege an den Stäbchen die Mauer aufwärts, und nach einer halben Stunde hatten die

Arbeiter das Feld geräumt und standen im Hofe, mit Ungeziefer besät und nach dem Dache deutend, was wie mit einer grünen wimmelnden Decke überzogen war. Wir geben das eben Erzählte übrigens keineswegs als etwas Besonderes, da die oben berührte Erklärung durch auf den Geruch wirkende Essenzen hier am ersten stattfinden dürfte, sondern nur als ein kleines Genrebild aus dem Tun und Treiben eines phantasiereichen und eben besprochenen Volkes.

Ehe wir von diesem zu andern übergehen, erlauben wir uns noch zum Schlusse die Mitteilung einer vor etwa vierzig Jahren vorgefallenen Szene, die allerdings unter der jetzigen Regierung nicht mehr stattfinden könnte, jedoch den Charakter des Volkes zu anschaulich darstellt, als daß wir sie am ungeeigneten Orte glauben sollten. Zu jener Zeit stand den Gutsbesitzern die niedere Gerichtsbarkeit zu und wurde mitunter streng gehandhabt, wobei sich, wie es zu gehen pflegt, der Untergebene mit der Härte des Herrn, der Herr mit der Böswilligkeit des Untergebenen entschuldigte und in dieser Wechselwirkung das Übel sich fortwährend steigerte. Nun sollte der Vorsteher (Meier) eines Dorfes allzu grober Betrügereien und Diebstähle halber seines Amtes entsetzt werden. Er hatte sich manchen verpflichtet, manchen bedrückt, und die Gemeinde war in zwei bittere Parteien gespalten. Schon seit mehreren Tagen war eine tückische Stille im Dorfe bemerkt worden, und als am Gerichtstage der Gutsherr, aus Veranlassung des Unwohlseins, seinen Geschäftsführer bevollmächtigte, in Verein mit dem eigentlichen Justitiar die Sache abzumachen, war den beiden Herren diese Abänderung keineswegs angenehm, da ihnen wohl bewußt war, daß der Bauer seine Herrschaft zwar haßt, jeden Städter aber und namentlich ›das Schreibervolk‹ aus tiefster Seele verachtet. Ihre Besorgnis ward nicht gemindert, als einige Stunden vor der Sitzung ein Schwarm barfüßiger Weiber in den Schloßhof zog, wahre Poissarden, mit fliegenden Haaren und Kindern auf dem Arm, sich vor dem Hauptgebäude zusammendrängte und wie ein Nest junger Teufel zu krähen anfing: »Wir revoltieren! wir protestieren! wir wollen den Meier behalten! unsere Kerle sind auf dem Felde und mähen und haben uns geschickt, wir revoltieren!« Der Gutsherr trat ans Fenster und rief hinaus: »Weiber! macht euch fort, der Amtmann (Justitiar) ist noch nicht da«, worauf der Schwarm sich allmählich unter Geschrei und Fluchen verlor. Als nach einigen Stunden die Sitzung begonnen hatte und die bereits abgehaltenen Verhöre verlesen wurden, erhob sich unter den Fenstern des Gerichtslokals ein dumpfes, vielstimmiges Gemurmel, was immer zunahm, dann drängten sich ein paar starkknochige Männer in die Stube, wieder andere, in kurzem war sie zum Ersticken überfüllt. Der Justitiar, an solche Auftritte gewöhnt, befahl ihnen mit ernster Stimme, hinauszugehen; sie gehorchten wirklich, stellten sich aber, wie er ganz wohl sah, an der Türe auf; zugleich bemerkte er, daß einige, mit grimmigem Blicke auf die Gegenpartei, ihre Kittel lüfteten und kurze schwere Knüttel sichtbar werden ließen, was von der andern Seite mit einer ähnlichen Pantomime erwidert wurde. Dennoch las er das Urteil mit ziemlicher Fassung ab und schritt dann, seinen Gefährten am Kleide zupfend, hastig der Türe zu. Dort aber drängten sich die Außenstehenden hinein und ließen ihre Knüttel spielen, und – daß wir es kurz machen – die heilige Justiz mußte froh sein, die Nähe eines Fensters zu einem etwas unregelmäßigen Rückzuge benutzen zu können. Dem Gutsherrn war indessen durch den sich allmählich nach außen ziehenden Tumult die Lage der Dinge bereits klargeworden, und er hatte die Schützengilde aufbieten lassen, lauter Angehörige der Beteiligten, die sich freuten, bei dieser schönen Gelegenheit auch einmal drauflos waschen zu können. Sie waren eben aufmarschiert, als die Sturmglocke erschallte. Einige Schützen rannten nun spornstreichs in den Turm, wo sie ein altes Weib fanden, das aus Leibeskräften den Strang zog, sofort aber gepackt und auf Umwegen ins Hundeloch spediert wurde. Indessen stand der Gutsherr am Fenster und überwachte mit seinem Tubus die Wege, welche zu den berüchtigtsten Dörfern führten, und nicht lange, so sah er es von allen Bergen herunter wimmeln wie die Beduinenschwärme, er konnte deutlich die Knüttel in ihren Händen unterscheiden und an ihren Gebärden sehen, wie sie sich einander riefen und zuwinkten. Schnell besonnen warf er einen Blick auf die Windfahne des Schloßturms, und nachdem er sich überzeugt hatte, daß die Luft den Lärm nicht bis zu der Stelle führe, wo die Kommenden etwa in einer Viertelstunde angelangt sein konnten, wurden eilends einige zuverlässige Leute abgefertigt, die in Hemdärmeln mit Sense und Rechen, wie Arbeiter, die aufs Feld ziehen, den verschiedenen Trupps entgegenschlendern und ihnen erzählen mußten, das Geläute im Dorfe habe einem brennenden Schlote gegolten, der aber bereits gelöscht sei. Die List gelang, alle trollten sich fluchend heim, während drinnen die Schützengilde auch ihr Bestes mit Faust und Kolben tat und so der ganze Skandal mit einigen ernstlich Verwundeten und einem Dutzend ins Loch Gesteckten endigte, zwei Drittel der Gemeinde aber eine Woche lang wie mit Pestbeulen behaftet aussahen und eine besondere Schwerfälligkeit in ihren Bewegungen zeigten. – Ähnliche Auftritte waren früher so gewöhnlich wie das tägliche Brot; noch heute, trotz des langjährigen Zwanges, ist der gemeine Mann innerlich nicht um ein Haarbreit von seinen Gelüsten und Ansichten abgewichen, er kann wohl niedergehalten werden, die Glut wird aber unter der Asche immer fortglimmen. Erhöhter Wohlstand würde einiges mildern, wären nicht Leichtsinn und die Leidenschaft, welche zuerst eine dürftige Bevölkerung zuwege bringen, deren geringes Eigentum Schenkwirten und Winkeladvokaten zur Beute wird. Dennoch kann man sich des Bedauerns mit einem Volke nicht enthalten, das, mit Kraft, Scharfsinn und Ausdauer begabt und im Besitze eines gesegneten Bodens, in so vielen seiner Glieder den traurigsten Verhältnissen anheimgefallen ist.

Drittes Kapitel
Die Grenze – Münsterländisches Stilleben – Patriarchalisches Wesen – Brautwerbung und Hochzeitsgebräuche – Frömmigkeit und harmloser Aberglaube – Die Vorgesichte – Duldender Mut und Herzensgüte

Selten mögen wenige Meilen einen so raschen Übergang hervorbringen als jene, welche die Grenzstriche Paderborns und seines frommen Nachbarlandes, des Bistums Münster, bilden. Noch vor einer Stunde, hinter dem nächsten Hügel, haben kleine, schwarzbraune Schlingel, die, im halben Naturzustande, ihre paar mageren Ziegen weniger hüteten als bei ihnen diebswegen Wache standen, auf deine Frage nach dem Wege dich zuerst durch verstelltes Mißverstehen und Witzeleien gehöhnt und dir dann unfehlbar einen Pfad angegeben, wo du wie eine Unke im Sumpfe oder wie Abrahams Widder in den Dornen gesteckt hast – das heißt, wenn du nicht mit Geld klimpertest, denn in diesem Falle haben nicht einer, sondern sämtliche Buben ihre Ziegen, um sie desto sicherer wiederzufinden, ins Kornfeld getrieben und mindestens ein Dutzend Zäune zerbrochen und Pfähle ausgerissen, um dir den nächsten Weg zu bahnen, und du hast dich übel und böse zu einer vierfachen Abfindung entschließen müssen, – und jetzt stehst du wie ein Amerikaner, der soeben den Wigwams der Irokesen entschlüpft ist und die ersten Einfriedigungen einer Herrnhuter Kolonie betritt, vor ein paar runden Flachsköpfen, in mindestens vier Kamisölern, Zipfelmützen, Wollstrümpfen und den landesüblichen Holzschuhen, die ihre Kuh ängstlich am Stricke halten und vor Schrecken aufschreien, wenn sie nach einer Ähre schnappt. Ihre Züge, deren Milchhaut die Sonne kaum hat etwas anhaben können, tragen so offen den Ausdruck der gutmütigsten Einfalt, daß du dich zu einer nochmaligen Nachfrage entschließest. »Herr!« sagt der Knabe und reicht dir eine Kußhand, »das Ort weiß ich nicht.« – Du wendest dich an seinen Nachbarn, der gar nicht antwortet, sondern dich nur anblinzt, als dächte er, du wollest ihn schlagen. – »Herr!« nimmt der erstere wieder das Wort, »*der* weiß es auch nicht«; verdrießlich trabst du fort, aber die Knaben haben zusammen geflüstert, und der große Redner kommt dir nachgeklappert: »Meint der Herr vielleicht -?« (hier nennt er den Namen des Orts im Volksdialekt), auf deine Bejahung stampft er herzhaft vor dir her, immer nach seinen Kameraden umschauend, die ihm mit ihren Augen den Rükken decken bis zum nächsten Kreuzweg; dann hastig mit der Hand eine Richtung bezeichnend, springt er fort, so schnell es sich in Holzschuhen galoppieren läßt, und du steckst deinen Dreier wieder ein oder wirfst ihn in den Sand, wo die kleinen Heidläufer, die dich aus der Ferne beobachten, ihn schon nicht werden umkommen lassen. – In diesem Zuge hast du den Charakter des Landvolks in nuce. Gutmütigkeit, Furchtsamkeit, tiefes Rechtsgefühl und eine stille Ordnung und Wirtlichkeit, die, trotz seiner geringen Anlage zu Spekulationen und glücklichen Gedanken, ihm doch einen Wohlstand zuwege gebracht hat, der selbst den seines gewerbtreibenden Nachbars, des Sauerländers, weit übertrifft. Der Münsterländer heiratet selten, ohne ein sicheres

Auskommen in der Hand zu haben, und verläßt sich, wenn ihm dieses nicht beschieden ist, lieber auf die Milde seiner Verwandten oder seines Brotherrn, der einen alten Diener nicht verstoßen wird; und wirklich gibt es keine einigermaßen bemittelte Wirtschaft ohne ein paar solcher Segenbringer, die ihre müden Knochen auf dem besten Platze am Herde auswärmen. – Die illegitime Bevölkerung ist gar nicht in Anschlag zu bringen, obwohl jetzt eher als wie vor dreißig Jahren, wo wir in einer Pfarre von fünftausend Seelen ein einziges uneheliches Kind antrafen, einen Burschen von fünfundzwanzig Jahren, den zur Zeit der Demarkationslinie ein fremder Feldwebel einem armen Dienstmädchen als trauriges Andenken hinterlassen hatte. Bettler gibt es unter dem Landvolke nicht, weder dem Namen noch der Tat nach, sondern nur in jeder Gemeinde einige ›arme Männer, arme Frauen‹, denen in bemittelten Häusern nach der Reihe die Kost gereicht wird, wo dann die nachlässigste Mutter ihr Kind strafen würde, wenn es an dem ›armen Manne‹ vorüberging, ohne ihn zu grüßen. So ist Raum, Nahrung und Frieden für alle da, und die Regierung möchte gern zu einer stärkeren Bevölkerung anregen, die aber gewiß traurige Folgen haben würde bei einem Volke, was wohl ein Eigentum verständig zu bewirtschaften weiß, dem es aber zum Erwerbe mit leerer Hand gänzlich an Geschick und Energie fehlt, und das Sprichwort: ›Not lehrt beten‹ (respektive arbeiten) würde sich schwerlich hinlänglich hier bewähren, wo schon die laue, feuchte Luft den Menschen träumerisch macht und seine Schüchternheit zum Teil körperlich ist, so daß man ihn nur anzusehen braucht, um das langsame Rollen seines Blutes gleichsam mitzufühlen.

Der Münsterländer ist groß, fleischig, selten von starker Muskelkraft, – seine Züge sind weich, oft äußerst lieblich und immer durch einen Ausdruck von Güte gewinnend, aber nicht leicht interessant, da sie immer etwas Weibliches haben und selbst ein *alter* Mann oft frauenhafter aussieht als eine Paderbörnerin in den mittleren Jahren; – die helle Haarfarbe ist durchaus vorherrschend; man trifft alte Flachsköpfe, die vor Blondheit nicht haben ergrauen können. Dieses und alles Dazugehörige – die Hautfarbe, blendendweiß und rosig und den Sonnenstrahlen bis ins überreife Alter widerstehend, die lichtblauen Augen ohne kräftigen Ausdruck, das feine Gesicht mit fast lächerlich kleinem Munde, hierzu ein oft sehr anmutiges und immer wohlwollendes Lächeln und schnelles Erröten – stellen die Schönheit beider Geschlechter auf sehr ungleiche Waage; es gibt nämlich fast keinen Mann, den man als solchen wirklich schön nennen könnte, während unter zwanzig Mädchen wenigstens fünfzehn als hübsch auffallen, und zwar in dem etwas faden, aber doch lieblichen Geschmacke der englischen Kupferstiche. – Die weibliche Landestracht ist mehr wohlhäbig als wohlstehend; recht viele Tuchröcke von dicken Falten, recht schwere Goldhauben und Silberkreuze an schwarzem Samtbande und bei den Ehefrauen Stirnbinden mit möglichst breiter Spitze bezeichnen hier den Grad des Wohlstandes, da selten jemand in den Laden geht ohne die nötigen blanken Taler in der Hand und noch seltner durch Putzsucht das richtige Verhältnis zwischen der Kleidung und dem ungeschnittenen Leinen und andern häuslichen Schätzen gestört wird. – Der Hausstand in den zumeist vereinzelt liegenden Bauernhöfen ist groß und in jedem Betracht reichlich, aber durchaus bäurisch. – Das lange Gebäude von Ziegelsteinen, mit tief niederragendem Dache und von der Tenne durchschnitten, an der zu beiden Seiten eine lange Reihe von Hornvieh ostfriesischer Rasse mit ihren Ketten klirrt, – die große Küche hell und sauber, mit gewaltigem Kamine, unter dem sich das ganze Hauspersonale bergen kann; das viele zur Schau gestellte blanke Geschirr und die absichtlich an den Wänden der Fremdenstube aufgetürmten Flachsvorräte erinnern ebenfalls an Holland, dem sich überhaupt diese Provinz, was Wohlstand und Lebensweise betrifft, bedeutend nähert, obwohl Abgeschlossenheit und gänzlich auf den innern Verkehr beschränktes Wirken ihre Bevölkerung von all den sittlichen Einflüssen, denen handelnde Nationen nicht entgehen können, so frei gehalten haben wie kaum einen andern Landstrich. Ob starke Reibungen mit der Außenwelt dem Münsterländer den Mut und die Betriebsamkeit des Batavers, ein patriarchalisches Leben diesem die Sitteneinfalt und Milde des Münsterländers geben könnten, müssen wir dahingestellt sein lassen, bezweifeln es aber; jetzt mindestens sind sie sich in den Zügen, die man als die nationalsten beider anzuführen pflegt, fast feindlich entgegengesetzt und verachten sich auch gegenseitig, wie es Nachbarn zukommt. Wir haben schon früher von dem überaus friedlichen Eindrucke eines münsterischen Gehöftes gesprochen. In den Sommermonaten, wo das Vieh im Felde ist, vernimmst du keinen Laut außer dem Bellen des sich an seiner Kette abzappelnden Hofhundes und, wenn du dicht an der offenen Haustüre herschreitest, dem leisen Zirpen der in den Mauernesseln aus- und einschlüpfenden Küchlein und dem gemessenen Pendelschwung der Uhr, mit dessen Gewichten ein paar junge Kätzchen spielen; – die im Garten jätenden Frauen sitzen so still gekauert, daß du sie nicht ahnst, wenn ein zufälliger Blick über den Hagen sie dir nicht verrät, und die schönen schwermütigen Volksballaden, an denen diese Gegend überreich ist, hörst du etwa nur auf einer nächtlichen Wanderung durch das Schnurren der Spinnräder, wenn die blöden Mädchen sich vor jedem Ohre gesichert glauben. Auch auf dem Felde kannst du im Gefühl der tiefsten Einsamkeit gelassen fortträumen, bis ein zufälliges Räuspern oder das Schnauben eines Pferdes dir verrät, daß der Schatten, in den du soeben trittst, von einem halbbeladenen Erntewagen geworfen wird und du mitten durch zwanzig Arbeiter geschritten bist, die sich weiter nicht wundern, daß der ›nachdenkende Herr‹ ihr Hutabnehmen nicht beobachtet hat, da er nach ihrer Meinung ›andächtig‹ ist, das heißt den Rosenkranz aus dem Gedächtnisse hersagt. – Diese Ruhe und Einförmigkeit, die aus dem Innern hervorgehen, verbreiten sich auch über alle Lebensverhältnisse. Die Toten werden mäßig betrauert, aber nie vergessen, und alten Leuten treten noch Tränen in die Augen, wenn sie von ihren verstorbenen Eltern reden. An den Eheschlüssen hat frühere Neigung nur selten teil; Verwandte und achtbare Freunde empfehlen ihre Lieblinge einander, und das Fürwort des Geachtetsten gibt in der Regel den Ausschlag – so kommt es, daß manches Ehepaar sich vor der Kopulation kaum einmal gesehen hat, und unter der französischen Regierung kam nicht selten der lächerliche Fall vor, daß Sponsen, die meilenweit hergetrabt waren, um für ihre Bräute die nötigen Scheine bei der Behörde zu lösen, weder Vor- noch Zunamen derjenigen anzugeben wußten, die sie in der nächsten Woche zu heiraten gedachten, und sich höchlich wunderten, daß die Bezeichnung als Magd oder Nichte irgendeines angesehenen Gemeindegliedes nicht hinreichend gefunden wurde. Daß unter diesen Umständen die möglichst große Anzahl der Anträge noch ehrenvoller und für den Ruf entscheidender ist als anderwärts, begreift sich, und wir selbst wohnten der Trauung eines wahren Kleinodes von Brautpaar bei, wo der Bräutigam unter achtundzwanzigen, die Braut unter zweiunddreißigen gewählt hatte. Trotz der vorläufigen Verhandlungen ist jedoch selbst der Glänzendste hier seines Erfolgs nicht sicher, da die Ehrbarkeit ein bestimmtes Eingehen auf die Anträge des Brautwerbers verbietet, und jetzt beginnt die Aufgabe des Freiers. Er tritt an einem Nachmittage in das Haus der Gesuchten, und zwar jedesmal unter dem Vorwande, seine Pfeife anzuzünden – die Hausfrau setzt ihm einen Stuhl und scharrt schweigend die Glut auf, dann knüpft sie ein gleichgültiges Gespräch an vom Wetter, den Kornfrüchten usw. und nimmt unterdessen eine Pfanne vom Gesimse, die sie sorgfältig scheuert und über die Kohlen hängt. Jetzt ist der entscheidende Augenblick gekommen. – Sieht der Freier die Vorbereitungen zu einem Pfannkuchen, so zieht er seine dicke silberne Uhr hervor und behauptet, sich nicht länger aufhalten zu können; werden aber Speckschnitzel und Eier in die Pfanne gelegt, so rückt er kühnlich mit seinem Antrage heraus, die jungen Leute wechseln die ›Treue‹, nämlich ein paar alter Schaumünzen, und der Handel ist geschlossen.

Einige Tage vor der Hochzeit macht der Gastbitter mit ellenlangem Spruche seine Runde, oft meilenweit, da hier, wie bei den Schotten, das verwandte Blut bis in das entfernteste Glied und bis zum Ärmsten hinab geachtet wird. Nächst diesem dürfen vor allem die sogenannten Nachbarn nicht übergangen werden, drei oder vier Familien nämlich, die vielleicht eine halbe Meile entfernt wohnen, aber in uralten Gemeinderegistern, aus den Zeiten einer noch viel sparsameren Bevölkerung, als ›Nachbarn‹ verzeichnet stehen und, gleich Prinzen von Geblüte vor den näheren Seitenverbindungen, so auch ihre Rechte und Verpflichtungen vor den vielleicht erst seit ein paar hundert Jahren Näherwohnenden wahren. Am Tage vor der Hochzeit findet der ›Gabenabend‹ statt – eine freundliche Sitte, um den jungen Anfängern über die schwerste Zeit wegzuhelfen. Abends, wenn es bereits stark dämmert, tritt eine Magd nach der anderen ins Haus, setzt mit den Worten »Gruß von unserer

Frau« einen mit weißem Tuche verdeckten Korb auf den Tisch und entfernt sich sofort; dieser enthält die Gabe: Eier, Butter, Geflügel, Schinken – je nach den Kräften eines jeden –, und die Geschenke fallen oft, wenn das Brautpaar unbemittelt ist, so reichlich aus, daß dieses um den nächsten Wintervorrat nicht sorgen darf. Eine liebenswürdige, das Volk bezeichnende Höflichkeit des Herzens verbietet die Überbringung der Gabe durch ein Familienmitglied; wer keine Magd hat, schickt ein fremdes Kind. Am Hochzeitmorgen, etwa um acht, besteigt die Braut den mit einer weißen, goldflunkernden Fahne geschmückten Wagen, der ihre Ausstattung enthält; sie sitzt allein zwischen ihren Schätzen, im besten Staate, aber ohne besonderes Abzeichen, und weint aufs jämmerlichste; auch die auf dem folgenden Wagen gruppierten Brautjungfern und Nachbarinnen beobachten eine ernste, verschämte Haltung, während die auf dicken Ackergäulen nebenher trollenden Bursche durch Hutschwenken und hier und dort ein schwerfälliges Juchhei ihre Lustigkeit auszudrücken suchen und zuweilen eine alte, blindgeladene Flinte knallen lassen. Erst vor der Pfarrkirche findet sich der Bräutigam mit seinem Gefolge ein, besteigt aber nach der Trauung nicht den Wagen der Braut, sondern trabt als einziger Fußgänger nebenher bis zur Türe seines Hauses, wo die junge Frau von der Schwiegermutter empfangen und mit einem »Gott segne deinen Aus- und Eingang« feierlich über die Schwelle geleitet wird. Lebt die Mutter nicht mehr, so vertritt der Pfarrer ihre Stelle oder, wenn er zufällig gegenwärtig ist, der Gutsherr, was für eine sehr glückliche Vorbedeutung gehalten wird, die den Neuvermählten und ihren Nachkommen den ungestörten Genuß des Hofes sichert, nach dem Spruche: »Wen die Herrschaft einleitet, den leitet sie nicht wieder heraus.« Während dieser Zeremonie schlüpft der Bräutigam in seine Kammer und erscheint alsbald in Kamisol, Zipfelmütze und Küchenschürze. In diesem Aufzuge muß er an seinem Ehrentage den Gästen aufwarten, nimmt auch keinen Teil am Hochzeitsmahle, sondern steht, mit dem Teller unterm Arme, hinter der Braut, die ihrerseits keinen Finger rührt und sich wie eine Prinzessin bedienen läßt. Nach Tische beginnen auf der Tenne die althergebrachten Tänze: ›Der halbe Mond‹, ›Der Schustertanz‹, ›Hinten im Garten‹, – manche mit den anmutigsten Verschlingungen. Das Orchester besteht aus einer oder zwei Geigen und einer invaliden Baßgeige, die der Schweinehirt oder Pferdeknecht aus dem Stegreif streicht. Ist das Publikum sehr musikliebend, so kommen noch wohl ein paar Topfdeckel hinzu und eine Kornschwinge, die abwechselnd von den Gästen mit einem Spane aus Leibeskräften wider den Strich gekratzt wird. Nimmt man hierzu das Gebrüll und Kettengeklirr des Viehes, das erschrocken an seinen Ständen stampft, so wird man zugeben, daß die unerschütterliche Gravität der Tänzer mindestens nicht dem Mangel an aufregendem Geräusche zuzuschreiben ist. Hier und dort läßt wohl ein Bursche ein Juchhei los, was aber so einsam klingt wie ein Eulenschrei in einer Sturmnacht. – Bier wird mäßig getrunken, Branntwein noch mäßiger, aber siedender Kaffee ›zur Abkühlung‹ in ganzen Strömen, und mindestens sieben blanke Zinnkessel sind in steter Bewegung. Zwischen den Tänzen verschwindet die Braut von Zeit zu Zeit und kehrt allemal in einem anderen Anzuge zurück, so viel ihr derer zu Gebote stehen, vom Traustaate an bis zum gewöhnlichen Sonntagsputze, in dem sie sich noch stattlich genug ausnimmt, in der damastenen Kappe mit breiter Goldtresse, dem schweren Seidenhalstuche und einem so imposanten Körperumfange, als ihn mindestens vier Tuchröcke übereinander hervorbringen können. Sobald die Hängeuhr in der Küche Mitternacht geschlagen hat, sieht man die Frauen sich von ihren Bänken erheben und miteinander flüstern; gleichzeitig drängt sich das junge Volk zusammen, nimmt die Braut in seine Mitte und beginnt einen äußerst künstlichen Schnekkentanz, dessen Zweck ist, in raschem Durcheinanderwimmeln immer eine vierfache Mauer um die Braut zu erhalten, denn jetzt gilt's den Kampf zwischen Ehe und Jungfrauschaft. Sowie die Frauen anrücken, wird der Tanz lebhafter, die Verschlingungen bunter, die Frauen suchen von allen Seiten in den Kreis zu dringen, die Junggesellen durch vorgeschobene Paare sie wegzudrängen; die Parteien erhitzen sich, immer rascher wirbelt die Musik, immer enger zieht sich die Spirallinie, Arme und Knie werden zu Hilfe genommen, die Bursche glühen wie Öfen, die ehrwürdigen Matronen triefen von Schweiß, und man hat Beispiele, daß die Sonne über dem unentschiedenen Kampfe aufgegangen ist; endlich hat eine Veteranin, die schon einige und zwanzig Bräute in den Ehestand gezerrt hat, ihre Beute gepackt; plötzlich verstummt die Musik, der Kreis stäubt auseinander, und alles strömt den Siegerinnen und der weinenden Braut nach, die jetzt zum letzten Mal umgekleidet und mit Anlegung der fraulichen Stirnbinde symbolisch von ihrem Mädchentume geschieden wird – ein Ehrendienst, welcher den (sogenannten) Nachbarinnen zusteht, dem sich aber jede anwesende Ehefrau, die Gattin des Gutsherrn nicht ausgenommen, durch irgendeine kleine Dienstleistung, Darreichung einer Nadel oder eines Bandes, anschließt. Dann erscheint die Braut noch einmal in reinlicher Hauskleidung und Hemdärmeln, gleichsam eine bezwungene und fortan zum Dienen willige Brunhildis, greift aber dennoch nach ihres Mannes bereitliegendem Hute und setzt ihn auf; die Frauen tun desgleichen, und zwar jede den Hut ihres eigenen Mannes, den er ihr selbst ehrerbietig reicht, und eine stattliche Frauenmenuett beschließt die Feier und gibt zugleich die Vorbedeutung eines ehrenhaften, fleißigen, friedlichen Ehestandes, in dem die Frau aber nie vergißt, daß sie am Hochzeittage ihres Mannes Hut getragen. Noch bleibt den Gästen, bevor sie sich zerstreuen, eine seltsame Aufgabe – der Bräutigam ist nämlich während der Menuette unsichtbar geworden – er hat sich versteckt, offenbar aus Furcht vor der behuteten Braut, und das ganze Haus wird umgekehrt, ihn zu suchen; man schaut in und unter die Betten, raschelt im Stroh und Heu umher, durchstöbert sogar den Garten, bis endlich jemand in einem Winkel voll alten Gerümpels den Quast seiner Zipfelmütze oder ein Endchen der Küchenschürze entdeckt, wo er dann sofort gefaßt und mit gleicher Gewalt und viel weniger Anstand als seine schöne Hälfte der Brautkammer zugeschleppt wird.

Bei Begräbnissen fällt wenig Ungewöhnliches vor, außer daß der Tod eines Hausvaters seinen Bienen angesagt werden muß, wenn nicht binnen Jahresfrist alle Stöcke abzehren und versiechen sollen, weshalb, sobald der Verscheidende den letzten Odemzug getan, sofort der Gefaßteste unter den Anwesenden an den Stand geht, an jeden Korb pocht und vernehmlich spricht: »Einen Gruß von der Frau, der Herr ist tot«, worauf die Bienen sich christlich in ihr Leid finden und ihren Geschäften nach wie vor obliegen. Die Leichenwacht, die in Stille und Gebet abgehalten wird, ist eine Pflicht jener entfernten Nachbarn, so wie das Leichenmahl ihr Recht, und sie sorgen mit dafür, daß der Tote ein feines Hemd erhält, recht viele schwarze Schleifen und einen recht flimmernden Kranz und Strauß von Spiegeln, Rauschgold und künstlichen Blumen, da er unfehlbar am Jüngsten Tage in demselben Aufzuge erscheinen wird, wo sie dann Lob und Tadel mit den Hinterlassenen zu teilen haben. – Der Münsterländer ist überhaupt sehr abergläubisch, sein Aberglaube aber so harmlos wie er selber. Von Zauberkünsten weiß er nichts, von Hexen und bösen Geistern wenig, obwohl er sich sehr vor dem Teufel fürchtet, jedoch meint, daß dieser wenig Veranlassung finde, im Münsterlande umzugehen. Die häufigen Gespenster in Moor, Heide und Wald sind arme Seelen aus dem Fegfeuer, deren täglich in vielen tausend Rosenkränzen gedacht wird, und ohne Zweifel mit Nutzen, da man zu bemerken glaubt, daß die ›Sonntagsspinnerin‹ ihre blutigen Arme immer seltener aus dem Gebüsche streckt, der ›diebische Torfgräber‹ nicht halb so kläglich mehr im Moore ächzt und vollends der ›kopflose Geiger‹ seinen Sitz auf dem Waldstege gänzlich verlassen zu haben scheint. Von den ebenfalls häufigen Hausgeistern in Schlössern und großen Bauernhöfen denkt man etwas unklar, aber auch nicht schlimm, und glaubt, daß mit ihrem völligen Verschwinden die Familie des Besitzers aussterben oder verarmen werde. Diese besitzen weder die häuslichen Geschicklichkeiten noch die Tücke anderer Kobolde, sondern sind einsamer, träumerischer Natur, schreiten, wenn es dämmert, wie in tiefen Gedanken langsam und schweigend an irgendeiner verspäteten Milchmagd oder einem Kinde vorüber und sind ohne Zweifel echte Münsterländer, da man kein Beispiel hat, daß sie jemanden beschädigt oder absichtlich erschreckt hätten. Man unterscheidet sie in ›Timphüte‹ und ›Langhüte‹. Die ersteren kleine runzlige Männchen, in altmodischer Tracht, mit eisgrauem Barte und dreieckigem Hütchen; die andern übernatürlich lang und hager, mit langem Schlapphut, aber beide gleich wohlwollend, nur daß der Timphut bestimmten Segen bringt, der Langhut dagegen nur Unglück zu verhüten sucht. Zuweilen halten sie nur in den Umgebungen, den Alleen des Schlosses, dem Wald- und Wiesengrunde des Hofes ihre philosophischen Spaziergänge; gewöhnlich haben sie jedoch außerdem einen Speicher oder eine wüste Bodenkammer inne, wo man sie zuweilen nachts auf und ab gehen oder einen knarrenden Haspel langsam umdrehen hört. Bei Feuersbrünsten hat man den Hausgeist schon ernsthaft aus den Flammen schreiten und einen Feldweg einschlagen sehen, um nie wiederzukehren, und es waren dann hundert gegen eins zu wetten, daß die Familie bei dem Neubau in einige Verlegenheit und Schulden geraten werde.

Größere Aufmerksamkeit als dieses verdient das sogenannte ›Vorgesicht‹, ein bis zum Schauen oder mindestens deutlichem Hören gesteigertes Ahnungsvermögen, ganz dem Second sight der Hochschotten ähnlich und hier so gewöhnlich, daß, obwohl die Gabe als eine höchst unglückliche eher geheimgehalten wird, man doch überall auf notorisch damit Behaftete trifft und im Grunde fast kein Eingeborner sich gänzlich davon freisprechen dürfte. Der Vorschauer (Vorkieker) im höheren Grade ist auch äußerlich kenntlich an seinem hellblonden Haare, dem geisterhaften Blitze der wasserblauen Augen und einer blassen oder überzarten Gesichtsfarbe; übrigens ist er meistens gesund und im gewöhnlichen Leben häufig beschränkt und ohne eine Spur von Überspannung. Seine Gabe überkommt ihn zu jeder Tageszeit, am häufigsten jedoch in Mondnächten, wo er plötzlich erwacht und von fieberischer Unruhe ins Freie oder ans Fenster getrieben wird; dieser Drang ist so stark, daß ihm kaum jemand widersteht, obwohl jeder weiß, daß das Übel durch Nachgeben bis zum Unerträglichen, zum völligen Entbehren der Nachtruhe gesteigert wird; wogegen fortgesetzter Widerstand es allmählich abnehmen und endlich gänzlich verschwinden läßt. Der Vorschauer sieht Leichenzüge – lange Heereskolonnen und Kämpfe – er sieht deutlich den Pulverrauch und die Bewegungen der Fechtenden, beschreibt genau ihre fremden Uniformen und Waffen, hört sogar Worte in fremder Sprache, die er verstümmelt widergibt und die vielleicht erst lange nach seinem Tode auf demselben Flecke wirklich gesprochen werden. Auch unbedeutende Begebenheiten muß der Vorschauer unter gleicher Beängstigung sehen, zum Beispiel einen Erntewagen, der nach vielleicht zwanzig Jahren auf diesem Hofe umfallen wird; er beschreibt genau die Gestalt und Kleidung der jetzt noch ungebornen Dienstboten, die ihn aufzurichten suchen; die Abzeichen des Fohlens oder Kalbes, das erschreckt zur Seite springt und in eine jetzt noch nicht vorhandene Lehmgrube fällt, usw. Napoleon grollte noch in der Kriegsschule zu Brienne mit seinem beengten Geschicke, als das Volk schon von ›silbernen Reitern‹ sprach, mit ›silbernen Kugeln auf den Köpfen, von denen ein langer schwarzer Pferdeschweif‹ flattere, sowie von wunderlich aufgeputztem Gesindel, was auf ›Pferden wie Katzen‹ (ein üblicher Ausdruck für kleine knollige Rosse) über Hecken und Zäune fliege, in der Hand eine lange Stange mit eisernem Stachel daran. – Ein längst verstorbener Gutsbesitzer hat viele dieser Gesichte verzeichnet, und es ist höchst anziehend, sie mit manchem späteren entsprechenden Begebnisse zu vergleichen. – Der Minderbegabte und nicht bis zum Schauen Gesteigerte ›hört‹ – er hört den dumpfen Hammerschlag auf dem Sargdeckel und das Rollen des Leichenwagens, hört den Waffenlärm, das Wirbeln der Trommeln, das Trappeln der Rosse und den gleichförmigen Tritt der marschierenden Kolonnen. – Er hört das Geschrei der Verunglückten und an Tür oder Fensterladen das Anpochen desjenigen, der ihn oder seinen Nachfolger zur Hilfe auffordern wird. Der Nichtbegabte steht neben dem Vorschauer und ahnt nichts, während die Pferde im Stalle ängstlich schnauben und schlagen und der Hund, jämmerlich heulend, mit eingeklemmtem Schweife seinem

Herrn zwischen die Beine kriecht. Die Gabe soll sich jedoch übertragen, wenn ein Nebenstehender dem Vorkieker über die linke Schulter sieht, wo er zwar für dieses Mal nichts bemerkt, fortan aber für den andern die nächtliche Schau halten muß. Wir sagen dies fast ungern, da dieser Zusatz einem unleugbaren und höchst merkwürdigen Phänomen den Stempel des Lächerlichen aufdrückt. – Wir haben den Münsterländer früher furchtsam genannt, dennoch erträgt er den eben berührten Verkehr mit der übersinnlichen Welt mit vieler Ruhe, wie überall seine Furchtsamkeit sich nicht auf passive Zustände erstreckt. Gänzlich abgeneigt, sich ungesetzlichen Handlungen anzuschließen, kommt ihm doch an Mut, ja Hartnäckigkeit des Duldens für das, was ihm recht scheint, keiner gleich, und ein geistreicher Mann verglich dieses Volk einmal mit den Hindus, die, als man ihnen ihre religiösen und bürgerlichen Rechte schmälern wollte, sich zu vielen Tausenden versammelten und, auf den Grund gehockt, mit verhüllten Häuptern standhaft den Hungertod erwarteten. Dieser Vergleich hat sich mitunter als sehr treffend erwiesen.

Unter der französischen Regierung, wo Eltern und, nachdem diese ausgeplündert waren, auch Geschwister mit ihren Habseligkeiten für diejenigen einstehen mußten, die sich der Militärpflicht entzogen hatten, haben sich zuweilen alle Zweige eines Stammes, ohne Rücksicht auf ihre unmündigen Kinder, zuerst bis zum letzten Heller exequieren und dann bis aufs Hemde auspfänden lassen, ohne daß es einem eingefallen wäre, dem Versteckten nur mit einem Worte den Wunsch zu äußern, daß er aus seinem Bretterverschlage oder Heuschober hervorkriechen möge, und so verhaßt, ja entsetzlich jedem damals der Kriegsdienst war, dem manche sogar durch freiwillige Verstümmelung, zum Beispiel Abhacken eines Fingers, zu entgehen suchten, so häufig trat doch der Fall ein, daß ein Bruder sich für den andern stellte, wenn er dachte, dieser werde den Strapazen erliegen, er aber möge noch mit dem Leben davonkommen. Kurz, der Münsterländer besitzt den Mut der Liebe und einer unter dem Schein des Phlegmas versteckten schwärmerischen Religiosität, so wie er überhaupt durch Eigenschaften des Herzens ersetzt, was ihm an Geistesschärfe abgeht, und der Fremde verläßt mit Teilnahme ein Volk, was ihn zwar vielleicht mitunter langweilte, dessen häusliche Tugenden ihm aber immer Achtung einflößen und zuweilen ihn tief gerührt haben. – Müssen wir noch hinzufügen, daß alles bisher Gesagte nur das Landvolk angeht? – Ich glaube, nein; Städter sind sich ja überall gleich, Kleinstädter wie Großstädter. – Oder, daß alle diese Zustände am Verlöschen sind und nach vierzig Jahren vielleicht wenig mehr davon anzutreffen sein möchte? – Auch leider nein, es geht ja überall so!

Joseph

Eine Kriminalgeschichte
Nach den Erinnerungen einer alten Frau mitgeteilt
von einem alten Moortopf, der auf seinem eigenen
Herd sitzt und sich selbst kocht

Die Zeit schreitet fort. Das ist gut, wenigstens in den meisten Beziehungen. Aber wir müssen mitrennen, ohne Rücksicht auf Alter, Kränklichkeit und angeborene Apathie. Das ist mitunter sehr unbequem.

In meiner Kindheit, wo das Sprichwort ›Bleib im Lande und nähre dich redlich‹ seine strenge Anwendung fand; wo die Familien aller Stände ihre Sprossen wie Bananenbäume nur in den nächsten Grund steckten und die Verwandtschaften so verwickelt wurden, daß man auf sechs Meilen Weges jeden Standesgenossen frischweg ›Herr Vetter‹ nannte und sicher unter hundertmal kaum einmal fehlte; in jener Zeit kannte ein ordinärer Mensch mit zehn Jahren jeden Ort, den seine leiblichen Augen zu sehen bestimmt waren, und er konnte achtzig Jahre nacheinander sich ganz bequem seinen Pfad austreten.

Jetzt ist es anders. Die kleinen Staaten haben aufgehört; die großen werfen ihre Mitglieder umher wie Federbälle, und das ruhigste Subjekt muß sich entweder von allen Banden menschlicher Liebe lossagen oder sein Leben auf Reisen zubringen, je nach den Verhältnissen umherfahrend wie ein Luftballon oder, noch schlimmer, immer denselben Weg angähnend wie ein Schirrmeister; kurz, nur die Todkranken und die Bewohner der Narrenspitäler dürfen zu Hause bleiben, und Sterben und Reisen sind zwei unabwendbare Lebensbedingungen geworden. Ich habe mich nicht eben allzuweit umgesehen, doch immer weiter, als mir lieb ist. Es gibt keine Nationen mehr, sondern nur Kosmopoliten und sowohl Markörs als Bauernmädchen in fremdländischen Kleidern. Französische und englische Trachten kann ich auch zu Hause sehen, ohne daß es mich einen Heller kostet. Es macht mir wenig Spaß, einer Schweizerin mit großen Hornkämmen in den Haaren fünf Batzen zu geben, damit sie sich in ihre eigene Nationaltracht maskiert, oder mir für die nächste Bergtour tags vorher einen Eremiten in die Klause zu bestellen. Wäre nicht die ewig große unwandelbare Natur in Fels, Wald und Gebirg (den Strömen hat man auch bunte Jacken angezogen), ich würde zehnmal lieber immer bei den ewigen alten guten Gesichtern bleiben, die mit mir gelebt, gelitten und meine Toten begraben haben.

Nur zwei Gegenden – ich sage nur, was ich gesehen habe; wo ich nicht war, mögen meinetwegen die Leute Fischschwänze haben, ich bin es ganz zufrieden – mir selbst sind nur zwei Landstriche bekannt geworden, wo ich den Odem einer frischen Volkstümlichkeit eingesogen hatte, ich meine den Schwarzwald und die Niederlande. Dem erstern kommt wohl die Nähe der Schweiz zustatten. Wer vor dem Gebirge steht, will nichts als hinüber ins Land der Freiheit und des Alpglühens, der Gems- und Steinböcke, und wer von drüben kommt, nun, der will nichts als nach Hause oder wenigstens recht weit weg. So rollt das Verderben wie eine Quecksilberkugel spurlos über den schönen, reinen Grund des stolzen Waldes, um erst jenseits zu oxydieren. (Wenn nämlich Quecksilber Oxyd niederschlägt, was ich nicht bestimmt behaupten mag, da ich es nur bis zu Salomons Weisheit, das heißt zum Bewußtsein schmählicher Unwissenheit in vielen Dingen zwischen Himmel [und Erde] gebracht habe.) Die Niederlande hingegen, dieser von Land- und Wasserstraßen durchzogene und von fremden Elementen überschwemmte Landstrich, bewahrt dennoch in der Natur seines Volksschlages einen Hort alles abwehrender Eigentümlichkeit, der besser schützt als Gebirge, die erstiegen, und Talschluchten, die durchstöbert werden können, und den man, nachdem er die neueren Ereignisse überstanden, wohl für unzerstörbar halten darf. Ich war sehr gern in [Holland] und hatte alle Ursache dazu: freundliche Aufnahme, noch freundlichere Bewirtung, gänzliche Zwanglosigkeit hinsichtlich meiner Zeitanwendung; (es versteht sich, daß ich auf dem Lande und in meiner Privatwohnung war; in Städten und Gasthöfen ist mir immer elend;) frische, stärkende Spaziergänge durch die Wiesen am Ufer der Maas, und vor jedem Hause, jeder Mühle Szenen Wynants und Wouvermans, Bilder so treu, als wären sie eben von der Leinwand einer niederländischen Meisterschule gestiegen. Das ist es eben, was ich mag. Ob mein alter Tuinbaas vom Kasteel (Gärtner vom Edelhof) noch wohl lebt? Jetzt müssen seine Tulpen im Flore stehen; aber zehn Jahre sind ein bedenkliches Stück Menschenleben, wenn man sie mit weißen Haaren anfängt – ich fürchte sehr, er hat längst seine Gartenschürze ab- und seine letzte Zipfelmütze angelegt. Oder meine gute Nachbarin auf ihrem kleinen Landsitze, dem sie genau das Aussehen eines sauberen Wandschränkchens mit Pagodenaufsatz gegeben hatte? Sie war vielleicht nur um sieben bis acht Jahre älter als ich, trug sommers und winters Pelzschuhe, und ich konnte barfuß durch den Schnee traben, das heißt, ich konnte es vor zehn Jahren, ehe ich mich in einer schwachen Stunde vom faselhänsigen Volk verführen und bereden ließ, auf den Schnepfenstrich zu gehen, und ich die Gicht bekam. Und wenn ich vollends bedenke, daß ich mich vor einigen Jahren noch verheiraten wollte, und zwar an ein blutjunges Mädchen! Doch das sind Torheiten, korrupte Ideen.

Ob alt, ob jung – ob tot, ob lebend – Mevrouw van Ginkels Andenken ist mir wert; sie hatte viel und früh gelitten, und auch von ihrer späteren glücklicheren Lage an der Hand eines geachteten und wohlhabenden Gatten, von Brüdern und Schwestern war ihr nur in einem anständigen Auskommen die Möglichkeit geblieben, ungestört des Vergangenen zu gedenken und jedem Lieblinge unter ihren zahllosen Aurikeln den Namen eines geliebten teuren Verstorbenen geben zu können. Sie war gewiß schön gewesen, – so fromme, traurige Augen müssen ja jedes Gesicht schön machen, und gewiß sehr anmutig, hätte sie auch nichts gehabt als den bezaubernden Wohlklang ihrer Stimme, die das Alter wahrscheinlich um einige Töne tiefer gestimmt, aber ihr nichts von der jungfräulichen Zartheit genommen hatte, und die jeden Gedanken ihrer Seele zugleich umschleierte und enthüllte und einem Blinden das beweglichste Mienenspiel ersetzen konnte. Welch ein Unterschied, wenn sie bei einer dunklen Aurikel verweilte und in jugendlichem Entzücken sagte: »Das ist meine gute Frau Goudart«, und bei einer der blondesten mit großen lichtblauen Augensternen: »Julchen«, und schnell weiterging, als fürchte sie, ein fremdes kaltes Auge möge in das Tote ihres Lebens niedersinken.

In meinem Leben bin ich nicht so in Gefahr gewesen, ein sentimentaler Narr zu werden, als bei dieser alten, pünktlichen Mevrouw, die nie klagte, nicht einmal über Migräne oder schlechtes Wetter, deren ganze Unterhaltung sich um Blumenflor, Milchwirtschaft und sonstige kleine Vorfälle ihrer Häuslichkeit bewegte, so zum Beispiel um einige Nachbarskinder, die sie mit Butterbrot und Milch an sich gewöhnt hatte.

Ich glaube wahrhaftig, ich war nahe daran, mich in die alte Person zu verlieben oder wenigstens in eine unbegreifliche Überfülle von Verehrung zu geraten, weshalb ich denn am liebsten abends zu ihr ging, wo sie steif hinter der Teemaschine saß, sich mit den Schnörkeln eines Stickmusters abmühend, das die größte Ähnlichkeit mit einem holländischen Garten voll Ziegelbeeten und Taxuspfauen hatte; vor ihr die kleine, goldene Tabatiere, rechts und links Etageren voll Pagoden und Muschelhündchen und alles überträufelt von dem feinen Aroma des Kaisertees.

Oh, vivant die Niederlande! Das war ein echter Gerhard Dow, ohne Beimischung, die einen ruhigen Philister hätte stören können – dann wand sich auch das Gespräch fließend ab, und Mevrouw gab sogar mitunter einiges aus ihren Erlebnissen zum besten, offenbar mehr in dem Bestreben, einen Gast nach seinem Geschmacke zu unterhalten, als aus eigentlichem Vertrauen, das sie im weiteren Sinne gegen jedermann im Übermaß hatte, im engeren Sinne aber niemand schenkte. Es waren meistens kleine Züge, aber sehr wahre.

Wäre ich ein romantischer Hasenfuß gewesen und hätte ich die Gewohnheit gehabt, meine guten Augen (N. B. wenn mich jemand sollte zufällig mit Brillen gesehen haben, ich trage nur Konservationsbrillen) nachts mit Tagebuchschreiben zu verderben, es stände doch jetzt wohl manches darin, was ich gerne nochmals läse und was in seiner einfachen Unscheinbarkeit mehr Aufschlüsse über Volk, Zeit und das Menschenherz gäbe als manches zehnmal besser Geschriebene. Eine Begebenheit jedoch, vielleicht die einzig wirklich auffallende in Mevrouws Leben, habe ich mir später vor und nach notiert und, da meine gute Frau van Ginkel ohne Zweifel längst in ihren Pelzschuhen verstorben ist, mir ferner kein Umstand einfällt, der ihr die Veröffentlichung unangenehm machen könnte, und mein jüngster Neffe, der, Gott sei's geklagt, sich auf die Literatur geworfen hat, jedoch ein artiges Geld damit verdient, gerade sehr um einen

Beitrag im gemütlichen Stile verlegen ist, so mag er denn den Aufsatz nehmen, wobei ich jedoch bestimmt erkläre, daß ich nur wörtlich der würdigen Frau nachgeschrieben habe und mich sowohl gegen alle poetischen Ausdrücke als überhaupt gegen den Verdacht der Schriftstellerei, als welcher ich mich bei meiner übrigen Lebensweise und Persönlichkeit nur lächerlich machen könnte, aufs kräftigste verwahre.

Kaspar Bernjen, Rentier

NB. Den Nachbarn, zu dem Mevrouw redet, und der natürlich niemand ist, als ich, Kaspar Bernjen, Rentier und Besitzer eines artigen Landgutes in Niedersachsen, müssen der Neffe und der Leser sich als einen ansehnlichen, korpulenten Mann mit gesunden Gesichtsfarben in den besten Jahren, mit blauem Rock mit Stahlknöpfen und einer irdenen Pfeife im Munde, an der linken Seite des Teetisches denken. Es geht nichts über Deutlichkeit und Ordnung in allen Dingen.

*

»Sie erwähnten gestern eines Umstandes, lieber Herr Nachbar, der sich in Ihrem vierzigsten Jahre ereignet, und über den Sie damals an Ihre Eltern geschrieben; da hat Ihnen der Himmel ein großes Glück gegeben.

Ich weiß, was es heißt, keine Mutter haben und den Vater im fünfzehnten Jahre verlieren. Von meiner Mutter habe ich nur ihr lebensgroßes Porträt gekannt, das im Speisesaale hing; eine schöne Frau in weißem Atlas, einen Blumenstrauß in der Hand und auf dem Schoß ein allerliebstes Löwenhündchen. Ich weiß nicht, ob es daher kommt, daß es meine Mutter war, aber mich dünkt, ich habe nie ein so schönes Gesicht gesehen und nie so sprechende Augen. Ich mag noch nicht daran denken, wie einfältig ich um das Bild gekommen bin, und wie es jetzt vielleicht für nichts geachtet wird. Es war nicht gut, daß mein Vater nicht wieder heiratete; seine Lage hätte es wohl mit sich gebracht; ein Kaufmann, der den ganzen Tag im Kontor und auf der Börse zubringt und der Handelsverbindungen wegen fast täglich Gäste zu Tische hat, ist ohne Hausfrau ein geschlagener Mann, allen Arten von Veruntreuungen und Verschleuderungen ausgesetzt, die er unmöglich selbst kontrollieren kann, und sogar seine Kommis scheuen sich weniger vor ihm als vor der Madame, die sie aus- und eingehen sieht, ihre Kleidung und ihr Benehmen gegen die Dienstboten beobachtet und überall in der Stadt Dinge gewahr wird, die dem Herrn sein Lebtage nicht zu Ohren kommen.

Indessen war freilich meine Mutter schon des Vaters zweite Frau gewesen. Die erste hatte ihm ein schönes Vermögen eingebracht und eine erwachsene, damals bereits verlobte Tochter, auf deren Hochzeit sie sich bald nachher ihre tödliche Krankheit holte durch dünne Kleidung, – man sagt, weil sie als sogenannte junge Frau nicht gar zu matronenhaft neben der Braut hatte aussehen wollen, was sich denn auch in Rücksicht auf ihren Mann wohl begreift; kurz, sie lag acht Tage nachher völlig kontrakt im Bett und hat so sechs Jahre gelegen, zuletzt so elend, daß ihre besten Freunde ihr nur den Tod wünschen mußten.

Nachdem mein Vater anderthalb Jahre Witwer geblieben, heiratete er ein junges Mädchen von guter Herkunft, aber gänzlich ohne Vermögen. Dies war meine Mutter, und ich mag, gottlob, fragen, wen ich will, ich höre nur Gutes und Liebes von ihr; aber den Keim zur Schwindsucht soll sie schon in die Ehe mitgebracht haben. Man sieht es auch dem Bilde an, das doch gleich nach der Hochzeit gemalt ist.

Ein Jahr lang, bis zu meiner Geburt, hielt sie sich noch so

leidlich, obwohl das unruhige Leben und die Unmöglichkeit, sich zu schonen, ihr Übel soll sehr beschleunigt haben. Ich wollte, sie hätte nicht geheiratet; Gott hätte mich ja doch anderwärts erschaffen können; denn, Mynheer, man kommt doch nie ganz darüber weg, seiner Mutter den Tod gebracht zu haben. Man hat mir viel von dem Kummer meines Vaters erzählt, und wie er ferner eine Menge Heiratsanträge von der Hand gewiesen. Ich glaube es wohl, denn ich habe nie gesehen, daß er für irgendein Frauenzimmer das geringste Interesse gezeigt hätte, außer was ihm von der Höflichkeit geradezu auferlegt wurde, und da waren es immer die Mamas und Großmamas, deren Unterhaltung er vorzog; sonst lebte er nur in seinem Geschäfte. Morgens um fünf auf und in seiner Stube gearbeitet, um sechs ins Kontor, um elf auf die Börse, von eins bis zwei zu Tische, was vielleicht die schwierigsten Stunden waren, wo er, den Kopf voll Gedanken, den angenehmen Wirt machen mußte.

Nachmittags wieder gearbeitet, Spekulationen nachgegangen und zuletzt noch bis Mitternacht in seinem Zimmer geschrieben. Er hat ein saures Leben gehabt.

Ich wuchs indessen in ein paar hübschen Mansardenzimmern bei einer Gouvernante, Madame Dubois, heran und sah mancherlei im Hause, was mir nach und nach anfing wunderlich vorzukommen, so zum Beispiel, fast jeder hatte irgendeinen Nachschlüssel, dessen er sich vor mir nicht gerade sehr vorsichtig, aber doch mit einer Art Behutsamkeit bediente, die mich endlich aufmerksam machen mußte. Selbst Madame Dubois hatte einen zur Bibliothek, da sie für ihr Leben gern Romane las, von denen ihr unser Kassierer nicht so viele zusteckte, als sie konsumieren konnte.

Man nimmt sich vor Kindern nicht in acht, bis es zu spät ist. Hier war es aber leider nicht zu spät; denn als Madame Dubois, die notabene von meiner Kenntnis ihres Schlüssels nichts wußte und nur in bezug auf andere sprach, mir auseinandersetzte, daß Schweigen besser sei als Verdruß machen, war ich noch viel zu jung, um einzusehen, wie höchst nötig Sprechen hier gewesen wäre. Ich fühlte mich durch ihr Vertrauen noch sehr geehrt und habe nachher leider manches noch mit vertuschen helfen. Kinder tun, wie sie weise sind.

Ich sah, sooft mein Vater auf die Börse ging, die Kommis wie Hasen am Fenster spähen, bis er um die Gassenecke war, und dann forthuschen, Gott weiß wohin. Ich sah den Bedienten in meines Vaters seidenen Strümpfen und Schuhen zum Hinterpförtchen hinausschleichen; ich hörte nachts den Kutscher an meiner Tür vorbeistapfen in den Weinkeller hinunter und wälzte mich vor Ärger im Bette, aber wiedersagen – um alles in der Welt nicht. Dazu war ich viel zu verständig.

Ich hörte sogar, wie jemand der Madame Dubois erzählte, unser Kassierer, Herr Steenwick, spielte jeden Abend und habe in der vorigen Nacht zweitausend Gulden verloren, und wie die Dubois antwortete: ›Um Gottes willen, woher nimmt der Mensch das Geld? Da sollte einem hier im Hause doch schwarz vor den Augen werden!‹

Dies war kurz nach meinem vierzehnten Geburtstag und das erstemal, daß sich mir der Gedanke aufdrängte, Schweigen könne doch auch am Ende seine bedenkliche Seite bekommen.

Das Ding lag mir den ganzen Abend im Sinn, und ich zerbrach mir den Kopf darüber, woher Steenwick das Geld nehme. Ich wußte, daß er arm war, und hatte oft gehört, daß seine Eltern arme Fischer bei Saardam seien. Auch bekam er nur tausend Gulden Gehalt. Ich hatte bei van Gehlens von einem Kommis gehört, der aus seines Herrn Kasse gespielt hatte. Obwohl Steenwick das Treueste war, was ich im

Hause kannte, soweit meine Erinnerung reichte, und auf den Madame so besonders viel hielt, und noch neulich ein Paar Tragbänder für ihn gestickt hatte, so überfiel mich doch eine instinktartige Angst, die nicht ganz frei von Mißtrauen war und doch immer wieder mit der Erzählung von jenem Kommis verschmolz. Auch fiel mir ein, daß Madame auch so still und noch zerstreuter war als sonst und wohl zehnmal eine Näharbeit hervorzog und wieder weglegte.

Als wir zu Bett waren, Madame und ich, hörten wir, wie Steenwicks Tür aufgemacht wurde, dann ihn rasch über den Gang weg die Treppe hinuntergehen.

Es war nicht das erste Mal, daß ich ihn so spät sein Zimmer verlassen hörte und eingeschlafen war, ohne ihn zurückkommen zu hören; aber nun bemerkte ich das erste Mal, daß er viel schneller ging und seine Stiefel viel weniger knarrten als bei Tage.

Ich drückte die Kissen von meinem Ohr weg und horchte. Im selben Augenblick hörte ich auch Madame ihre Gardine zurückschieben und sich halb im Bette aufrichten. Unten im Hausflur schlich ein leises, behutsames Knistern; dann ward die Haustür erst halb leise, dann mit einem raschen Ruck völlig geöffnet, und dann fiel jenseits auf der Gasse ein Schlüssel aufs Pflaster.

Madame seufzte tief und murmelte: ›Gott weiß, was man tun muß, schweigen oder sprechen.‹

Ich fühlte einen plötzlichen Mut in mir und rief: ›Nein, Madame, alles an den Papa sagen!‹

Sie können sich den Schreck der armen Frau nicht vorstellen. ›Stanzchen‹, rief sie, ›Stanzchen, schläfst du nicht?‹

Und gleich darauf hörte ich sie bitterlich schluchzen. Mir wurde todangst; ich wußte nicht, daß die arme Person, die in der Tat eine sehr schlechte Gesundheit und mit ihren achtundvierzig Jahren betrübte Aussichten in die Zukunft hatte, ihre ganze Hoffnung auf Herrn Steenwick setzte, der ihr so lange Bücher voll zarter Liebe, die sich nur durch Blicke und seine Aufmerksamkeiten, Blümchen und so weiter verriet, zugeschleppt hatte, bis sie sich um so mehr als halb verlobt ansah, da er ihr eine Scherbe mit einem Balsaminenstock überließ, den er müde war zu begießen und eben in den Stallhof tragen wollte, um ihn auszuschütten, und sie einmal in einem der Bücher an einer sehr bedeutsamen Stelle ein zufälliges Eselsohr fand.

Sie war sonst eine gute, ehrbare Person, aber Mynheer wissen wohl, der Ertrinkende hält sich an einem Strohhalm.

Als Madame sich ein wenig gefaßt, bat sie mich vom Himmel zur Erde zu schweigen und log mir sogar etwas vor von einer reichen Tante, die dem Kassierer oft große Geldgeschenke mache, aber mit so unsicherer Stimme, daß es selbst mir auffiel. Endlich versprach sie, genau achtzugeben; sie werde ihr Gewissen sicher nicht mit einer so wichtigen Sache beschweren, obwohl Schweigen sonst immer an geratensten sei, wo bei der Untersuchung doch unfehlbar nichts als Verdruß ohne Nutzen herauskomme und aller Schaden und Anfeindung auf den Ankläger zurückfallen würden.

›Hat der Herr denn Zeit, zu untersuchen?‹ sagte sie. ›Fragt er je jemanden anderen als den Kassierer und die Haushälterin? Und wenn diese sprechen wollten, haben sie nicht hundertmal die Gelegenheit und die Macht obendrein? Auf Kleinigkeiten, ein paar Steinkohlen mehr oder weniger verbrannt, ein paar Flaschen mehr oder weniger getrunken, kommt es in einem solchen Hause auch gar nicht an; aber dies ist zu arg!‹

›Schweig nur, Kind, ich will aufpassen, und wenn es mir vom Himmel auferlegt ist, daß ich mich daran wagen soll, dann, in Gottes Namen.‹

Wenn ich bedenke, in welch betrübtem, herzzerreißendem Tone sie dies sagte, so muß ich der armen Frau all ihre Schwächen vergeben und bin überzeugt, daß sie entschlossen war, ihrer Pflicht ein ganzes Lebensglück zu opfern; was freilich nur in der Einbildung bestand, aber, Mynheer, der Wille ist doch so gut wie die Tat.

Wirklich ging Madame am anderen Morgen gegen ihre Gewohnheit sehr früh aus; sie kam blaß und niedergeschlagen zurück, packte sogleich ihre Romane und ließ sie Herrn Steenwick bringen, mit der Bitte, ihr keine anderen zu schicken, da es ihr vorläufig an Zeit zum Lesen fehle.

Von jetzt an horchte ich jeden Abend im Bette und bemerkte auch, daß Madame jeden Abend horchte, aber verstohlen, nachdem sie durch die Gardine geschielt hatte, ob ich schlafe, und jeden Abend hörte ich Herrn Steenwick vorbeischleichen und Madames verhaltenes, betrübtes Weinen, daß ich oft die halbe Nacht nicht schlafen konnte.

Den Tag über war Madame wie zerschlagen und griff alles verkehrt an; die Unterrichtsstunden wurden fast nicht gehalten.

Sie saß beständig am Fenster, nähte wie ums Brot, und, so oft die Kontortüre ging, fiel eine zerbrochene Nähnadel auf den Boden; auch halb verstohlene Ausgänge wurden mitunter gewagt.

Nach etwa acht Tagen sagte Madame abends: ›Stanzchen, morgen spreche ich mit dem Papa.‹

Sie sah hierbei überaus blaß aus und hatte etwas Edles im Gesicht, das ich nie an ihr gesehen hatte und das mir mehr imponierte, als werde ich gescholten, so daß ich sehr leise und rücksichtsvoll zu Bette ging, wie in Gegenwart einer Prinzessin.

Madame ließ das Licht brennen und las lange und eifrig im Thomas a Kempis. Plötzlich fuhren wir beide auf. Herrn

Steenwicks Tür wurde mit Geräusch auf- und zugemacht, und er stapfte, einen Gassenhauer pfeifend, über den Gang; dann stand er mit einem Mal still und schien sich zu besinnen oder zu horchen, und dann gings leise, leise mit Katzenschritten die Treppe hinunter. Der Sand im Flure knirrte, die Haustür ging, alles leiser als je. Ich sah Madame an und begegnete einem Ausdrucke des Schreckens, der mich betäubte. Sie saß aufrecht im Bette, die Hände gefaltet. ›Jesus, Maria!‹ war alles, was sie sagte. Dann stand sie auf, öffnete das Fenster und lauschte eine Weile hinaus, kam dann schnell zurück, legte sich und löschte das Licht.

Ich hörte Madame in dieser Nacht nicht weinen, aber sooft ich wach wurde, heftig atmen und sich im Bette bewegen, und ich hörte es oft; denn obwohl ich mir von meinen Gefühlen eigentlich nicht Rechenschaft zu geben wußte, hatten doch dieser polternde Gang, dies wilde, abgebrochene Pfeifen durch die Stille und das darauffolgende Katzenschleichen mich mit einem Grausen überrieselt, daß ich mich fast vor den Schnörkeln an der Gardine und am Betthimmel fürchtete.

Als es kaum Tag geworden war, saß Madame schon wieder aufrecht und sah nach ihrer Taschenuhr; so mehrere Male. Um halb sieben klingelte sie und gab der Magd einen konfusen Auftrag an Herrn Steenwick. Das Mädchen kam zurück. Er war noch nicht im Kontor. ›So geh auf sein Zimmer!‹ Die Tür war verschlossen.

Wir standen auf. Von Unterrichtsstunden war keine Rede. Ich saß mit meinem Strickzeuge in einem Winkel und Madame mit ihrer Näharbeit am Fenster. Drei- oder viermal stand sie auf und ging ins Haus hinunter und kam immer blasser wieder. Gesprochen wurde nicht.

Als wir um zwei ins Speisezimmer traten, war mein Vater anfangs nicht da und ließ sagen, wir möchten nur anfangen zu essen. Wir fragten nach dem Buchhalter; er sei bei dem Herrn. Wir aßen um der Domestiken willen einige Löffel Suppe, so sauer es uns wurde.

Da kam der Vater herein, sehr rot und aufgeregt. Er legte sich, gegen seine Gewohnheit, selbst vor, spielte mit dem Löffel und fragte dann, als der Bediente gerade herausging, wie hingeworfen: ›Madame, Sie wohnen doch dem Kassierer gegenüber; wissen Sie nicht, wann er diesen Morgen ausgegangen ist?‹ Über Madames Gesicht flog eine glühende Röte, die einem wahrhaft edlen Ausdrucke Platz machte. Sie stand auf und sagte mit fester Stimme: ›Mynheer, Herr Steenwick ist diese Nacht nicht im Hause gewesen.‹

Mein Vater sah sie an mit einem Gesichte, das mehr Angst als Bestürzung verriet. Er stand auf, gab draußen einige Befehle und setzte dann sein Verhör fort.

›Haben Sie gestern bemerkt, wann er fortging?‹

›Ja, Mynheer, um halb zwölf‹, und nach einigem Zögern setzte sie hinzu, ›haben wir, Stanzchen und ich, ihn fortschleichen hören.‹

›Fortschleichen?‹ rief mein Vater und wurde fast ebenso blaß als Madame. ›Also doch wahr! Seien Sie aufrichtig, Madame, war es zum ersten Male?‹ Es war, als sinke die arme Frau in sich zusammen, als sie stammelnd antwortete: ›Nein, Mynheer, nein, schon seit acht Tagen jeden Abend.‹

Mein Vater sah sie starr an.

›O Mynheer, fragen Sie Stanzchen. Stanzchen weiß, daß ich es Ihnen heute sagen wollte.‹

Mein Vater antwortete nicht. Er ging hastig an einen Wandschrank, der Feile, Kneifzangen und allerlei Schlüssel enthielt. Dann rief er an der Tür heftig nach dem Buchhalter. Türen gingen, und als eben ein Bedienter Speisen hereintrug, hörten wir an einem Krach, daß im Kabinett neben dem Kontor die Kasse erbrochen wurde.

Wir saßen wie Bildsäulen am Tische, ließen eine Speise nach der anderen abtragen und hatten weder den Mut, das Zimmer zu verlassen, noch darin zu bleiben.

Der Vater kam nicht wieder, auch zum Abendessen nicht, auch zum nächsten Mittagessen nicht, der Buchhalter ebensowenig.

Die jungen Kommis schlenderten im Hause umher, und wir merkten aus einzelnen Worten, daß Herr Steenwick für in wichtigen Geschäften verschickt galt; denn zum Nachfragen hatte keines von uns den Mut.

Am zweiten Abend stürzte der Buchhalter aus dem Kabinett und rief: ›Wasser! Um Gottes willen, Wasser! Und geschwind zum Doktor Velten; der Herr hat einen Blutsturz bekommen.‹

Madame und ich hörten das Geschrei auf unserem Zimmer, und ich weiß nicht, wie wir die Treppen hinuntergekommen sind; ich weiß nur, daß mein lieber Vater in seinem ledernen Arbeitssessel saß, bleich wie der Tod, die Augen halb gebrochen, ängstlich umherfahrend, und daß er mich noch mit einem langen, traurigen Blicke ansah, daß mich schauderte, als ich in einen Blutstrom trat, der uns schon auf dem Entree entgegenfloß.

Als Doktor Velten kam, war ich eine arme, verlassene Waise.

Von dem, was zunächst geschah, kann ich nur wenig sagen. Ich verstand das meiste nur halb, und es schien mir alles wie nichts nach dem, was geschehen.

Das Gesinde mußte wohl wissen, wie mir zumute war; denn wenn ich einmal zufällig mein Zimmer verließ, sah ich sie ziemlich offen silberne Bestecke, Becher und dergleichen auf ihre Kammern tragen. Ich sah es und sah es auch nicht; hätte ich nachher darüber aussagen sollen, ich hätte die Täter nicht zu nennen gewußt.

Es war mir, als müßte ich ersticken, wenn der Weihrauchdampf bis oben ins Haus zog. Ich hörte unter unseren Fenstern die Trauermusik, sah die Fackeln widerscheinen und verkroch mich hinters Bett mit dem glühendsten Wunsch, zu sterben.

Dann zog man mir schwarze Kleider an, und mein Vormund, der Bankier van Gehlen, holte mich vorläufig in sein Haus.

Madame Dubois mußte zurückbleiben. Unser Abschied war sehr schmerzlich, und es vergingen mir fast die Sinne, als diese Frau, der ich so lange gehorcht hatte, auf den Knien zu mir hin rutschte, meine Hand küßte und rief: ›Stanzchen, Stanzchen, vergib mir! Ich bin an allem schuld! O Gott, ich bin eine alte Törin gewesen!‹

Es war mir, als sollte ich ihr um den Hals fallen, aber ich blieb steif stehen mit vor Scham geschlossenen Augen, und als ich sie aufmachte, war Madame fort, und statt ihrer hielt Herr van Gehlen mich bei der Hand.

Unsere Vermögensumstände stellten sich dann, wie Sie wohl erwartet haben, sehr traurig heraus. Mein Vater hatte eine Staatsanleihe übernommen und sich sehr um dies Geschäft beworben, da wir keineswegs zu den ersten Häusern in Gent gehörten. Ob schon Gelder eingegangen und versendet waren, weiß ich nicht, aber sechshunderttausend Gulden waren aus der Kasse verschwunden. Das war gerade unser eigenes Vermögen, den Brautschatz meiner Schwester, den sie im Geschäft gelassen hatte, eingerechnet; so blieb mir nicht das Salz auf dem Brote.

In van Gehlens Hause wollte man gütig gegen mich sein, aber es war dort nichts wie Glanz und Pracht. Man ließ mir Freiheit auf meinem Zimmer, aber das Lachen, Klavierspielen und Wagenrollen schallte von unten herauf, und wenn ich mich sehen ließ, gab es eine plötzliche Stille, wie wenn ein Gespenst erschien, und aller Augen waren auf mich gerichtet, als gäbe es außer mir keine verarmte Waise in Gent.

Mevrouw van Gehlen tat zwar ihr möglichstes, mir über solche Augenblicke wegzuhelfen; aber selbst ihr Bestreben tat mir weh und ließ es mich erst recht fühlen, wieviel hier zu verbergen war.

Täglich hoffte ich auf die Ankunft meiner Stiefschwester; sie kam nicht, auch mein Schwager nicht, sondern nur ihr Geschäftsmann, Herr Pell, der mich so quer ansah, als hätte ich seinen Patron bestohlen – schon gleich anfangs und noch schlimmer, nachdem er sich einige Stunden mit Mynheer van Gehlen eingeschlossen.

Dennoch hatte er den Auftrag, mich mitzubringen, wenn sich nämlich kein anderes Unterkommen fände.

Ich stand bei dieser Verhandlung zitternd wie Espenlaub und nahm jeden lieblosen Ausdruck des kleinen, hageren Mannes für direkt aus dem Munde meiner Schwester; woran ich doch gewiß sehr unrecht hatte. Denn ich bin später, nach meiner Verheiratung, öfters mit ihr zusammengewesen in ihrem Hause und auch in dem meinigen, und sie war zwar eine etwas förmliche Frau, aber immer voll Anstand und verwandtschaftlicher Rücksicht, und sie hat es mir sogar viel zu hoch angerechnet, als ich ihr nach meines Mannes Tode ihre durch unser Unglück erlittenen Verluste zu ersetzen suchte, was doch nicht mehr als meine allerstrengste Pflicht war.

Die Konferenz im Fenster war noch im besten Gange, als Herrn van Gehlen ein Besuch gemeldet wurde. Den Namen verstand ich nicht und benutzte diesen Augenblick, mich unbemerkt fortzuschleichen.

Im Vorzimmer traf ich den Fremden, einen kleinen, geistlich gekleideten, hageren Mann, der beschäftigt war, sich mit einem bunten Schnupftuche den Staub von den Ärmeln zu putzen. Er sah scharf auf, und seine Augen verfolgten mich bis in die Tür mit lebhafter Neugierde.

Hast du auch noch keine verarmte Waise gesehen? dachte ich.

Nach einer halben Stunde, die mir unter großer Gemütsbewegung und unter Nachdenken über meine Schwester verging, ward ich heruntergerufen.

Ich fand die drei Herren zusammen. Mynheer van Gehlen und Herr Pell saßen vor dem Tisch und blätterten in dicken Papierstößen. Sie sahen rot und angegriffen aus. Herr Pell schlug die Augen nicht vom Papier auf. Van Gehlen lächelte verlegen und schien mir etwas sagen zu wollen, als der Fremde aus der Fensternische trat, meine beiden Hände ergriff und mit bewegter Stimme sagte: ›Stanzchen, Stanzchen, ich bin dein Ohm. Hat dir denn Papa niemals von dem alten Herrn Ohm Pastor erzählt, dem alten Pastor in G.?‹

Ich war ganz verwirrt; doch kamen mir einige dunkle Erinnerungen, obwohl mein Vater selten frühere Verhältnisse berührte.

So küßte ich dem Onkel die Hand und sah ihn auf eine Weise an, die ohne Zweifel etwas kümmerlich gewesen sein muß; denn er sagte: ›Sei zufrieden, Kind; du sollst nicht nach Roeremonde. Du gehst mit mir‹, und dann mit erhöhter Stimme, halb zu den anderen gewendet: ›Wenn ich gleich keine feine Iuffrouw erziehen kann, so sollst du doch rote Backen kriegen und auch nicht wild aufwachsen, wie eine Nessel im Hagen.‹

Mynheer van Gehlen nickte zustimmend. Pell schlug seine Aktenstöße zu und sagte: ›Wenn Euer Ehrwürden das so wollen – vorläufig wenigstens.‹

›Ich will es an meinen Patron berichten! Vielleicht – sonst steht der Iuffrouw Roeremonde alle Tage offen.‹

Mein Ohm machte eine feierliche Verbeugung: ›Gewiß, ja, wir lassen Mevrouw danken. Roeremonde steht alle Tage offen – aber Mevrouw muß mir das Kind lassen. Es ist meiner Schwester Kind, die ich sehr lieb gehabt habe, wenn sie auch nur meine Stiefschwester war.‹

Niemand antwortete. Ich fühlte, daß hier irgendein drükkendes Mißverständnis herrschte, und war froh, als mein Onkel gütig fortfuhr: ›Nun, Stanzchen, ich kann aber nicht lange von Hause bleiben; pack deine Siebensachen und dann danke Mynheer und Mevrouw van Gehlen, daß sie dich armes, verlassenes Kind so treulich aufgenommen haben.‹

Zwei Stunden darauf saßen wir im Wagen. So bin ich von Gent gekommen. Noch muß ich Ihnen sagen, daß Herr Steenwick nicht, nachdem er des Vaters Kasse zum Teil verspielt, mit dem Überreste durchgegangen war, wie Sie ohne Zweifel glauben und auch jedermann damals glaubte.

Nach drei Wochen kam sein Leichnam auf in der Schelde. Er hatte nichts in der Tasche als seine gewöhnliche grüne Börse mit sechs Stuyvern darin und einen kleinen leeren Geldsack, den er aus angewöhnter Pünktlichkeit mußte mechanisch wieder eingesteckt haben. Man hätte eigentlich zuerst hierauf verfallen sollen, da von seinen Habseligkeiten nicht das geringste vermißt wurde, nichts als die Kleider, die er am Leibe trug, und seine alte silberne Uhr.

Aber die Leute denken gern immer das Schlimmste. Lieber Gott, es ist freilich schlimm genug, anderer Leute Geld zu verspielen und dann – ein solches Ende! Aber Mynheer wissen wohl, es kommt einem doch nicht so schimpflich vor als ein anderer Diebstahl.

Ein Spieler ist wie ein Betrunkener, wie ein Besessener, aus dem der Böse handelt wie eine zweite fremde Seele. Habe ich nicht recht? Herr Steenwick hatte unserem Hause zwanzig Jahre lang gedient, hatte so manche Nächte durchgearbeitet und auch nicht ein Endchen Bindfaden verkommen lassen; er war wahrhaftig noch grimmiger aufs Geschäft verpicht als der Herr selbst und nun ein solches Ende!

Indessen hat er, gottlob, doch noch ein ehrliches Grab bekommen, weil sich mehrere Leute fanden, die ihn in der Morgendämmerung hatten taumeln sehen wie einen Betrunkenen, und zwar in der Richtung nach Hause zu. So wurde denn angenommen, er habe, wie unglückliche Spieler häufig, sich zuviel Courage getrunken und sei so ohne Absicht dem Scheldeufer zu nahe gekommen.

Madame Dubois soll nachher auch noch heimlich auf sein Grab ihren Balsaminenstock gepflanzt haben, ist aber doch dabei belauscht worden – die arme Seele! Sie war wirklich gut von Natur, nur durch Romanelesen etwas konfus geworden, und wußte nicht recht mehr, ob sie alt oder jung war, und auch zu furchtsam geworden durch das Gefühl ihrer abhängigen Lage und noch mehr ihrer täglich abnehmenden Fähigkeit, sich selbst zu ernähren. Aber ihr Wille war immer der beste, und sie suchte mich vor jedem schädlichen Eindruck mit einer Treue zu hüten, für die ich ihr im Grabe noch dankbar bin.

Jetzt ist sie lange, lange tot; sie starb schon das Jahr darauf, als ich zu meinem Ohm kam, und ihre Ersparnisse in unserem Dienste haben übrig ausgereicht bis an ihr Ende.

So quälen wir uns oft umsonst, und unser Herrgott lacht dazu.«

*

Hier schien Mevrouw van Ginkel ihre Mitteilungen endigen zu wollen. Sie schüttete frischen Tee auf, nahm eine Prise aus ihrem goldenen Döschen und sah mich mit jenem wohlwollenden Blicke an, der bei höflichen Leuten den Wunsch, auch den anderen zu hören, ausdrückt. Ihr Gesicht war völlig ruhig, sogar lächelnd; doch hing etwas Glänzendes in ihren Augenwimpern, das aber nicht weiterkam.

Ich hingegen war in eine Stimmung geraten, worauf ich eigentlich gar nicht für diese Stunde gerechnet hatte, und hätte für mein Leben gern Mevrouw in ihrer Dorfwirtschaft gesehen, um so mehr, da unschuldige Kinder sowohl wie alte Junggesellen mir ein gleich starkes Interesse erregen und man beide selten wie hier vereinigt findet.

So tat ich einige blinde Fragen nach der Lage des Dorfes und wieviel Dienstboten und wieviel Kühe und so weiter. Mevrouw erriet meine Absicht und sagte sehr freundlich: »Ich sehe wohl, Mynheer interessieren sich für meinen guten Ohm, und gewiß hat es auch nie einen besseren Mann gegeben – und keinen ehrwürdigeren«, fügte sie hinzu mit einem Ausdruck kindlicher Scheu, der ihr fast wieder das Ansehen einer kleinen, wohlerzogenen Jungfer von vierzehn Jahren gab.

»Indessen läßt sich wenig von unserem Leben sagen. Es war sehr einfach und so einförmig, daß, wenn nicht die Kirchenfeste und die Jahreszeiten gewesen wären, unsere Tage einander so gleich gewesen wären wie Wassertropfen.«

Hier schüttete sie Wasser auf den Tee, und ich betrachtete einen am Kessel hängenden Tropfen, der allerdings wenig Unterhaltung zu versprechen schien.

»Aber«, fuhr sie fort, »so sollte es nicht bleiben, und ich möchte dem Herrn Nachbar wohl die Katastrophe von meines Ohms, ich kann wohl sagen, von meinem Schicksal erzählen, damit Sie sehen, was der, dem ich am meisten in der Welt zu danken habe, für ein Mann war. Aber da ist eine andere kuriose Geschichte hineinverflochten, die Mynheer gewiß interessieren würde, aber etwas lang ist. Haben Mynheer sich auch gut gegen die Abendluft verwahrt?«

Ich versicherte, daß ich alle nötigen Maßregeln getroffen,

obwohl ich, ehrlich gesagt, heute zum ersten Mal meine dritte Weste ausgelassen hatte und mit einiger Sorge an den Tau dachte.

Jedoch hatte ich Mevrouw noch nie in so mitteilender Stimmung gesehen und war entschlossen, diese zur Erweiterung meiner Menschenkenntnis um jeden Preis zu benutzen. So beteuerte ich, daß ich nie nach dem Tee noch zu Abend esse – was auch wahr ist – und mir längst eine gelegentliche Mondscheinpromenade am Maasufer vorgenommen hätte, was allerdings nicht ganz mit meinem sonstigen Geschmacke und meinen sonstigen Gewohnheiten übereinstimmte.

Mevrouw sah mich auch so verwundert an, als mache vor ihren Augen eine Schildkröte Vorbereitungen, auf den Hinterbeinen zu spazieren; jedoch fuhr sie ohne weitere Bemerkungen in ihren Mitteilungen fort, nur zuweilen kleine Pausen machend, um mir einzuschenken oder ihrem goldenen Döschen zuzusprechen, wobei sie mich in so wohlwollender Weise zum Mitgenuß einlud, daß ich bei mir an die Friedenspfeife der Indianer denken mußte; welche Unterbrechungen ich durch Absätze bezeichne und dem Leser die Ausmalung der kleinen Zwischenspiele überlassen werde. Also Mevrouw fuhr fort:

[unvollendet]

Inhalt

Zu dieser Ausgabe

insel taschenbuch 1521
Annette von Droste-Hülshoff
Sämtliche Erzählungen

Der Text folgt der Ausgabe Annette von Droste-Hülshoff, »Werke und Briefe in zwei Bänden«. Herausgegeben von Manfred Häckel. Insel-Verlag Anton Kippenberg, Leipzig 1976. Band 2: Prosadichtungen. Umschlagabbildung: Annette von Droste-Hülshoff. Bildnisminiatur von der Hand ihrer Schwester Jenny um 1820.

Städte und Landschaften
Reiselesebücher im insel taschenbuch

Bayreuth. Ein literarisches Porträt. Herausgegeben von Frank Piontek und Joachim Schultz. Mit zahlreichen Abbildungen. it 1830

Bodensee. Reisebuch. Herausgegeben von Dominik Jost. Mit zahlreichen Abbildungen. it 1490

Bonn. Ein Städte-Lesebuch. Herausgegeben von Doris Maurer und Arnold E. Maurer. Mit zahlreichen Abbildungen. it 1224

Dresden. Ein Reisebuch. Herausgegeben von Katrin Nitzschke. Unter Mitarbeit von Reinhard Eigenwill. Mit zahlreichen Abbildungen. it 1365

Dublin. Ein literarisches Porträt. Herausgegeben von Elsemarie Maletzke. Mit zahlreichen Abbildungen. it 1870

Florenz. Lesarten einer Stadt. Herausgegeben von Andreas Beyer. Mit zahlreichen Illustrationen. it 633

Hamburg. Ein Städte-Lesebuch. Herausgegeben von Eckart Kleßmann. it 1312

Heidelberg-Lesebuch. Stadt-Bilder von 1800 bis heute. Herausgegeben von Michael Buselmeier. it 913

Hermann Hesse: Tessin. Betrachtungen, Gedichte und Aquarelle des Autors. Herausgegeben von Volker Michels. it 1494

London. Eine europäische Metropole in Texten und Bildern. Herausgegeben von Norbert Kohl. it 322

Mit Rilke durch das alte Prag. Herausgegeben von Hartmut Binder. Mit zahlreichen Abbildungen. it 1489

München. Ein Lesebuch. Herausgegeben von Reinhard Bauer und Ernst Piper. Mit zahlreichen Abbildungen. it 827

Prag. Ein Lesebuch. Herausgegeben von Jana Halamíčková. Mit zahlreichen Abbildungen. it 994

Salzburg. Ein Städte-Lesebuch. Herausgegeben von Adolf Haslinger. Mit zahlreichen Abbildungen. it 1326

Schwarzwald und Oberrhein. Literarischer Führer. Herausgegeben von Hans Bender und Fred Oberhauser. Mit zahlreichen Abbildungen. it 1330

Trier. Deutschlands älteste Stadt. Reisebuch. Herausgegeben von Michael Schroeder. Mit zahlreichen Fotografien. it 1574

Tübingen. Ein Städte-Lesebuch. Herausgegeben von Gert Ueding. Mit zahlreichen Abbildungen. it 1246

Venedig. Herausgegeben von Doris Maurer und Arnold E. Maurer. Mit zahlreichen Abbildungen. it 626

169/1/12.96

Städte und Landschaften
Reiselesebücher im insel taschenbuch

Venedig. Literarischer Führer. Von Doris Maurer und Arnold E. Maurer. Mit farbigen Abbildungen. it 1413

Wien. Reisebuch. Herausgegeben von Joseph Peter Strelka. Mit farbigen Fotografien. it 1573

Wien im Gedicht. Herausgegeben von Gerhard C. Krischker. it 1488

169/2/12.96